密尔格拉得

[俄] 果戈理 著

满涛 译

人民文学出版社

据 Н.В. ГОГОЛЬ. СОБРАНИЕ СОЧИНЕНИЙ В ШЕСТИ ТОМАХ（МОСКВА, ГОСЛИТИЗДАТ, 1949）并参照 Н.В. ГОГОЛЬ. СОБРАНИЕ СОЧИНЕНИЙ В СЕМИ ТОМАХ（ГОСЛИТИЗДАТ, МОСКВА, 1966）选译。

图书在版编目（CIP）数据

密尔格拉得/（俄罗斯）果戈理著；满涛译.—北京：人民文学出版社，2022

（果戈理三大小说集）

ISBN 978-7-02-014883-7

Ⅰ.①密… Ⅱ.①果…②满… Ⅲ.①长篇小说—俄罗斯—近代 Ⅳ.①I512.44

中国版本图书馆 CIP 数据核字（2022）第 012698 号

责任编辑　柏　英
装帧设计　黄云香
责任印制　王重艺

出版发行　人民文学出版社
社　　址　北京市朝内大街 166 号
邮政编码　100705

印　　刷　三河市中晟雅豪印务有限公司
经　　销　全国新华书店等

字　　数　194 千字
开　　本　850 毫米×1092 毫米　1/32
印　　张　12.5　插页 1
印　　数　1—5000
版　　次　2022 年 3 月北京第 1 版
印　　次　2022 年 3 月第 1 次印刷

书　　号　978-7-02-014883-7
定　　价　68.00 元

如有印装质量问题，请与本社图书销售中心调换。电话：010-65233595

目次

序 / 001

旧式地主 / 001

塔拉斯·布尔巴 / 041

维 / 235

伊万·伊万诺维奇和伊万·
　尼基福罗维奇吵架的故事 / 299

序

尼古拉·瓦西里耶维奇·果戈理（1809—1852）被别林斯基誉为"文坛盟主，诗人魁首"，被车尔尼雪夫斯基称为"俄国散文之父"①，关于果戈理在俄国文学史上的意义已经无须赘述。长久以来人们对果戈理的研究热情长盛不衰，对果戈理及其作品的解读也随着历史语境的变迁而表现出不同的时代特点。

在果戈理时代，别林斯基的文学批评形成了评论界的主流观点，同时也奠定了十九世纪果戈理文学批评的主要基调。果戈理被解读成一个揭露俄国社会黑暗和弊病的现实主义作家，一个伟大的讽刺作家。到了二十世纪初，果戈理的现实主义作家身份开始受到白银时代文学家和思想家的重新审视。梅列日科夫斯

---

① "散文"在俄国文学中通常是指无结构重复和节奏划分、有别于诗歌的无韵文本。短篇小说、长篇小说、中篇小说、随笔、寓言等都属于散文。

基、勃留索夫、别尔嘉耶夫等人纷纷指出，果戈理的作品反映的并不是作者生活的那个时代的现实，把果戈理称作现实主义作家是十分荒谬的，而他同时代的那些批评家们并没有真正理解他。苏联时期的果戈理文学批评实现了向别林斯基传统的回归，以赫拉普钦科为代表的苏联文艺学家再次确立了果戈理的现实主义作家身份，并在此基础上对果戈理的艺术世界进行全面的诗学分析，白银时代学者的声音被逐渐淹没并遗忘。随着苏联的解体，对果戈理的马克思主义研究中断，代之以自由主义研究，果戈理身上被学者们贴上了"宗教作家""浪漫主义作家"的新标签，对果戈理文学遗产的批评表现出多元化、多声部的新倾向。

事实上，无论在果戈理生前还是身后，批评家们对果戈理的看法从未达成过一致。在别林斯基时代，以舍维廖夫为代表的斯拉夫派学者对果戈理作品的批评结论与别林斯基的观点大相径庭；在苏联时代，"永远的反对派"西尼亚夫斯基、《洛丽塔》的作者纳博科夫等海外学者发出了与苏联学者完全不同的声音；直到今天，俄国学者关于果戈理的争论仍在继续，以瓦罗巴耶夫为代表的宗教解读派和以尤里·曼恩为代表的诗学解读派，都坚持自身方法与观点的正确性，互不认可对方的研究成果。果戈理研究的学术史表明，对果戈理及其作品的解读在共时和历时两个维度上都从未有过统一的观点,这一现象本身已经说明了其作品本身的复杂性。经典文学的魅力就在于它具有复杂而多意的深刻内涵,作为读者大可不必受限于文学史上对作品已经形成的定见,阅读的美好在于享受阅读过程,感受文字背后的思想,并与作者展开跨越时空的心灵碰撞。伟大的文学作品往往能让读者的心灵在碰撞中产生更多的花火,照亮,甚至改变读者的灵魂底色。果戈理的创作无疑是具有这种影响力的。

阅读是对作家最好的纪念与缅怀。在果戈理逝世一百七十周年之际,人民文学出版社推出了"果戈理三大小说集"——《狄康卡近乡夜话》《密尔格拉得》《彼得堡故事》。这三本小说集涵盖了果戈理所有中短篇小说创作,写作过程历时十余年,几乎延续了果戈理的整个创作生涯,体现了果戈理在不同时期的创作主题和艺术风格。

一

《狄康卡近乡夜话》(以下简称《夜话》)共有两部,第一部出版于1831年,第二部出版于1832年。《夜话》创作于果戈理在彼得堡供职时期,当时在俄罗斯文化圈中带有浪漫色彩的民间文学十分流行。为了完成《夜话》的写作，果戈理在家信中请求母亲告诉他乌克兰的各种传说故事、传统习俗和奇闻逸事，为他提供写作的素材。果戈理的小说迎合了当时的人们对乌克兰民间文学的兴趣，刚一出版就获得了评论界的好评。在《夜话》出版之前，果戈理不知道这部作品会遭遇怎样的命运，他并没有十足的把握，在此之前，果戈理曾经自费出版长诗《汉斯·古谢加顿》，因为评论界反响不佳，他将未出售的图书从书店中全部购回，付之一炬。但是，这一次命运对他的辛劳和天赋做出了奖赏，凭借《夜话》他名噪一时，顺利敲开了彼得堡文学界的大门。

从整体上看，这是一部充满魔幻色彩的浪漫主义作品，作家讲述了一个个充满精灵鬼怪的神奇故事，塑造了一个远离现实生活的奇妙世界。这些传奇故事的主题与乌克兰民间文学有着紧密的联系，但是果戈理并不是单纯地重复这些主题，而是赋予民间文学主题更加复杂的道德内涵。在《夜话》中，人类并不是总能战胜魔鬼，善良和美德也并不是总能战胜邪恶，这与民间文学中简单的道德范式有着明显的不同，模糊善与恶、神圣与堕落、现实与幻觉之间的界限，这是《夜话》在表面上的轻松欢快的背后隐藏的最本质的，也是最有价值的艺术思想。从《夜话》开始，果戈理打开了地狱之门，魔鬼从此常驻在他的作品之中，与魔鬼斗争的主题在他的创作生涯中贯彻始终。

梅列日科夫斯基指出，"果戈理的'笑'，就是人与魔鬼的斗争。"在《夜话》中，果戈理充分发挥了自己天赋的喜剧才能，对民间生活场景和人物形象的描写充满了喜剧性，带有民间特色的笑话式情节和日常闲聊式语言是形成作品滑稽幽默风格的基础。果戈理继承了普希金《别尔金小说集》的传统，以一个假托作者形象——养蜂人鲁得·潘柯作为故事的讲述人。鲁得·潘柯作为一个庄稼人讲不出文雅的书面语，他用活泼的民间语言讲述自己身边的故事，充满了民间生活的欢乐气息，形成了作品轻松幽默的调性。普希金读过《夜话》之后称赞道："它使我感到惊喜。这才是真正的快活呢，真挚，自然，没有矫饰，没有拘束。"《夜话》的出版让果戈理从此顶了上"喜剧作家"的头衔，以至于当他后来想努力摘掉这个头衔的时候遭到了所有人的反对。

西尼亚夫斯基曾经说过，"果戈理总是需要将极端对立的东西结合在一起"。欢乐与忧伤，低俗与崇高，幻想与现实，在果戈理的创作中常常会复杂地同时出现，这种倾向在《夜话》中初露端倪。《夜话》虽然以鲁得·潘柯的日常口语作为主要的叙述语言，但是果戈理本人的面貌偶尔也会凸显出来，对笔下的景物做出完全超出庄稼人词汇范畴的诗意描绘。有时，果戈理站在旁观者的立场上对笔下充满欢乐的画面做出自己的评价,在明快的曲调中突然插入一两个忧郁的音符,让人在刹那间感受到悲伤的气息。《圣约翰节前夜》《失落的国书》《魔地》等作品中,都是在欢快滑稽的背景之上混入了出人意料的忧伤,作家以令人伤感的抒情插叙提醒读者,欢乐转瞬即逝,而悲伤如影随形。而且,在这部以精灵鬼怪为主要描写对象的小说集中,插入了一篇与幻想毫无关系的作品《伊万·费多罗维奇·施邦卡和他的姨妈》,这篇现实主义小说在《夜话》系列作品中显得十分突兀,乏味的现实生活与充满传奇色彩的魔幻世界形成了鲜明的对比,果戈理是否要借此提醒读者,在恣意的幻想中纵情欢乐之后终究要面对平庸的现实?我们不得而知。但是这篇现实主义作品的出现使《夜话》的浪漫主义风格发生了动摇,这是确定无疑的。

二

1835年2月,果戈理的小说集《密尔格拉得》出版,这本集子的出版确立了果戈理的作家地位,同时也在沉寂多时的俄国文坛引起了强烈的反响。尽管果戈理在文集的前言中指出,"这几篇故事,均系《狄康卡近乡夜话》之续篇",但是作品的倾向与选题已经与《夜话》有了很大的不同。《密尔格拉得》中虽然只有四篇作品，但却风格各异，主题多样，历史与当下、幻想与现实并存于小说集中。十九世纪三十年代的果戈理正站在两种艺术方法的分水岭上：一边是盛行多年的浪漫主义传统，一边是刚刚崛起的现实主义倾向。果戈理的创作在两者之间摇摆，时而回归浪漫主义，时而倾向现实主义。

  小说集中的第一篇小说《旧式地主》被普希金称为"一部诙谐、动人的田园诗"。小说讲述了一对乡村地主夫妇与世无争的田园生活。在他们淳朴自然的生活中，美食占据了中心地位，各种食物接连不断地被他们吃进肚子里。安德烈·别雷曾经数过，亚法纳西·伊万诺维奇一昼夜要吃九次东西。因此，别林斯基在他们身上看到的是地主阶级的寄生性，"接连几十年喝了吃，吃了喝，然后像自古已然那样地死掉。"梅列日科夫斯基在这种田园牧歌式的生活中看到的是不可救药的庸俗习气，他认为，田园诗式的幸福是一切庸俗习气的源泉。而斯坦凯维奇在读过这篇小说之后看到的，却是"平淡而卑微的生活中的人类美好感情"。两位老人心地善良，待人真挚热情，每当有客人造访，他们都恨不得把家中的所有美食拿出来招待客人，在他们明澈的灵魂中没有任何上流社会的虚伪狡诈。老夫妻之间的感情也令人动容，地主亚法纳西·伊万诺维奇在妻子普尔赫利雅·伊万诺夫娜去世之后终日沉浸在对妻子的思念之中，死亡并没有终结他们之间的爱情，反而让他们的感情超越了死亡的界限得到了进一步升华，亚法纳西·伊万诺维奇在即将离开人世时，感受到的不是恐惧，而是即将与妻子团聚的喜悦。对作品的多元化阐释源自果戈理本人态度的模糊性，他对地主夫妇的生活在嘲讽中又暗含着忧伤，而对他们之间至死不渝的爱情既赞美又同情。因此，上述评论家的看法都有其自身的正确性。优秀的文学作品最大的价值就在于能够在读者心中引起不同的美学感受，使读者对作品中的内容做出自己的道德判断。

历史小说《塔拉斯·布尔巴》描写了古代哥萨克为捍卫东正教信仰同异教徒展开的残酷而血腥的斗争，歌颂了哥萨克时代的英雄主义和勇士精神。果戈理主要通过三件事塑造了塔拉斯·布尔巴光辉的英雄形象：第一件事是杀死了背叛祖国和战友的小儿子安德烈；第二件事是当大儿子奥斯达普被波兰人处死、绝望地呼喊父亲时，他不顾自己身处险境，在刑场外做出了回答；第三件事是当他被敌人绑在树上即将被烧死之时，他无视脚下燃烧的熊熊烈火，拼尽最后一丝力气指挥远处的兄弟们安全撤离。果戈理通过布尔巴的形象赞美了俄罗斯精神的强大,"难道在世上能够找到这样一种火、痛苦和这样一种力量,能够战胜俄罗斯力量吗!"小说的整体结构建立在信仰东正教的哥萨克与异教徒的对立上,充满着英雄主义的宗教激情。

小说《维》的主题和内容与《夜话》的联系最为紧密,表现了人与魔鬼的直接冲突。在《夜话》中,人类凭借宗教的力量往往能逼退魔鬼的入侵,但是在小说《维》中这种情况发生了改变,人与魔鬼的斗争更加复杂,无论是十字架还是祈祷,都不能帮助人逼退魔鬼。小说共分为两个部分,第一部分讲述主人公霍马·布鲁特在神学校的生活,第二部分讲述他与魔鬼之间的斗争。第一部分可以说是对他后面的悲惨遭遇的注解和说明。与霍马·布鲁特同时遇到女妖的还有两个人,为什么只有他悲惨地死去?作家认为,这是对霍马·布鲁特一直以来的不洁生活的惩罚。贪吃、酗酒、淫乱、放纵,对上帝缺乏虔敬,对世人缺少慈悲,在他身上承载着堕落的原罪,他为此受到惩罚也是理所应当。而且,霍马·布鲁特在第一次与女巫相遇时,偷吃了女巫家的一条大鲫鱼干,霍马·布鲁特由此背负了对女巫的清偿义务,那么女巫后来找上他自是理所当然。霍马·布鲁特最终死去的地方是一所乡村教堂。教堂是上帝的祭坛,本应受到神的庇护,但是却成为魔鬼肆虐的地方,霍马·布鲁特的祈祷和咒语都没能阻止妖怪的进攻。主人公的悲惨结局也反映了作家内心深处对魔鬼的恐惧以及对东正教信仰力量的怀疑。《维》成为果戈理最后一篇直接描写魔鬼形象的作品,在此之后果戈理不再描写浪漫主义传统中的魔鬼形象,而是转向描写现实生活中的魔鬼。

在小说《伊万·伊万诺维奇和伊万·尼基福罗维奇吵架的故事》中,果戈理通过两个小城地主之间无聊的诉讼呈现了外省地主空虚而庸俗的生活。小说的叙述带有果戈理一贯的幽默调性,讽刺性却比以往的作品更进一步。两个地主曾经是一对形影不离的好朋友,但是因为一件微不足道的小事发生了争吵,直至发展到老死不相往来的地步。两位地主之间既无财产纠纷,也无爱情竞争,更无血海深仇,他们不死不休的姿态完全是生活过于空虚无聊的结果。当生活中没有什么值得关心的大事时,不值一提的小事就会被人们紧紧地抓住不放,把微末之事无限放大,把没有价值的胜利当成自己生存的目标,两个地主就在这种无意义的争斗中消耗了半生的光阴。因此,果戈理在小说的结尾处发出了无奈的感叹,"这世界真是沉闷啊!"一个趣闻一样的故事变成了对现实引人深思的映射。当人性被庸俗玷污、心灵染上肮脏的污点,生活就会陷入非理性的深渊,即便是喜剧，也只能让人发出忧郁的慨叹。

与《夜话》相比，《密尔格拉得》中的感伤气息攀升到一个新的高度，果戈理的"笑"不再轻松愉悦，现实生活的浅薄与庸俗让他的"笑"有了苦涩的味道。

三

《彼得堡故事》中共有七篇小说，其中《涅瓦大街》《肖像》《狂人日记》曾经在1835年出版的《小品集》中发表过。1836年以后，果戈理游历欧洲，旅居罗马，对艺术与宗教、艺术与现实的关系都有了新的看法，因此他对自己的旧作进行了改写，并将它们一起收录在新的作品集中。《彼得堡故事》集中反映了果戈理在创作成熟期的世界观和艺术观。

果戈理笔下的彼得堡是个充满谎言与假象的世界。在这里"一切都是欺骗，一切都是幻影，一切都和表面看到的样子不同！"你眼前看到的纯情少女，其实是个卖身为生的娼妓；那个衣冠楚楚的官僚，其实是个脱离了主人身体的鼻子；看似志得意满、功成名就的画家其实早已失去了最初的才能；那幅看起来人畜无害的肖像画其实蕴含着魔鬼的力量，会把所有拥有它的人引入黑暗的深渊……在这个虚伪的世界里,想要诚实地、高尚地生活的人们注定没有幸福的结局。《涅瓦大街》中,高尚的画家庇斯卡辽夫因为爱情理想的破灭而悲惨地死去,而他的朋友,只把爱情当成享乐的庇罗果夫仍好好地活在世上;《外套》中,兢兢业业的小官吏通过节衣缩食买来的新外套被人抢走,而为此受到训斥并付出生命代价的却是他自己。美德不被奖赏,恶行不被惩罚,果戈理颠覆了传统文学中的道德范式,并以这样的情节设定表现了现实的非逻辑性。

　　《彼得堡故事》收录的三篇旧作中,《肖像》一篇与旧版相比差别最为明显。果戈理对《肖像》进行了大手笔的改写,新版《肖像》成为果戈理在新时期的美学宣言。果戈理通过小说中的人物——僧侣画家之口,阐明了自己带有神秘主义色彩的基督教艺术观。首先,他认为现实没有高下之分,任何材料都可以成为艺术家描绘的对象,但是这里有一个重要的前提,那就是艺术家的心灵参与,只有心灵纯洁的艺术家才能创造出真正的艺术;其次,有罪的艺术家只有在宗教的怀抱中才能获得拯救,才能洗净自己的灵魂并获得重生;最后,艺术家保持心灵纯洁的奥秘就在于为艺术献身,远离尘世的享受与欢乐,彻底地投身于艺术之中。在《肖像》中果戈理开始表现出说教倾向,明确提出了艺术家的"心灵事业"问题。

与《密尔格拉得》相比,《彼得堡故事》中感伤激情的成分进一步增加,悲苦的情绪始终笼罩在底层社会小人物的身上,营造出一种感人至深、催人泪下的效果。在小说《外套》中感伤的气息达到了顶峰,虽然滑稽可笑的画面仍然存在,但是作品的整体基调已经发生了改变。冷酷的社会现实让身处底层的小官吏没有任何实现幸福的可能,他们饱受屈辱的心灵唯有在幻想中才能获得情感上的安慰与补偿。车尔尼雪夫斯基曾经说过:"那些需要被保护的人在很多方面受恩于果戈理。"果戈理塑造的"小人物"形象提高了这一阶层的个体尊严与人格,让人们意识到"小人物"也是人,也有自己的感情和渴望,也值得被人们珍惜和保护。

最后,关于《马车》和《罗马:片断》需要做一点说明。这两篇小说看上去似乎偏离了"彼得堡故事"的主题,故事的发生地都与彼得堡相距甚远。《马车》中的故事发生在一个小县城,《罗马:片断》中的故事发生在遥远的意大利。果戈理这样安排自有其深意。外省小城既是所有外省城市的缩影,也是彼得堡空间的延伸,在那里发生的一切都和彼得堡生活一样虚幻且不可思议。果戈理借此说明,彼得堡的非逻辑性不仅是彼得堡的地域性特征，而且是具有全俄罗斯的性质。《罗马：片断》在小说集中的意义与《马车》并不一样，它是作为彼得堡的对立面和参照系而存在。果戈理将罗马置于永恒的理想之城的位置上，明朗、热情的罗马与涅瓦河畔灰暗、忧郁的帝国首都形成鲜明的对比，那里才是艺术和艺术家的理想圣地。在果戈理的认知中，理想之城罗马不仅与冷漠、虚伪的彼得堡相对立，而且与整个罗马以外的世界相对立，它不仅是一座城市，而且更是幸福的彼岸所在。这两篇作品的存在使《彼得堡故事》的叙事空间扩展到了全俄罗斯、全世界的范畴，表达了果戈理在经历过彼得堡残酷现实的考验和多年海外生活之后对整个资本主义现代文明所抱有的怀疑与否定态度。

在《彼得堡故事》中，果戈理远离了浪漫主义的艺术传统，转向描写现实生活，但是果戈理并不是一个彻底的现实主义者。在小说《肖像》中他保留了神秘主义的痕迹，用模糊的幻想代替了直接的幻想；小说《鼻子》以鼻子出走这一幻想事件为基础展开叙述；而在小说《外套》中果戈理直接给这篇现实主义作品加上了一个幻想式结局，让巴施马奇金的鬼魂为自己生前受到的委屈进行了报复。在浪漫主义创作中加入现实主义元素，在现实主义创作中保留浪漫主义印记；在幽默欢乐的作品中插入感伤忧郁的音符，在感伤激情的作品中保留滑稽可笑的细节，这种艺术风格的复杂镶拼正是果戈理艺术世界的本质特点。

果戈理以其独特的艺术创作开创了俄国文学史上的一个时代，这个时代虽然已经结束，但是他对俄国文学的影响并没有消失。陀思妥耶夫斯基曾经说过，"我们都是从果戈理的'外套'中走出来的。"果戈理的艺术世界滋养了包括陀思妥耶夫斯基、屠格涅夫、托尔斯泰、左琴科、布尔加科夫等人在内的众多俄国作家。时间将漫长的岁月带入永恒，但是果戈理的声音直到今天仍然让读者感动，他的作品仍然以难以企及的精神花火闪耀在读者面前。

* * *

在果戈理位于莫斯科新处女公墓的墓碑上写着选自《圣经》之《耶利米书》中的一句话："我用痛苦的眼泪嘲笑。"这句话是对果戈理的人生与创作的最佳注解。

侯 丹

二〇二二年一月于北京

密尔格拉得是霍罗尔河畔一个小得出奇的城市。有一家制绳厂、一家砖瓦窑、四架水车和四十五架风磨。

——济雅勃洛夫斯基①的《地理志》

在密尔格拉得，面包圈虽然用黑面粉焙制，却十分好吃。

——《一个旅客的札记》

---

① 叶甫多季亚·菲利波维奇·济雅勃洛夫斯基（1764—1846），俄国地理学家、统计学家，圣彼得堡大学校长（1821—1825）。

旧式地主

密尔格拉得

我非常爱好偏僻乡村里那些孤寂的庄园主的俭朴生活，他们在小俄罗斯通常被称为旧式人物，庄园像古色苍然的绚烂如画的小屋一样，显得美丽动人，这是因为它色彩斑驳，而且跟那些墙壁还没有被雨露冲洗过、屋顶没有盖满青苔、未施油漆的门廊尚未露出红砖的光洁的新建筑物截然不同。我有时喜欢遁入这异常孤寂的生活境界中去逗留一会儿，在那里，没有一个欲望能够飞越过包围小小的庭院的栅栏，繁生着苹果树和李树的花园的篱笆，围绕花园四周的向一边倾斜并且被杨柳、接骨木和梨树荫蔽着的乡村茅屋。这些茅屋的俭朴的主人们的生活是这样静，这样静，使你暂时会悠然神往，觉得情欲、欲望和搅扰世界的恶魔所引起的骚乱不安的后果根本不存在，你只有在辉煌灿烂的闪烁发光的梦境里才会看见它们。我现在还依稀看到一幢低矮的小屋子，房屋四周围绕着用细小的日久变黑的木柱搭成的回廊，在打雷和降雹的时候可以出去关闭板窗，不致被雨淋湿。房屋后面有一棵芬香扑鼻的野樱树，几排低矮的果树淹没在紫红色的樱桃和覆盖着铅粉般白霜的红宝石色的李子的海洋中;一棵枝叶繁茂的枫树荫下铺着一块毛毯,供人休息;房前有一个宽敞的院子,院子里长着短短的鲜艳的青草,有一条践踏而成的小径,从谷仓通达厨房,又从厨房通达主人住的正房;一只长颈的鹅,带着一群幼小的、像绒毛般柔软的雏鹅一块儿在喝水;栅栏上挂满着一串串晒干的梨、苹果和晾出来吹风的毛毯;一辆载满香瓜的货车停在谷仓旁边,一头松了轭的牛懒洋洋地躺在附近,——这一切对于我具有一种不可言喻的魅力,也许是因为我现在已经看不见它们,凡是和我们远远离开的东西,我们总觉得特别可爱。总之,甚至当我的半篷马车驶近这幢小屋的台阶的时候,我的灵魂就已经沉入到一种非常愉快而且平静的境地中去了;几匹马兴高采烈地跑到台阶前停下,车夫不慌不忙地从驭者台上爬下来,塞着烟斗,好像他是回到自己家里来了;就连颠顸的守夜狗、卷毛狗和黑狗掀起的一片吠叫声也使我的耳朵听来觉得分外舒服。可是,我最高兴看到的是住在这些简朴的小地方的庄园主,殷勤地跑出来迎接我的老爷爷们和老奶奶们。甚至现在,我在身穿时髦燕尾服的绅士的行列中和谈笑声中,有时也会想起他们的面影来,那时我就陷入迷迷糊糊的梦境里,往事又浮现在我的眼前。他们的脸上总是表露着这样的慈爱，这样的亲切，这样的恳挚，使你至少在短时期内不得不摈弃一切狂妄的幻想，不知不觉地把全部感情沉浸到那种低微的、田园诗式的生活中去。

我直到现在还忘不掉两位过去时代的老人家。唉！他们现在已经不在人世了，可是我的灵魂直到现在还是充满着怜悯，我设想有一天重新访问他们的荒无人烟的旧宅，在低矮的小屋所在的地方，现在只剩了几间倾塌的茅舍，一片荒芜的池塘，一条杂草蔓生的水沟，此外再也没有别的东西，这时候我的心情就古怪地沉重起来。忧郁！我的心里预先就感到了忧郁！可是，我们回到故事上来吧。

亚法纳西·伊万诺维奇·托符斯托古勃和他的妻子普尔赫利雅·伊万诺夫娜·托符斯托古比哈（附近的庄稼人都这样称呼她）就是我开始要讲到的两位老人家。如果我是一个画家，想在画布上描绘菲列门和巴芙基达①的肖像，那么除了他们之外，我决不会选取别的模特儿。亚法纳西·伊万诺维奇六十岁，普尔赫利雅·伊万诺夫娜五十五岁。亚法纳西·伊万诺维奇是高个子，经常穿件骆驼绒面子的羊皮袄，弯腰坐着，无论说

---

① 据希腊神话，菲列门和巴芙基达是一对以敬爱驰名的夫妇，后来天神把他们化为两棵树木，并植在一起，借以表彰他们持久不渝的爱情。

话或是倾听别人谈话几乎总是微笑着。普尔赫利雅·伊万诺夫娜略有几分严肃,几乎从来不笑;但她的脸上和眼睛里却流露出这样的慈爱,非把一切他们所有的最好的东西拿出来款待你不可的这样一种诚意,使你一定会觉得,微笑对于她这张慈爱的脸反而显得是过分做作。细微的皱纹在他们脸上安排得这样讨人喜欢,一个画家一定会偷去运用到他的画笔底下。从这些皱纹上面似乎可以推断出他们的全部生活,也就是富有民族传统的、淳朴的、富裕的古老宗族所过的那种明朗而且平静的生活,这些古老宗族和油漆匠、小商人出身的卑微的小俄罗斯人完全不同,后者像蝗虫一样挤满在官场和机关里,敲诈掉同乡人的最后一文钱,用逸言诽谤淹没整个彼得堡,终于手里攒起了几个钱,于是就神气活现地在以字母"o"结尾的姓氏上加上个字母"в"①。不,他们如同所有小俄罗斯的古老的、根深蒂固的宗族一样,跟这些微不足道的寒酸家伙是毫无相似之处的。

你不可能看到他们相互间的爱情而无动于衷。他们彼此从

---

① 乌克兰人的姓氏大多以字母"o"(发音类似于英文字母"o")结尾,如果在后面加上字母"в"(发音类似于英文字母"v"),就成了俄罗斯人的姓氏。例如"巴甫连科"(Павленко)是乌克兰人姓氏,如果加上"в",那就是俄罗斯人姓氏"巴甫连科夫"(Павленков)。

来不说你，却总是称您：您，亚法纳西·伊万诺维奇；您，普尔赫利雅·伊万诺夫娜。"是您把椅子压坏的吗，亚法纳西·伊万诺维奇？""没什么，您别生气，普尔赫利雅·伊万诺夫娜：这是我。"他们从来没有生过孩子，因此他们的全部的爱都集中在他们自己身上。亚法纳西·伊万诺维奇年轻时曾经在骑兵队里服务过，后来当过准少校，但这已经是在很早以前，事情早已过去了，连亚法纳西·伊万诺维奇自己也早已几乎从来不去想起它了。亚法纳西·伊万诺维奇在三十岁那年结了婚，那时他是一个漂亮的小伙子，穿一件刺绣背心；他甚至很巧妙地拐走了普尔赫利雅·伊万诺夫娜，因为她的父母不愿意把女儿嫁给他；可是，就连这件事，他也不大记得了，至少是从来没有谈起过。

所有这些往昔的异常的事故，都早已被平静而孤寂的生活以及那些催人欲睡而又美妙动人的幻想所代替了，你处在下面这种环境里时就会感觉到这种幻想：当你坐在朝向花园的富有乡村风味的露台上，一阵豪雨沛然而降，敲打着树叶，像淙淙的溪流般流着，伸你感到四肢酥麻，迷迷糊糊快要睡去，树丛中隐约现出一道彩虹，宛如破裂了一半的穹窿，用朦胧的七彩颜色在天空里照耀着的时候；或者当穿行在碧绿的灌木林中的马车摇晃着你,草原上的鹌鹑噪鸣着,芬香的青草连同麦穗和野花一起扑进车门,惬意地打在你的手上、脸上的时候。

他总是带着愉快的微笑倾听来访问他的客人们谈话,有时自己也谈,但大多是发问。他不属于那种一味称颂旧时代或者谴责新时代而使人厌烦的老人之列。相反,他向你问长问短,对你的私人生活情况、你的成功和失败表示莫大的注意和关怀,而所有善良的老人一般都是对这些方面非常感兴趣的,虽然这有点近似小孩子的好奇,小孩子跟你说话时,总喜欢察看你表链上挂着的小图章。这时候,他的脸上可以说是充满着慈爱。

在两位老人家居住的小屋里,房间是小小的,低低的,像我们在一些旧式人物的家里通常看到的那样。每一间房间都设有一座巨大的炉灶,几乎占据三分之一的地位。房间里非常暖和,因为亚法纳西·伊万诺维奇和普尔赫利雅·伊万诺夫娜都是顶喜欢取暖的。炉灶的灶口都通向进门处的小间,在这些小间里,通常在小俄罗斯代替柴薪而使用的稻草几乎总是堆得直顶到天花板。在冬天的夜晚,当你追逐一个褐黑色皮肤的姑娘而冻僵了,蓦地跑进屋里来,用手拍着膝部的时候,燃烧着的稻草的噼啪声和火光使这些小间变得非常舒服。壁上挂着一些装在古式的狭小框子里的大大小小的画。我相信主人们自己早已把这些画的内容忘掉了，如果有几幅被人搬走，他们一定也不会发觉。有两幅大的用油彩绘的肖像。一幅画的是某一个大主教，另外一幅画的是彼得三世①。撒满苍蝇屎的拉瓦里耶尔公爵夫人②从狭小的画框里对外面窥望着。窗户周围和门的上端挂着许多小小的图画，因为大家习惯于把它们视为墙壁上的污斑，所以根本不去细看它们。几乎所有的房间都是泥地，但却涂抹得这样整洁，打扫得这样干干净净，阔人家里穿号衣的睡眼惺忪的先生们懒洋洋地打扫过一下的镶花地板和这比较起来，就差远了。

普尔赫利雅·伊万诺夫娜的房间里摆满柜子、箱子、小箱子和小柜子。许多装着花籽、野菜籽、香瓜籽的包袱和布袋挂在墙上。许多各种颜色的绒线球，半世纪以前缝制的旧式衣服的破片，藏在小柜子的角落里、小柜子和小柜子的空隙中间。普尔赫利雅·伊万诺夫娜是一个善于治家的主妇，喜欢把随便什么东西都收藏起来，虽然有时她自己都不知道留着这些东西往后有什么用处。

可是，这幢房子里最值得注意的，是那些唱歌的门。一到

---

① 彼得三世(1728—1762)，俄罗斯皇帝。
② 拉瓦里耶尔公爵夫人(1644—1710)，路易十四所宠爱的嬖人。

早晨，门的歌声就响彻了整幢房子。我无法说明它们为什么要唱歌；不知道是因为铰链生了锈呢，还是制造它们的工匠把什么秘密搁了进去的缘故。可是值得注意的是，每一扇门都有它自己的独特的声音，通向卧室的门用尖细的最高音唱；通向饭厅的门用沙嗄的男低音唱；进门处的小间的那扇门却发出一种奇怪的、发颤而同时又在呻吟的声音，你如果仔细倾听，最后就会很清楚地听到它仿佛在说：老爷子，我冻坏啦！我知道许多人都很不喜欢听这种声音；可是我却非常喜欢听它，现在只要偶尔听到门的碾轧声，我忽然就会感觉到置身于乡村中，旧式烛台上的蜡烛照亮着低矮的房间，晚饭已经摆在桌上，五月的暗黑的夜，从花园里，穿过敞开的窗户，窥探着摆满碗盏的桌子，黄莺的歌声掠过花园、家屋和辽远的河边，树枝摆动着，簌簌发响……老天爷，那时候有多少各种各样的回忆在我的心头翻腾着啊！

　　房间里的椅子是木制的，沉重厚实的，一望就可以知道是旧时的遗物；它们一律有着高高的线条均整的靠背，露出木头的本色，不施油漆和彩绘；它们甚至连坐垫也不铺一块，因此有点像直到现在大主教还在用的那种椅子。屋犄角里放着几张三角形小桌子，在长沙发和嵌着被苍蝇撒满黑点子的雕成树叶花纹的细金框的镜子前面有几张四角形小桌子，长沙发前面铺着图案似鸟非鸟似花非花的地毯。——这几乎就是老夫妻俩居住的简陋的小屋里的全部装饰。

女仆室里挤满着年轻的和不年轻的穿着条纹布衬衣的女仆，普尔赫利雅·伊万诺夫娜叫她们做些零碎的针线活，洗洗草莓，但她们多半是跑到厨房里去睡大觉。普尔赫利雅·伊万诺夫娜认为有必要把她们留置在家里，严格地监视她们的操行。可是，使她大吃一惊的是，过不了几个月，她的女仆中间就有人肚子比平时膨大了许多；尤其奇怪的是在这幢房子里，除了一个穿灰色燕尾服，光着脚，如果不吃东西就准是在睡觉的小厮之外，几乎连一个单身男人都没有。普尔赫利雅·伊万诺夫娜通常总是把犯了过失的女仆申斥一通，严加惩罚，儆戒她下次不可再犯。窗户的玻璃上有无数苍蝇嗡嗡作响，却被野蜂的粗嘎的低音、有时还夹杂着黄蜂的尖锐的吱吱声，给罩盖下去了；可是，只要一点亮蜡烛，这一大群生物就宿夜去了，像乌云似的遮住了整个天花板。

亚法纳西·伊万诺维奇很少料理家事，虽然他有时也乘车到割草人和刈禾人那儿去，十分仔细地望着他们工作；整个治理方面的担子落在普尔赫利雅·伊万诺夫娜的身上。普尔赫利雅·伊万诺夫娜的任务是不断地打开和关闭储藏室,腌、晒和煮数不清的水果和蔬菜。她的家完全像一所化学实验室。苹果树下永远生着火;锅和铜盆几乎从来没有从铁制三脚架上拿下来过,在那里面用蜂蜜、糖和不记得还有些什么作料,熬制着果酱、果汁冻、蜜饯食品。在另外一棵树下,车夫永远在一只铜酒甄里用桃叶、野樱花、矢车菊和樱桃仁煮伏特加酒,等到这步手续完毕,他就转不动舌头了,说了这么许多胡话,使普尔赫利雅·伊万诺夫娜听得莫名其妙,接着就跑到厨房里睡觉去了。所有这些废料被煮了、腌了、晒了这么许多,如果大部分不是被女仆们吃掉,它们最后大概就会淹没掉整个院子,因为普尔赫利雅·伊万诺夫娜除了计算好需用的数量之外,总喜欢额外多准备一些,以防不时之需;那些女仆们往往躲到储藏室去,在那儿饱嚼一顿,结果整天直哼哼,闹肚子痛。

普尔赫利雅·伊万诺夫娜很少有机会管到耕耘和其他户外的事务上去。总管和村长串通一气,残酷无情地抢劫了个饱。他们养成了习惯,经常斫伐主人的森林,像处理自己的私产一样,制成许多雪橇,拿到附近的市集上去出售;此外,他们还把粗大的橡树斫伐下来,卖给邻村的哥萨克们作为建造制粉厂之用。仅仅有一次,普尔赫利雅·伊万诺夫娜想去巡视自己的那些森林了。为了这次巡视，驾起了一辆挂着巨大的皮门帘的低座弹簧马车，车夫刚一抖动缰绳，几匹以前在民警队服务过的马举起蹄子往前走去，空气里就充满了奇怪的声音，好像忽然听见笛子、羯鼓和大鼓一齐鸣响一样；每一只钉子和铁铞都发出这样厉害的响声，连制粉厂附近都可以听到这是女主人从家里出来了，虽然这段距离至少有两俄里远。普尔赫利雅·伊万诺夫娜不得不注意到，森林被糟蹋得不成样子，那些她还在童年时代就熟知的有百年历史的橡树已经荡然无存。

"怎么回事，尼契波尔，"她对这时正在身旁的总管说，"橡树变得这么稀了？留神你脑袋瓜上的头发，别也越掉越稀呀。"

"说什么稀了？"总管通常这样回答，"一棵也不剩了！简直是一棵也不剩了：被雷劈了，被虫蛀了，——太太，有什么说的，一棵也不剩了。"

普尔赫利雅·伊万诺夫娜完全满意这样的答复，回家之后，仅仅吩咐将花园里靠近黑樱桃树和高大的冬梨树旁边的看守人数增加了一倍。

总管和村长——这两个令人企敬的当权者，认为把全部麦粉运到主人的仓库里去是完全多余的事，主人只要有一半就很够了；最后，连这一半运来时也是生了霉或者受了潮的，在市集上被认为是次货,卖不出去。可是,无论总管和村长抢劫了多少,无论这一家上上下下——从管家婆直到那些糟蹋了数不清的李子和苹果、用头拱树、把果子像雨珠似的摇落下来的猪为止——狼吞虎咽地吃掉了多少,无论麻雀和乌鸦啄食了多少,无论仆婢们给住在别村的亲戚朋友送去了多少礼物,甚至还从仓库里搬出古旧的布匹和棉纱,这些东西后来都流转到大家乐意问津的地方,就是说,流转到酒店里去,也无论客人、生性缓慢的车夫和仆人们偷窃了多少,——无论如何,丰饶的大地还是生产出了许多东西,再加上亚法纳西·伊万诺维奇和普尔赫利雅·伊万诺夫娜也用不了这么许多,所以这些令人咋舌的掠夺在他们的家务中似乎是完全不易觉察出来的。

这两位老人家,按照旧式地主的古老的习惯,很喜欢吃。太阳刚一出来(他们总是起得很早),各处的门发出不搭调的协奏曲,他们就已经坐在小桌子前面喝咖啡了。喝足了咖啡之后,亚法纳西·伊万诺维奇走到廊前去,抖动着手帕,说:"去,去!鹅,离开台阶!"在院子里,他通常总要碰到那个总管。他照例要跟总管聊几句,无微不至地询问一些工作上的细节,然后提出一些意见和指示,那些对于事务渊博精深的了解会使每一个人都惊奇不止,一个新手听了这一番话,就绝不敢再去施展花招，欺骗这位精明强干的主人。可是，他的这个总管是一个饱经世故的人：他懂得必须怎样应答，尤其懂得必须怎样料理事务。

这以后，亚法纳西·伊万诺维奇回到屋里，走到普尔赫利雅·伊万诺夫娜跟前，说："怎么样，普尔赫利雅·伊万诺夫娜，也许该吃点什么了吧？"

"现在吃什么呢，亚法纳西·伊万诺维奇？要就是猪油饼，罂粟包子，或者腌蘑菇？"

"就拿点蘑菇或者包子来好了。"亚法纳西·伊万诺维奇答道，于是桌子上忽然出现了桌布，上面摆着包子和蘑菇。

午饭前一个钟头，亚法纳西·伊万诺维奇又得吃一次，用旧式银杯喝一杯伏特加酒，吃点蘑菇、各种晒干的鱼等等。十二点钟吃午饭。除了菜盘和装调味汁的小碟外，还摆着许多用油灰密封盖口的瓦罐，为的是不让旧式美味珍馐的香喷喷的热气冒出来。吃饭时，通常总是讲些和吃饭最有关系的事情。

"我觉得,这粥，"亚法纳西·伊万诺维奇常常说，"有点煳了；您不觉得吗，普尔赫利雅·伊万诺夫娜？"

"不，亚法纳西·伊万诺维奇；您多加点油，粥就没有焦味了，或者把这香菌汁子和到粥里去。"

"好吧,"亚法纳西·伊万诺维奇说,把盆子递过去,"让我来尝尝什么味道。"

饭后,亚法纳西·伊万诺维奇去睡上一个钟头午觉,这以后,普尔赫利雅·伊万诺夫娜拿来了一只剖开的西瓜,说:"您尝尝,亚法纳西·伊万诺维奇,这是多么好的西瓜。"

"您别以为,普尔赫利雅·伊万诺夫娜,红瓤的就是好瓜,"亚法纳西·伊万诺维奇拿了一大片,说,"也有红的并不好吃。"

可是,西瓜很快就消失了。这以后,亚法纳西·伊万诺维奇又吃了几只梨,接着就跟普尔赫利雅·伊万诺夫娜一起到花园里去散步。回到家里,普尔赫利雅·伊万诺夫娜去干自己的事情,他就坐在朝向院子的遮檐下,眺望储藏室不断地露出又遮住的里边的东西,女仆们一个挤一个,用木箱、筛子、簸箕和别的装水果的家伙搬进又搬出一大堆各种各样的废物。过了不多一会儿,他叫人去找普尔赫利雅·伊万诺夫娜来,或者自己到她那边去,说:

"有什么东西给我吃吗,普尔赫利雅·伊万诺夫娜?"

"有什么吃的呢?"普尔赫利雅·伊万诺夫娜说,"要不要我去叫人给您拿点果馅饽饽来?那是我特意给您留下的。"

"也好。"亚法纳西·伊万诺维奇答道。

"或者您还是吃麦粉羹?"

"也行。"亚法纳西·伊万诺维奇答道。这以后,两样都即刻拿了来,照例吃得精光。

晚饭前,亚法纳西·伊万诺维奇又吃了些什么。九点半钟吃晚饭。吃完晚饭,立刻又去睡觉了,于是普遍的寂静笼罩了这勤勉而同时又安谧的一隅。亚法纳西·伊万诺维奇和普尔赫利雅·伊万诺夫娜睡觉的房间热到这种程度,很少有人能在里面待上几个钟头。可是,亚法纳西·伊万诺维奇觉得这还不过瘾,为了更暖和些,他还睡在暖炕上,虽然极高的热度常常使他半夜起来好几次,在房间里踱来踱去。有时亚法纳西·伊万诺维奇在房间里一边走,一边呻吟着。

那时候,普尔赫利雅·伊万诺夫娜就问他:"您哼哼什么,亚法纳西·伊万诺维奇?"

"天知道,普尔赫利雅·伊万诺夫娜,好像肚子有点痛。"亚法纳西·伊万诺维奇说。

"也许您吃点什么东西就好了,亚法纳西·伊万诺维奇?"

"不知道这好不好,普尔赫利雅·伊万诺夫娜!可是,有些什么吃的呢?"

"酸牛奶或者带有梨干的稀果汁。"

"好吧,反正只要尝尝。"亚法纳西·伊万诺维奇说。

睡眼惺忪的女仆到食橱里去搜寻了一下,于是亚法纳西·伊万诺维奇又吃光了一盘子;这以后,他通常总是说:

"现在好像松快了一些。"

有时,如果天气晴朗,房间里的炉灶生得很暖和,亚法纳西·伊万诺维奇高兴起来,喜欢拿普尔赫利雅·伊万诺夫娜开开玩笑,说些不着边际的话。

"怎么样,普尔赫利雅·伊万诺夫娜,"他说,"要是我们的房子突然着了火,我们上哪儿去安身呢?"

"上帝保佑,绝不会有这种事情!"普尔赫利雅·伊万诺夫娜画着十字,说。

"假定我们的房子要是烧掉了,那时候我们搬到什么地方去呢?"

"上帝知道您在胡说些什么,亚法纳西·伊万诺维奇!房子怎么会烧掉?上帝不允许的。"

"可假定要是烧掉了呢?"

"那就没有法子,我们只能搬到厨房里去。您暂时就住管家婆的那间房间。"

"要是厨房也烧掉了呢?"

"上帝保佑,绝不会忽然一场大火把房子和厨房一起烧得精光的!当真要是那样,那么,在还没有造起新房子之前,就只能住在储藏室里。"

"要是连储藏室也烧掉了呢?"

"上帝知道您在胡说些什么!我连听都不要听!说这样的话是罪过的,您说这种话,上帝要惩罚您。"

可是亚法纳西·伊万诺维奇很高兴把普尔赫利雅·伊万诺夫娜耍弄了一番,坐在自己的椅子上,微笑着。

这两位老人家特别使我觉得有趣的是当他们家里来了客人的时候。那时,他们家里的一切就都改变了样子。这两个善良的人可以说是为了客人而活着的。他们把他们家里一切最好的东西都搬了出来。他们争先恐后地要把他们农庄上所能出产的一切东西拿来款待你。可是我觉得最愉快的是:在他们那种殷勤体贴的神气里没有丝毫矫揉造作的成分。这种亲切劲儿和倾诚招待的心意是这样温柔动人地刻画在他们的脸上,和他们是这样相称,使你不得不同意他们的请求。这是他们善良正直灵魂的一种纯洁无垢的淳朴品质的结果。这种亲切劲儿完全和一个衙门官吏对待你的态度不同,那人是靠了你的帮助才能够扶摇直上，因此把你唤作恩人，匍匐在你的脚下。他们当天绝不肯放客人回去：他一定非留下来过夜不可。

"这么晚了，怎么还能够走这么远的路！"普尔赫利雅·伊万诺夫娜总是说（客人通常住在离他们家三四俄里的地方）。

"当然，"亚法纳西·伊万诺维奇说，"您没准儿会碰上什么麻烦的：强盗或者什么别的歹人可能来抢劫您。"

"上帝保佑不要有什么强盗！"普尔赫利雅·伊万诺夫娜说，"深更半夜为什么要讲这些事情呢？有强盗也罢，没有强盗也罢，反正天黑了，完全不适宜于出门了。再说您的马夫，我是知道您那个马夫的，他生得又瘦又小，他的无论哪一匹骒马都会把他弄得招架不住的；再说，他这会儿一定早已喝醉了，在什么地方睡着了。"

于是客人就只得留下来；可是，在低矮的、温暖的房间里度过的夜晚，亲切的、温暖的、使你昏昏欲睡的故事，富于营养并且烧得十分精巧的端到桌上来的食物所腾起的蒸汽，常常对于他是一种意外的报偿。我现在仿佛还看见亚法纳西·伊万诺维奇带着他的永不消失的微笑，弯腰坐在椅子上，全神贯注地，甚至是出神欣赏地倾听客人说话！谈话常常也涉及政治。客人也是很少走出自己的村子以外的，因此常常在脸上露出意味深长的神气和神秘莫测的表情,胡乱猜测,说是法国人跟英国人暗地里谈好又要把波拿巴特①派到俄罗斯来了,或者干脆讲到即将爆发的战争,那时亚法纳西·伊万诺维奇常常仿佛不对普尔赫利雅·伊万诺夫娜望一眼似的,说:

"我也想去打仗哩;为什么我不能去打仗?"

"又来了!"普尔赫利雅·伊万诺夫娜打断他。"您别听他的,"她转过来对客人说,"他这么一个干老头子还能去打什么仗呢!碰上第一个敌兵就会一枪把他打死!真的,会把他打死!这样瞄准一下,把他打死!"

"那什么话,"亚法纳西·伊万诺维奇说,"我才真要把他打死呢。"

"您只要听听他说些什么吧!"普尔赫利雅·伊万诺夫娜接茬儿说,"他能打什么仗呢!他的几把手枪早已生了锈,放到储藏室里去了。您有了就会知道:那算什么手枪,子弹还没有打出去,火药早就把它给炸裂了。结果是:手也打伤啦,脸也弄破啦,永远变成了残废!"

"那有什么要紧,"亚法纳西·伊万诺维奇说,"我会买新

---

① 即拿破仑一世(1769—1821),曾侵略俄国,结果引起一八一二年的卫国战争。

的武器。我要弄到一把马刀或是一支哥萨克的长枪。"

"简直是胡说八道。忽然心血来潮,就胡扯起来了,"普尔赫利雅·伊万诺夫娜气愤地继续说,"我知道他是在跟我开玩笑,可听起来总是不舒服的。他说话老是这样,有时候你听着,听着,心里一阵发毛,觉得怪害怕的。"

可是,亚法纳西·伊万诺维奇很高兴把普尔赫利雅·伊万诺夫娜稍微吓唬了一下,弯腰坐在自己的椅子上,微笑着。

我觉得普尔赫利雅·伊万诺夫娜最有趣的,是当她领客人去吃餐前冷盘的时候。"喏,"她打开酒瓶的塞子,说,"这是用蓍草和鼠尾草浸过的酒。肩胛骨或是腰眼儿痛,喝了这种酒很能见效。这是用矢车菊浸过的酒。耳朵发响或是脸上生癣,喝了它很有效。这是用桃仁蒸馏过的,您倒一杯去,多么好的香味呀!谁要是在起床的时候,一不留神撞在橱角上或者桌子角上,额上撞起了一个肿包,只要在午饭前喝一杯,——一眨巴眼的工夫,一切就都消失了,仿佛什么都不曾有过一样。"

这以后,仍旧指着别的许多酒瓶逐一加以说明,这些酒差不多都具有某种治疗的功效。用这药房里的全部货色灌饱了客人之后,接着又把他领到摆在桌上的许多盘子前面。

"这是用香薄荷腌的香菌!这是用丁香和胡桃腌的;腌的

方法是一个土耳其女人教我的，那时候土耳其人还在咱们这儿当俘虏。她是一个这样善良的土耳其女人，你一点也看不出她信奉土耳其教。她打扮得也几乎完全跟我们一模一样；只是不吃猪肉：她说，他们那边的法律禁止吃猪肉。这是用红醋栗的叶子和肉豆蔻腌的香菌！这是一些大葫芦：我还是头一回把它们醋渍的；我不知道它们的味道怎么样；这个秘方我是从伊万神父那儿学来的。先得在一只小小的桶里铺上一层橡树叶，然后撒上胡椒和硝石，还得加些像山柳菊那样的花，花蒂朝上，铺平开来。这是馅饼！这是干酪馅饼！这是罂粟籽馅的！这是亚法纳西·伊万诺维奇顶喜欢吃的一种，用白菜和荞麦面做的摊饼。"

"是的，"亚法纳西·伊万诺维奇补充说，"我很喜欢吃它们；它们又软，又有点酸。"

客人来的时候，普尔赫利雅·伊万诺夫娜总是兴致勃勃的。真是一位好心肠的老太太！她款待客人真是无微不至。我喜欢待在他们家里，虽然像所有到他们家里做客的人一样，吃得肚子发胀，而这对于我是很有害的，可是我还是喜欢上他们那儿去。我想，小俄罗斯一带的空气恐怕有一种帮助消化的特殊的功效，因为这边的人要是像他们那样狼吞虎咽，那么毫无疑问，就一定不会在床上躺着，却要躺到桌子上去了①。

真是两位好心肠的老人家！可是我的故事跟永远改变这平静一隅的生活的一个非常悲惨的事件越来越接近了。这个事件特别给人一种奇异之感，因为它完全是从一件最无足轻重的小事引起的。可是由于事物的不可思议的安排，微不足道的原因常常会产生巨大的事件，反之，巨大的企图常常以微不足道的结果而告终。某一个征服者动员举国的力量，征伐多年，他的统帅们都享有盛名，最后，这一切的结果却只是获得一小块土地，还不够种一只马铃薯；反之，两座城里的某两个卖腊肠的为了一点小事闹翻了，他们的争吵扩大开来，先是波及城市，然后波及郊野和乡村，最后造成了全国范围的骚乱。可是，我们撇开这些议论不谈吧：在这里发表议论是不适宜的。并且如果议论只限于是议论的话，我是不喜欢发表议论的。

普尔赫利雅·伊万诺夫娜有一只灰色的小猫，它几乎总是缩作一团，躺在她的脚边。普尔赫利雅·伊万诺夫娜有时抚摸它，用指头在它的脖子上搔搔痒，那只受宠的小猫便尽可能把脖子伸长。不能说普尔赫利雅·伊万诺夫娜过分地喜欢它，她只是

---

① 根据旧时俄国风俗，人死后需把尸首停放在桌子上。这句话的意思是：这个人将因病而亡。

习惯于经常看见它,所以就对它产生了依恋之情。可是,亚法纳西·伊万诺维奇却常常对这种依恋之情加以嘲笑。

"我真不懂,普尔赫利雅·伊万诺夫娜,您喜欢猫的哪些地方?它有什么用处?您要是养一条狗,那又是另外一回事情了:狗可以带出去打猎,可是猫有什么用处呢?"

"别说了吧,亚法纳西·伊万诺维奇,"普尔赫利雅·伊万诺夫娜说,"您就喜欢嚼舌头,再没有别的本事。狗别提有多脏啦,狗会弄脏东西,还会把东西砸得粉碎,可是猫却安安静静的,它不会给任何人带来祸害。"

不过,猫也罢,狗也罢,在亚法纳西·伊万诺维奇看来都是一样;他说这一番话,只是为了把普尔赫利雅·伊万诺夫娜稍微嘲笑一下而已。

他们的花园后面有一片大森林,精于谋划的管家手下留情,把它完全饶过了,也许是因为害怕斧头的声音还能送达普尔赫利雅·伊万诺夫娜耳鼓。森林冷落而又荒芜,古老的树干被繁密的胡桃树遮盖着,恰像是毛茸茸的鸽掌一般。这森林里栖息着许多野猫。森林里的野猫可比不得在人家屋顶上乱跑的勇敢的猫。城里的猫尽管脾气暴躁,却要比盘踞在森林里的猫文明得多。和城里的猫恰恰相反,那些森林里的猫大部分都是一些阴郁而又粗野的家伙；它们经常是憔悴而且瘦削的，用粗野的、未经洗练的声音喵喵地叫着。它们有时在地下挖洞，一直通到仓库里去偷猪油吃，甚至厨房也是它们经常出没之地，一看见厨师到杂草丛那边方便去了，它们就蓦地从开着的窗户里跳进去。总之，任何一点高贵的情操都和它们无缘；它们以掠夺为生，袭击雀巢，把小麻雀掐死。这些猫从仓库下面的窟窿里伸出头来和普尔赫利雅·伊万诺夫娜所饲养的温和的小猫互相嗅了许久，终于把它拐走了，正像一队兵拐走一个愚蠢的村姑一样。普尔赫利雅·伊万诺夫娜发觉丢失了猫，就派人去寻找，可是结果没有找到。三天过去了，普尔赫利雅·伊万诺夫娜很惋惜，终于也就完全把它忘怀了。有一天，当她查看过菜园，亲手给亚法纳西·伊万诺维奇摘了一些碧绿的新鲜的黄瓜，回到家里来的时候，她的耳朵被一阵令人怜爱的喵喵声惊动了。她好像出于本能似的喊道："咪，咪！"她的那只灰猫忽然从杂草堆里钻了出来，瘦弱而又憔悴，显然，它已经有好几天没有食物进嘴了。普尔赫利雅·伊万诺夫娜继续唤它，可是那只猫站在她面前，喵喵地直叫，却不敢走近，可以看出，自从那以后它变得很撒野了。普尔赫利雅·伊万诺夫娜往前走，继续唤着猫。那只猫怯生生地跟着她一直走到围墙旁边，最后认出了先前的熟识的地方，就跑进屋里去了。普尔赫利雅·伊万诺夫娜立刻叫人给它喂牛奶和肉，坐在它前面，欣赏着可怜的宠幸者一块接一块地吞吃牛肉和大口喝牛奶的那副贪婪的神气。灰色的逃亡客几乎眼看着就要发胖，吃东西已经不像刚才那样贪婪了。她伸手出去，想抚摸它，可是这忘恩负义的家伙大概已经十分习惯于和凶恶的野猫们做伴，再不然就是懂得了为爱情安贫乐胜于琼楼玉宇这一恋爱法则，并且知道野猫正是赤贫如洗的；不管为了哪一种原因，总之，它往窗外一跳，随便哪一个仆人都再也无法把它捉回来了。

老太太沉思起来："这是死神来迎接我啦！"她自言自语道，从此以后谁都无法消解她的愁怀。她整天总是闷闷不乐。亚法纳西·伊万诺维奇设法开开玩笑，想知道她为什么忽然变得这样忧郁起来，结果也是徒然：普尔赫利雅·伊万诺夫娜默不作答，或者回答得完全不能使亚法纳西·伊万诺维奇满意。第二天，她就显著地瘦下来了。

"您怎么啦，普尔赫利雅·伊万诺夫娜？您不是病了吧？"

"不，我没有害病，亚法纳西·伊万诺维奇！我想告诉您一件特殊的事故：我知道我挨不过今年夏天了：死神已经来迎接过我了！"

亚法纳西·伊万诺维奇的嘴唇不由得痛苦地扭曲起来。不过，他还是要抑制心里的悲伤，微笑了一下，说："上帝知道您在胡说些什么，普尔赫利雅·伊万诺夫娜！您大概是把一向喝惯的药酒拿错了，喝了桃子酒了吧。"

"不，亚法纳西·伊万诺维奇，我没有喝桃子酒。"普尔赫利雅·伊万诺夫娜说。

亚法纳西·伊万诺维奇很后悔不应该这样对普尔赫利雅·伊万诺夫娜开玩笑，他望着她，眼泪挂在睫毛上。

"我请求您，亚法纳西·伊万诺维奇，您得执行我的嘱咐，"普尔赫利雅·伊万诺夫娜说，"我死之后，把我葬在教堂的围墙旁边。给我穿上那件灰衣服，就是肉桂色底子带小花的那一件。别给我穿那件紫红条子的缎子衣服，死人不需要穿好衣服，穿好衣服还有什么用处呢？可是您用得着它：您可以把它改一改，给自己缝制一件漂亮的长袍，客人来的时候，您就可以打扮得体体面面，去接待他们了。"

"上帝知道您在胡说些什么，普尔赫利雅·伊万诺夫娜！"亚法纳西·伊万诺维奇说，"死还离得远着哩，可您已经用这些话来恐吓我了。"

"不，亚法纳西·伊万诺维奇，我已经知道我要在什么时候死。您可别为我难受啊：我已经是一个老太婆，活得够了，再说您也上了年纪了，我们很快就会在那个世界里见面的。"

可是，亚法纳西·伊万诺维奇像孩子似的哭了起来。

"哭是罪过的啊，亚法纳西·伊万诺维奇！别犯罪，别用自己的悲伤去触怒上帝吧。我就要死去，这毫不足惜。我只抱憾一件事（一声深深的叹息暂时打断了她的话头）：我抱憾的是，我不知道把您交托给谁才好，我死之后谁会来照看您。您像个小宝宝：必须有一个真心向着您的人，才能够来看护您。"

她说着，脸上流露出这样一种深深的、蚀骨的、恳挚的怜惜之情，我真不知道，谁能够在这时候看着她而无动于衷。

"听我说，雅芙陀哈，"她转过来对管家婆说，那管家婆是她特地吩咐人去叫来的，"我死之后，你要好好地照看老爷，爱惜他，像爱惜自己的眼睛、爱惜自己的亲生儿子一样。要注意准备好他所喜欢吃的东西。要经常给他换干净的衬衫和衣服；有客人来的时候，你要把他打扮得齐齐整整，要不然，他也许有时会穿着古旧的长袍出去见客的，就说现在吧，他也常常弄不清楚什么时候是过节，什么时候是平常过日子。你眼睛一刻也别离开他，雅芙陀哈，我要在那个世界里为你祈祷，上帝会酬谢你的。别忘记，雅芙陀哈，你已经老了，不会活多久了，你别再给灵魂增添罪过吧。你要是不好好地照看他,你在世上就不会得到幸福。我也要请求上帝不让你有好结局。你本人要倒霉,你的小辈要倒霉,连你的亲属也都要得不到上帝的祝福。"

可怜的老太太!她在这时候不想到那等待着她的重大的一刻,不想到自己的灵魂,也不想到自己的死后的生命;她只想到自己的可怜的伴侣,她跟他过了一辈子,现在却留下他一个人孤苦伶仃,无依无靠。她非常敏捷地把一切事情安排妥当,好让亚法纳西·伊万诺维奇在她死后感觉不到缺少了她。她对于死期将至的信心是这样坚定,她的精神状态也是时刻作着这样的准备,果然,没过几天,她就卧病不起,一点饮食也不能下咽了。亚法纳西·伊万诺维奇紧张地照料着,一刻也不离开她的床前。"也许您要吃点什么吧,普尔赫利雅·伊万诺夫娜?"他神情不安地直望着她的眼睛,说。最后,经过了长时间的沉默,她好像想说什么,嘴唇颤动一下,——她的呼吸就中断了。

亚法纳西·伊万诺维奇完全吓呆了。这件事在他看来是这样突如其来,他甚至都没有哭。他用蒙眬的眼睛望着她,仿佛不懂得死尸的全部意义似的。

有人把死者的遗体停放在桌子上,给她穿上她自己指定要穿的那件衣服,把她的手交叠成十字形,再把一支蜡烛放在她的手里，——他麻木不仁地眺望着这一切。许多各种阶层的人挤满在院子里，许多客人前来送殡，长长的桌子排列在庭前，桌上堆满蜜饭、甜酒、馅饼，客人们谈论着，哭泣着，瞻仰着死者的遗容，议论着她的品行，望着他；可是他自己却古怪地看着这一切。最后把死者抬走了，人们跟着一拥而出，他也跟在死者的遗体后面走出去。牧师们穿着全套法衣，太阳辉耀着，吃奶的婴孩在母亲怀里啼哭着，云雀啭鸣着，只穿一件衬衫的顽童们沿街奔跑着，嬉戏着。最后把棺材抬到了一个坑穴前面，有人叫他走近去，最后一次亲吻死者：他走近去，接了吻，眼睛里滚动着眼泪，但却是麻木无情的眼泪。棺材放下去了，一个牧师拿起铁锹，抛下了第一撮土，一个教堂差役和两个教堂下级职员在无云的晴空下面用低沉的、拖长的声音合唱起祝死者永垂不朽的祷歌来，工人们拿起铁锹，黄土立刻把坑穴掩盖了，填平了，——这时候他挤到前面去；大家往后退，让他走过去，想知道他要去干什么。他抬起眼睛，蒙眬地望着，说："你们已经就这样把她埋了！为什么哟？！……"他停住了，没有把话说完。

可是当他回到家里的时候，当他看见房间里空空洞洞，连普尔赫利雅·伊万诺夫娜平时坐的那只椅子也被搬走了的时候，——他哭了，悲伤地哭了，无可安慰地哭了，眼泪像河一般从他的昏暗无光的眼睛里流了出来。

从那以后，五个年头过去了。什么悲哀不会被时间冲淡呢？什么热情能跟时间作强弱悬殊的角斗而保持完整无恙呢？我认识一个正当如花妙龄的、充满着真正的高贵气派和尊严的年轻人；我知道他正在温柔地、热情地、疯狂地、大胆地、腼腆地恋爱着，几乎就在我的眼前，他的热恋的对象——像天使一般温柔而美丽的人儿——被贪得无厌的死神夺去了。我从来没有看见过使这不幸的情人为之激动不安的这样可怕的精神痛苦的发作，这样猛烈的蚀骨的哀痛，这样吞噬一切的绝望。我从来没有想到过一个人能给自己造成这样一个地狱，在那里，没有影子，没有形象，也没有略似一线希望的任何东西……大家一刻也不把眼睛从他身上移开；把他能够用来戕害自己的一切武器都藏了起来。过了两星期，他忽然克制了自己：开始露了笑脸，跟人开起玩笑来；人家就让他自由了，而他利用这个机会去做的第一件事就是买了一把手枪。有一天，突然发出的枪声把他的家人们吓得心惊胆战。他们跑进他的屋子，看见他头盖骨被打碎了，伸开四肢躺在地上。刚巧有一位医道极有好评的医生在那儿，看出他还有活命的希望，认为伤处完全没有致命的危险，于是使大家不胜惊奇的是，他居然被治好了。人们对他的监视更加增强了。甚至吃饭时也不把刀子放在他的旁边，并且把他能用来袭击自己的一切东西都拿走了；可是他在短时期内找到了一个新的机会，往一辆驶过的马车的车轮底下扑了过去。他的手和脚被碾伤了；可是他又被治好了。一年以后，我在一处人数众多的大厅里看到了他：他坐在桌子前面，合上一张牌，快乐地说："贝蒂·乌凡特①。"他的年轻的妻子把胳膊肘支在他的椅子背上，站在他后面，数点着他的筹码。

普尔赫利雅·伊万诺夫娜死后过了五年，我凑巧路过那附近一带，就乘车到亚法纳西·伊万诺维奇的村子里去拜访我的老邻居，我曾经在他家里愉快地消度过日子，并且曾经饱吃过殷勤的女主人烹调的许多美味珍品。当我驶近院落的时候，我觉得这个家加倍地古旧了，农民的茅舍完全歪斜到一边去了，无疑，它们的主人们的情况也好不了多少；院子里的栅栏和篱笆完全毁坏了，我亲眼看见一个厨娘拔下枝条来烧炉灶，其实，她只要再多走两步路，立刻就能找到堆得高高的枯枝。我万分惆怅地驶近阶前，同样，那一群守夜狗和卷毛狗已经瞎了眼，

---

① 法语中一种打牌的术语（Pelite ouverte）。

或者瘸了腿，吠叫着，举起它们的毛茸茸的沾满牛蒡的尾巴。一个老人迎面走来。这就是他呀！我立刻把他认了出来；可是，他比先前弯腰曲背得更加厉害了。他认出是我，带着同样的我所熟悉的微笑向我寒暄问好。我跟着他走进屋里去；房间里的一切似乎都和以前一模一样。可是我发觉一切都显出一种古怪的杂乱，显然是缺少了一点什么；总之，我体验到了我们初次走进一个鳏夫——大家知道这个人跟伴他一辈子的妻子是须臾不可分离的——房间里去时袭上我们心头的一种古怪的感觉。这种感觉，正如同我们看见一个大家一向知道他很健康的人忽然缺掉了两条腿一样。在一切上面都可以看出细心操劳的普尔赫利雅·伊万诺夫娜不在人世了：吃饭时拿来了一把没有柄的刀子；菜肴烧得不像从前有滋味了。关于农事，我连问都不想问一下，甚至我也害怕瞧一瞧农事的设施。

当我们坐下吃饭的时候，一个女仆给亚法纳西·伊万诺维奇围上了餐巾，她做得很对，因为否则他会把一件长袍沾满调味汁的。我竭力要使他感到有兴趣，讲给他听各种新闻，他带着同样的微笑听我讲话，但有时他的眼光完全是麻木无情的，思想不但是涣散，简直是消失得无影无踪了。他常常没有把一匙粥送到嘴里，却送到了鼻子里，叉子没有戳到鸡肉，却戳到酒瓶上去，那时女仆就扶着他的手，引导他往鸡肉上戳过去。我们有时得花上几分钟等下一个菜端到桌上来。这一点连亚法纳西·伊万诺维奇也觉察了，他说："怎么等了这么久还不上菜呀？"可是我从门缝里看见那个端菜的小厮完全忘记了自己的职司，坐在长凳上，垂着头睡着了。

"这就是那种食品，"当蘸酸奶油的凝乳饼端上桌来的时候，亚法纳西·伊万诺维奇说，"这就是那种食品，"他继续说，我注意到他的声音开始颤抖了，眼泪就要从他暗淡失神的眼睛里溢出来，可是他进出全身力气，要把眼泪忍住，"这就是那种食品，那是死……死……死去……死去的……"接着，眼泪忽然夺眶而出。他的一只手落在盘子上，盘子翻倒了，飞了出去，打碎了，调味汁泼了他一身；他麻木无情地坐着，麻木无情地握着汤匙，眼泪像小河一般，像不断地喷射出来的泉水一般，流着，倾流如注地流到遮在他胸前的餐巾上。

老天爷！我望着他，心里想道：扑灭一切的时间过去了五年，——这个麻木不仁的老人，从来都没有强烈的灵魂的激动烦扰过他一次，他的全部生活只是坐在高高的椅子上，吃干鱼和梨，讲述善良的故事，——他居然有这样长久、这样痛烈的悲伤？什么东西对我们起的作用更强大一些：欲望还是习惯？

或者，一切强烈的冲动，我们的欲望和沸腾的情欲的全部旋风，不过是我们的青春年龄的结果，只是因为年轻，所以才显得那样深刻和具有歼灭性的力量？不管怎样，在这时候，我觉得，一切我们的情欲跟这长时期的、缓慢的、几乎是麻木不仁的习惯比较起来，就显得十分幼稚。他有好几次努力要说出死者的名字，可是名字只说了一半，他的平静的、寻常的脸就痉挛地歪斜起来，孩子般的哭泣打中了我的心坎。不，这不是老头儿们向你诉说悲惨的处境和不幸时通常如此毫不吝惜地流出的眼泪；这也不是他们喝了果酒以后流下的眼泪；不！这是由一颗已经冰冷的心的剧烈的痛苦积聚而成，不唤自至地、自然而然地流出的眼泪。

他在这以后没有活许久。我最近听到了他去世的消息。奇怪的是，他临终的情况竟和普尔赫利雅·伊万诺夫娜的临终有某种相似之处。有一天，亚法纳西·伊万诺维奇决定要到花园里去溜达溜达。当他带着平时那种漠不关心的悠闲劲儿，心头一点杂念也没有，只顾慢吞吞地沿着曲径小道踱步的时候，他遇到了一件奇怪的事情。他忽然听见背后有人用十分清晰的声音唤叫：亚法纳西·伊万诺维奇！他回过头去一看，却一个人也没有。他往四下里张望，往矮树丛里端详，——随便什么地方都没有一个人影。这是一个宁静的日子,太阳辉耀着。他沉思了一会儿:他的脸有点活泼了起来,最后说道:"这是普尔赫利雅·伊万诺夫娜在叫我!"

你无疑曾经偶然听到过一个声音呼唤你的名字,俗说这是鬼魂在惦念那个人,所以叫唤他;这以后,这个人的死亡就不可避免了。我承认,我听到这种神秘的呼声,总觉得很害怕。我记得我在小时候常常听到这种声音:有时,忽然在我的背后,有人非常清楚地喊我的名字。这时候通常是最晴朗的、阳光明媚的日子;花园里的树上没有一片叶子抖动,死一般寂静,连蟋蟀在这时候也停止了鸣叫,花园里一个人也没有。可是,我承认,如果在雷电交加的暴风雨的夜半,我刚巧独自一人迷失在荒无人迹的森林中间,我也不会像在晴朗无云的白天置身于这可怕的寂静中那样害怕。我那时候通常总是胆战心惊、气急败坏地从花园里跑出去,直等到碰到了一个人,他的姿影驱走了可怕的内心的荒凉,我才镇静下来。

觉得普尔赫利雅·伊万诺夫娜在叫他的这种真挚的信念,把他整个儿占领了;他像一个听话的孩子似的顺从着这个信念,日见消瘦,咳嗽起来,像蜡烛似的熔化,最后,也像蜡烛一样,因为没有油水维持它的可怜的火焰而熄灭了。"把我埋葬在普尔赫利雅·伊万诺夫娜的旁边。"这便是他临终前所说的全部的话。

他的愿望实现了,人们把他葬在教堂旁边,紧挨着普尔赫利雅·伊万诺夫娜的墓冢。前来送殡的客人减少了,可是平民和乞丐却还是同样多。豪华的住宅已经完全荒废。精于谋划的总管和村长一起,把管家婆没有能拿走的一切剩下来的古老器具和破烂什物统统搬到自己家里去了。不久,不知从哪儿来了一个远亲,遗产的承继人,以前不记得在哪一个联队里当过中尉,是一个惊人的改革家。他立刻看出了农事方面的极大的紊乱和疏漏;他决心一定要根除积弊,纠正缺点,进行整顿。购置了六把极好的英国镰刀,给每一家农舍钉上一块特别的牌号,最后,他把一切安排得这样妥善,过了六个月,领地就可以委托人代管了。贤明的代管人(包括一个前任的陪审官和某一个穿褪色军服的上尉)在短短的时期内把所有的母鸡和鸡蛋都消灭得一干二净。几乎倒卧在地上的茅舍完全坍塌了;农民们喝得酩酊大醉,大部分都逃亡到外乡去了。目前的主人跟两个代管人很能和睦相处,他们在一块儿喝果酒,可是主人也很难得下乡来,来了也住不长久。到目前为止,他还在小俄罗斯的各处市集上往来奔走;仔细打听并且在心里盘算着例如面粉、大麻、蜂蜜等等整批出售的大件产物的价钱，但只买进小件的废物，例如燧石、通烟斗的铁钎，总之，价钱总共不超过一卢布的一切东西。

塔拉斯·布尔巴

一

"转过身来，儿子！你这副模样多可笑！你们穿的这也算是僧侣的袈裟？神学校里大伙儿都穿这种衣服吗？"老布尔巴用这几句话接待了他的两个儿子，他们曾在基辅神学校念书，现在回到父亲家里来了。

哥儿俩刚刚下了马。他们是两个身强力壮的小伙子，他们还显得有点腼腆，正像刚出校门没有多久的神学校学生一样。他们结实的、强壮的脸上覆盖着还没有碰过剃刀的初生的柔毛。他们被父亲的这种接待弄得狼狈不堪，一动也不动地站着，眼睛望着地上。

"站住，站住！让我好好儿看看你们，"他把他们拨弄着，继续说，"你们穿的褂子多么长呀！这也叫褂子！走遍世界，这样的褂子也找不到一件。你们哪一个跑两步试试！我看他会不会叫前襟绊住，咕咚一声栽倒在地上。"

"别笑，别笑，爹！"做哥哥的那一个终于开口了。

"你瞧你，好神气！为什么我不能笑？"

"就是不能嘛。你虽是我的爸爸，可是只要你敢笑，实话告诉你，我就揍你！"

"哎呀，居然有这样的儿子！怎么，你要打老子？……"塔拉斯·布尔巴惊悸之余，往后倒退了几步，说。

"是的，就是我的爸爸也不成。谁要是侮辱我，不管是谁，我都要对他不客气。"

"你要跟我怎么个打法？用拳头？"

"不管用什么都行。"

"好，就用拳头吧！"塔拉斯·布尔巴卷起了袖子说，"我倒要瞧瞧，你动起拳头来是一个什么样的人！"

于是父亲和儿子在长久离别之后没有欢叙，却互相动起拳头来了，重重地打在对方的肋骨上、腰眼儿上、胸口上，一会儿退后去，互相瞪着眼睛，一会儿又重新进攻。

"瞧呀，好心的人们：老头子发昏了！他简直疯啦！"他们的脸色苍白的、瘦弱的、善良的母亲喊道，她站在门槛边，还没有来得及拥抱她的亲爱的孩子们，"孩子们好容易才回家，有一年多没有看见他们了，可是他不知怎么想的，要跟儿子动起武来了！"

"他打得真不赖呀！"布尔巴住了手，说，"说真的，是不赖呀！"他稍微理理衣服，继续说，"用不着正式跟别人交手就可以知道他的本事了。他会成为一个好哥萨克的！欢迎你，儿子！我们来拥抱吧。"于是父亲和儿子接起吻来了。"好哇，儿子！往后你就得像刚才我那样去打所有的人。别放过任何一个人！可是，不管怎么说，你这身打扮总是挺可笑的！为什么系着一根绳子？还有你，懒东西，为什么站在那儿，垂着一双手？"他转向年幼的一个说，"你怎么不打我啊，狗杂种？"

"亏你想得出！"母亲说，同时拥抱了一下小兄弟，"谁听说有儿子打老子的？你们闹得也够啦：孩子年纪还小，走了这么许多路，也累了……（这孩子有二十多岁，身材足有一俄丈高。）他现在需要睡个觉，吃点什么，可是你叫他打架！"

"哎，我看，你是个乳臭未干的娃娃！"布尔巴说，"儿子，可别听你母亲的！她是个老娘儿们，她什么都不懂。你们需要的是什么爱抚？你们的爱抚是空旷的原野和一匹骏马；这就是你们的爱抚！瞧见这把马刀没有？这就是你们的母亲！别人塞进你们头脑里的那些东西全是废料：神学校啦，所有那些书本啦，识字课本啦，哲学啦，这一切鬼知道是些什么玩意儿，我唾弃这一切！……"说到这儿，布尔巴在自己的话里插进了一个这样的字眼，甚至是不便形诸笔墨的，"最好这个星期我就把你们送到查波罗什去。那儿的学问才是真正的学问！那儿是你们的学校；只有在那儿，你们才能够得到知识。"

"那么他们一共只能在家里待一星期？"瘦弱的老母亲眼睛里噙着眼泪，凄楚地说，"可怜的孩子连玩一玩也没有工夫了，连认识认识他们出生的老家也没有工夫了，我也没有工夫把他们看个仔细了！"

"够了，吵得够了，老太婆！哥萨克生来不是为了跟老娘儿们打交道的。你想把他们两个都藏在裙子底下，像老母鸡孵蛋似的坐在他们上面。去吧，去吧，把所有的东西尽快地都给我摆在桌上。我们不需要馒头、蜜姜饼、罂粟馅点心和别的甜品；给我们拿来一整只的公羊，给我们一只母羊，四十年的陈蜜酒！白酒要多些，不是那种加了许多花样的白酒，带葡萄干和各种各样玩意儿的，要那种纯粹的、冒泡沫的白酒，让它像疯狂一样地沸腾着，咻咻发响。"

布尔巴把两个儿子带到正房里，两个正在收拾房间的戴着钱币编制的颈环的美丽侍女从那儿迅速地跑出去了。显然，她们是因为不喜欢饶恕人的少爷们突然来临而吃了一惊，再不然，就是想遵从她们女性的惯例:见了男人,大叫一声,慌张地跑开,事后用衣袖长久遮住羞得通红的脸蛋。正房是按照那个时代的风尚陈设的,那个时代只在歌谣和叙事民谣里还留下一些鲜明的痕迹,而在乌克兰,已经不再有长髯垂胸的盲老人,在多弦琴的静静的伴奏下,对围观的群众唱这些歌谣和叙事民谣了;正房是按照乌克兰因为宗教合并而开始爆发骚扰和杀伐的那个艰难战乱时代的风尚陈设的。一切地方都收拾得干干净净,涂着彩色的黏土。墙上挂着一些马刀、马鞭、捕鸟网、渔网和步枪,一只雕工精巧的角形火药匣,一副金光灿烂的马勒和镶有银片的绊马绳。正房里的窗户很小,嵌着圆圆的不透明的玻璃,这种窗户如今只有在旧式教堂里才会遇到,除非掀起那块活动玻璃,否则是什么都不能够望见的。窗和门的周围有红色的木框。墙犄角的架子上摆着许多坛、瓶、绿色和蓝色的长颈玻璃瓶、雕花的银杯、各地制造的镀金酒杯:威尼斯的、土耳其的、契尔克斯的,都是通过各种路径,经过三四个人的手,才到达布尔巴的正房里来的,这种情况在战乱的年代原是极普通的。屋子的四周摆着几张白桦树皮制的凳子;一张大桌子摆在正面的墙角里,圣像下面;还有一座具有后灶和凹凸部分的、盖着彩色斑斓的瓷砖的大炉子。这一切对于每年假期远道跋涉回家的这两个年轻人来说，是非常亲切的，他们跋涉回家，是因为他们还没有马，再说，习惯上也不允许学生骑马。他们只有一缕长长的额发①，任何一个携带家伙的哥萨克都能揪住这缕额发，把他们痛殴一顿。这次因为他们毕业了，布尔巴才从马群里选了两匹年轻的种马送给他们乘骑。

布尔巴趁儿子们回家的机会，叫人去召集所有留在当地的中尉和全体联队长官；当其中的两位和他的老伙伴德米特罗·托符卡奇副官来到的时候，他立刻把两个儿子介绍给他们，说："瞧呀，多么棒的小伙子！我马上就要送他们到谢奇去啦。"客人们祝贺了布尔巴和两个年轻人，并且告诉他们，他们做得很对，对于年轻人说来，再没有比查波罗什的谢奇更好的学校了。

"来吧，弟兄们，大家都在桌子跟前坐下，爱坐哪儿就坐哪儿。来吧，儿子们！首先我们要喝白酒！"布尔巴这样说了，"老天爷保佑！欢迎你们，儿子们：你，奥斯达普，还有你，安德烈！老天爷保佑你们打起仗来永远胜利！要打败异教徒，打败土耳其人，打败鞑靼人；波兰人要是胆敢反对我们的信仰，那么也要打败波兰人！来吧，把酒杯凑过来；怎么样？白

---

① 旧时乌克兰人的一种头发式样，头顶剃光，留一丛头发在脑门上。

酒好喝吗？拉丁话管白酒叫什么来着？儿子啊，拉丁人都是笨蛋，他们连世上有没有白酒还不知道哩。那个写拉丁诗的人叫什么名字来着？我没有念过多少书，所以我不知道；他的名字叫贺拉斯，对吗？"

"瞧，多聪明的爸爸！"大儿子奥斯达普心里想，"这老狗什么都知道，可是他还假装糊涂。"

"我想，僧院总长不会让你们闻一闻白酒的味道的，"塔拉斯继续说，"你们说实话吧，儿子们，他们用桦木和嫩樱枝狠狠地抽打了你们哥萨克的脊梁和浑身上下一切地方没有？也许，因为你们变得太聪明了，所以才用鞭子把你们打得皮开肉绽吧？也许，不但是星期六，就是星期三和星期四，也要挨揍吧？"

"以前的事情不必再去回想了，爹，"奥斯达普冷静地答道，"以前的事情已经过去了。"

"现在让他再来试试！"安德烈说，"现在谁再敢碰我一下试试！现在只要有什么鞑靼人敢露一露面，我就要叫他们知道哥萨克马刀的厉害！"

"好哇，儿子！说实在的，真好哇！要是发生了那样的事，我也要跟你们一块儿去！说实在的，我也要去！我在这儿等待什么鬼？叫我做一个割荞麦的人，做一个管理家务的人，叫我看羊、看猪、跟老婆在一块儿耗时候吗？滚他的吧：我是个哥萨克，我可不愿意！没有战事又碍得了什么？我还是要跟你们一块儿到查波罗什去逛逛。说实在的，我要去！"于是老布尔巴慢慢地越来越兴奋，越来越兴奋，终于完全发起脾气来，从桌子边站起来，振了振威容，顿着脚，"咱们明天就去。干吗要耽搁？守在这儿，还能等到什么敌人吗？这小屋子对我们算得了什么？我们要这一切有什么用？这些罐子有什么用？"说完这几句话，他就开始砸碎那些瓦罐和长颈玻璃瓶，扔在地上。

可怜的老太婆早已习惯于丈夫的这些行为了，坐在长凳上，忧愁地望着。她不敢说一句话；可是，她听见那个在她是这样可怕的决定之后，忍不住哭了；她望着立刻就要和自己离别的两个孩子——这种仿佛闪动在她的眼睛和紧闭的嘴唇里的默默无言的悲伤的全部力量，是任何人都无法描摹尽致的。

布尔巴非常固执。这是只有在艰苦的十五世纪在欧洲的半游牧地带才会产生的一种性格，当时整个蒙昧原始的南方俄罗斯被自己的王公们所遗弃，历经蒙古掠夺者贪得无厌的侵袭而完全荒废了，焚毁了；当时庐舍化为废墟，这儿的人倒变得勇敢起来；当时面临凶猛的邻居和不断的危险，人们搬到瓦砾场上来住，习惯于熟视危难，再不知道世上还存在有恐惧了；当时古老而和平的斯拉夫精神受到战火的洗礼，形成了哥萨克气质——俄罗斯天性的豪迈奔放的习癖；当时，所有的河岸、渡头、沿岸的斜坡和免除兵役的地方都住满了哥萨克，他们的人数谁都不清楚，他们勇敢的伙伴们有权利回答想知道人数的土耳其皇帝说："谁知道呢！他们散布在整片原野上，哪儿有巴伊拉克，哪儿就有哥萨克。"（意即哪儿有小丘岗，哪儿就有哥萨克。）这的确是俄罗斯力量的异常的现象：这是灾难的火镰从人民的胸怀中把这种现象压挤出来的。再没有从前的封地，充斥着养狗人和猎师的小城镇，再没有小王公们的互相仇视和互通贸易的城镇，却产生了被共同的危难和对非基督教掠夺者的憎恨联结起来的凶悍的村庄、营舍和外廓。大家已经从历史上知道，他们的频繁的交战和骚动不安的生活怎样使欧洲免于侵袭，不致有倾覆之忧。波兰国王们将封疆的王公们取而代之，成了这一片广阔土地的纵然是遥远而微弱的统治者之后，深知哥萨克的价值以及这种尚武好斗、警备森严的生活的好处。他们鼓励哥萨克们，迁就这种精神状态。在他们遥远的统治下，从哥萨克自身中间挑选出来的统帅们，把外廓和营舍改编成了联队和正规的军区。这不是一支集合在一起的常备军，谁都看不见类似这样的东西；可是，一旦发生了战争和大规模变乱，八天内，再不要多，每一个人从国王那儿只领到一块金币的饷银，就都全身披挂，跨上马背，两星期内就集结了一支军队，那是随便什么征兵机关也都无法募集的。远征一结束，战士就退到草原和田里去，到德聂泊河的渡头上去，捕鱼，做买卖，酿啤酒，又是一个自由的哥萨克了。同时代的外国人当时惊叹他们的异乎寻常的能力，是很有理由的。没有一种行业一个哥萨克不懂得：蒸酒、造车、制火药、干铁匠和钳工的活儿，此外再加上拼命游荡，像一个俄罗斯人那样地喝酒和酗酒——这一切都是他们能够愉快胜任的。除了认为战时应召是一项义务的登记过的哥萨克之外，需要迫切时，还可以在任何时候募集到一大群一大群的志愿兵，只要副官走过所有村庄和小镇中的市场和广场，站在货车上，扯开嗓门喊道："喂，你们，酿啤酒的人，酿蜜酒的人！你们别再酿啤酒，躺在后灶上，用肥胖的身体去喂苍蝇啦！快去赢得骑士的光荣和荣誉吧！你们，耕田的人，割荞麦的人，牧羊的人，跟娘儿们胡搅的人！你们别再跟着犁走，把黄皮靴踩在泥土里，别再偎在老婆身边，消耗骑士的精力啦！该是去获得哥萨克的光荣的时候了！"于是这些话就像火花落在干燥的木材上。耕田的人折断了犁，酿蜜酒和酿啤酒的人丢掉了桶,砸破了琵琶桶,手艺匠和商人把手艺和店铺都打发到魔鬼那儿去,敲破了家里的罐子。全部家财都放在马背上。总之,俄罗斯性格在这儿得到了深远的、广阔的发挥和强大的外观。

塔拉斯是那些主要的老联队长中的一个:他整个人就是为了战争的惊惶而生的,他粗野而直率的脾气非常出众。当时,波兰的影响已经开始对俄罗斯贵族发生作用了。许多人已经模仿波兰人的习惯,以穷奢极侈、仆从成群、鹰鸟、猎师、飨宴、府邸来炫耀于人。这不合塔拉斯的意。他喜欢哥萨克的简朴的生活,跟那些偏爱华沙方面的伙伴们吵了许多次嘴,把他们称为波兰老爷的奴隶。他是一个永远不知疲倦的人,他认为自己是正教的合法的保护人。只要哪个村子里有人抱怨土地经租人①压迫和新加房捐,他就威风凛凛地走进那个村子里去。他和他部下的哥萨克们对那些家伙进行惩罚,并且约法三章,规定在下面三种情况下必须拔刀子,那就是:如果专员②不敬重长老,在长老面前不脱帽子;如果嘲弄正教,不遵守祖先的规矩;最后,如果敌人是异教徒和土耳其人,他认为在任何情况下,为了基

---

① 这种人靠剥削为生,用钱买得土地所有权,然后租给农民耕种,自己从中取利。
② 指波兰籍的税吏。

督教的光荣，举起武器去对付这些人都是可以允许的。

他现在预先用想象来慰娱自己，他设想怎样和两个儿子一起来到谢奇，对人家说："瞧呀，我给你们带来了多么棒的小伙子！"怎样把他们引见给所有在战斗中百炼成钢的老伙伴；怎样看一看他们在军事学习以及酗饮方面的最初的成就，他认为酗饮也是骑士的主要优点之一。他起初想只打发他们两个去。可是，一看到他们的那股朝气、高大的身躯和强壮的肉体美，他的军人气质就也燃烧起来了，他决定第二天就跟他们一同前往，虽然除了顽强的意志是一个因素之外，他这样做是毫无必要的。他开始张罗起来，颁布命令，给年轻的儿子们选好马匹和鞍辔，查看马厩和库房，挑选明天应该随他们出发的仆从。他把自己的职权交托给托符卡奇副官，并且对他下了一道严厉的命令，叫他只要从谢奇方面一得到什么消息，立刻就率领全军出发。虽然他有点微醺，酒力还在他的头脑里回荡，却什么也没有忘记。他甚至还吩咐人给马饮水，给它们在秣草槽里多加大粒的上等小麦，张罗得累了，这才回到房间里来。

"好啦，孩子，现在该睡啦，明天我们就要做上帝叫我们做的事情。别给我们铺床！我们不需要床。我们要在院子里睡。"

夜幕还刚刚笼罩天空，可是布尔巴总是很早就躺下睡了。

他横卧在毛毯上，再盖上一件羊皮袍子，因为夜间的空气很凉爽，并且布尔巴在家的时候是喜欢盖得暖和一些的。他很快就打起鼾来了，然后整个院子也都跟着他睡着了；躺在不同角落里的所有人都打着鼾，哼哼着；更夫最先睡着，因为他欢迎少东家们的归来，酒喝得比大家都多。

只有可怜的母亲一个人没有睡。她挨近并排躺在一起的两个爱子的枕边；她用梳子梳理他们青春的、纷乱如丝的鬈发，用眼泪濡湿它们；她全神贯注地凝视他们，用全部感觉凝视他们，整个身心融入一瞥之中，却还是百看不厌。她用自己的乳房哺育了他们，她养育和爱抚了他们，——可是，能看见他们留在自己跟前的时间却只有一刹那。"我的儿子，亲爱的儿子啊！你们会怎么样？什么命运等待着你们？"她说，眼泪停留在使她美丽的脸改变了样子的那些皱纹里。她实在可怜，正像处于那勇于杀伐的时代里的每一个女人一样。她只度过了一瞬间的爱情生活，并且那是仅仅在最初的情欲的狂热之中，最初的青春的狂热之中，可是她的严酷的诱惑者即刻就为了马刀，为了伙伴，为了酣饮，把她抛弃了。她在一年里有两三天看到过丈夫，后来就好几年听不到他的音讯。就是看到他的时候，他们住在一起的时候，她过的又是什么样的生活？她遭受侮辱，甚至遭受毒打；她受到仅仅由于怜恤而恩赐的温存，她在这些被放荡的查波罗什染上严酷色彩的单身骑士的集团里，是一种奇异的人物。没有得到一点欢乐，青春就在她眼前闪过了，她的美丽鲜艳的双颊和胸脯，没有被吻过就枯萎了，盖上了早衰的皱纹。一切爱情，一切感觉，妇女所有的一切温柔的热情的东西，在她身上都变成了一种母性的感情。她带着热诚，带着爱情，带着眼泪，好像一只草原上的鸥一样，在自己的孩子们头上翱翔。人家要从她身边把她的孩子，她的亲爱的孩子夺走，让她永远再也看不见他们！谁知道，也许，在第一次战斗里，一个鞑靼人就会砍掉他们的脑袋，她将不会知道他们的被抛弃的尸体躺在哪儿，那尸体将被路上的猛禽啄食，为了那尸体的每一块肉、每一滴血，她是愿意献出自己的一切的。她一边痛哭，一边凝视着他们的被沉沉的酣梦紧闭起来的眼睛，想道："没准儿布尔巴一觉醒来，会把行期延迟一两天；也许，他决定这么快就动身，是因为多喝了酒。"

月亮从天空的高处早就照亮了挤满睡觉的人的整个院子、繁密的柳树丛，和把围绕院子的栅栏掩埋起来的长长的杂草。她仍然坐在亲爱的儿子们的枕边，眼睛一分钟也不离开他们，也不想睡。马儿察觉到天将黎明，都已经躺在草上，不再啃嚼饲料了，柳梢的叶子开始簌簌发响，慢慢地，忽起忽止的簌簌声一直传到了最低处。她一直坐到天亮，一点也不觉得疲倦，内心渴望着黑夜能尽量地再延长些。草原上传来一匹马驹的响亮的嘶鸣；无数红色的光带在天空中鲜明地闪耀着。

布尔巴忽然醒了，一骨碌爬了起来。他很清楚地记得昨天嘱咐过的一切。

"好啦，伙计们，睡得够啦！是时候了，是时候了！给马饮水！老婆子在哪儿？（他通常总是这样称呼自己的妻。）快着点，老婆子，给我们预备吃的吧，因为要走很远的路哪！"

可怜的老太婆丧失了最后的希望，凄凉地缓步踱进小屋子。当她流着眼泪预备早餐所需要的一切的时候，布尔巴下着命令，在马厩里忙着，亲手给孩子们挑选最好的马具。这两个神学校学生的风姿忽然大大改变了：他们脚上不再穿从前的肮脏的长统靴，却穿起附有银马刺的摩洛哥皮的红皮靴来；像黑海一样宽阔的打着无数叠痕和褶襞的灯笼裤，系着一根金色的裤带；裤带上挂着缚烟斗用的、附有穗缨以及其他铃铛等小物件的一些长长的小皮带；深红色的短袄是用漂亮的呢子做的，像一团火一样，上面系着一条有花纹的腰带；几把雕镂细工的土耳其式手枪插在腰带上；马刀碰在他们的脚上，铿锵作响。他们的还没有十分晒黑的脸,看来更是俊秀和洁白了;新生的黑髭现在仿佛把他们的白净和青年人的健康而强壮的容颜衬托得格外鲜艳;他们戴着有金色尖顶的黑羊皮帽子,显得非常漂亮。可怜的母亲!她看到他们的时候,一句话也说不出,眼泪在她的眼睛里转动。

"好啦,儿子们,一切都准备好了!别再耽搁了!"布尔巴终于说了,"按照基督教的规矩,现在在上路之前,大家必须坐下。"

大家坐下了,甚至连恭恭敬敬地站在门口的仆人们也包括在内。

"孩子的妈,现在给孩子们祝福吧!"布尔巴说,"祷告上帝,让他们勇敢地打仗,永远保持骑士的名誉,永远维护基督的信仰,要不然的话,情愿他们死掉,连他们的灵魂也不要留在世上!孩子们,到母亲跟前去:母亲的祷告将带给你们水上和陆上的平安。"

像世上所有的母亲一样,软弱的母亲拥抱了他们,取出两个小小的圣像,一边痛哭着,一边给他们戴在脖子上。

"让圣母……保佑你们……儿子们,别忘了你们的母亲……一到那边就捎个信回来……"她再也说不下去了。

"好啦,咱们走吧,孩子们!"布尔巴说。

台阶旁边站着几匹备好鞍辔的马。布尔巴一跃就上了自己的"魔鬼",那匹马感觉到背上压了二十普特①的重量,疯狂地往后倒退起来,因为布尔巴是一个体重惊人的胖子。

当母亲看到儿子们骑上了马的时候,她向脸上表露出更多柔和表情的弟弟那边扑了过去;她攀住他的马镫,紧贴在他的马鞍上,脸上露出绝望的神色,拼命抓住他,不松手。两个健壮的哥萨克很留神地拉住了她,把她搀进屋里去了。可是,当他们骑马跑出大门的时候,她以和她年龄不相称的野山羊般的敏捷跑出大门去,使出一股不可思议的劲儿,拦住了马,用一种疯狂的失掉感觉的热狂拥抱了他们中间的一个;人家又把她搀走了。

两个年轻的哥萨克心乱如麻地骑马走着,害怕父亲,勉强忍住了眼泪,父亲也感到有点慌乱,虽然他竭力不表露出来。这是一个灰沉沉的阴天;绿草鲜明地辉耀着,鸟儿有点不合调似的啼啭着。他们骑马走了一阵,回头去看看;他们的村落好像埋没到地下去了;浮露在地面上的只有他们的陋屋的两个烟

---

① 1普特合16.38公斤。

囱，和他们像松鼠般攀枝登临过的树梢；只有遥远的牧场还展延在他们面前，——他们从那块牧场可以回忆起全部生活的历史来，从在露水沾湿的草上翻滚嬉戏的时代起，直到在那儿等待一个黑眉毛的哥萨克姑娘迈着矫健迅速的脚步胆怯地走来的时代为止。接着，只有一根顶上缚着车轮的井上的测量杆寂寞地矗立在空中；接着，他们走过的那片平原已经远远地像一座山岭，把一切都遮蔽起来了，——别了，童年，嬉戏，一切，一切！

二

三个骑马的人都默默地策马前进。老塔拉斯想到了往昔的事情：他的青春，他的岁月在他眼前闪过去了，——当想起这些消逝的岁月的时候，一个希望一生永远年轻的哥萨克是会黯然泪下的。他寻思着到了谢奇会遇到旧日伙伴中的什么人。他计算哪一些人已经亡故，哪一些人还活着。泪珠慢慢地在他的眼眶里凝结起来，他的斑白的脑袋忧郁地垂下了。

他的儿子们寻思的却是另外一些事情。可是，关于他的儿子们，必须多交代几句。他们在十二岁上被送到了基辅的神学校，因为当时的达官显贵都认为教育子弟是必不可少的事，虽然这股热劲儿不能持久，结果倒是把教育忘记得更加一干二净。他们当时像一切初进神学校的孩子一样，野性天成，一向在自由环境里教养长大，进来之后他们通常经过一番磨炼，获得了一种使他们互相类似的共通的东西。哥哥奥斯达普是这样开始他的学校生涯的：在第一年上，他就逃学了。人家把他抓回来，狠狠地打了一顿，强迫他在书本前面坐下了。他四次把识字课本埋在地里，四次人家把他打得皮开肉绽，然后给他买了新的。可是，毫无疑问，他还会重复第五次的，如果不是父亲向他郑重说明，要把他拘禁在修道院里做整整二十年的苦工，并且预先发誓说，他要是不在神学校里念完所有一切课目，就让他永远再也见不到查波罗什。有趣的是，说这一番话的就是那一个塔拉斯·布尔巴，他曾经把学问骂得一文不值，并且正像我们已经看到的，他还劝告孩子们完全不要去钻研学问。从这时候起，奥斯达普就发奋努力，坐在枯燥乏味的书本前面，很快就跻于优等生之列了。当时学识的性质跟实际生活隔离得非常远：这些烦琐哲学的、文法学的、修辞学的、逻辑学的奥妙绝对触不到时代，从来不可能在生活中被应用和重复。学过这些东西的人，不能把他们的知识，甚至哪怕是比较少一些烦琐哲学成分的知识，和实际联系起来。当时最有学问的人，比其余的人更是不学无术，因为他们是和实际经验完全脱离的。此外，神学校有一个共和组织，充满着许多年轻的、茁壮的、健康的人，——这一切都教导他们去从事完全逸出学业范围以外的活动。有时由于给养不良，有时由于经常用挨饿来施行惩罚，有时由于泼辣的、健康的、结实的青年人身上所发生的许多需要，这一切因素加在一起，就使他们产生了一种日后在查波罗什更加发展起来的进取精神。饥饿的神学校学生们奔走在基辅的大街上，逼得大家都必须保持警戒。坐在市场上的女商贩，只要看到一个过路的神学校学生，就用双手遮住馅饼、面包圈、南瓜子，像雌鹰遮住自己的鹰雏一样。负有监督托付他照管的同学们的责任的班长，灯笼裤上有这样一些极大的口袋，能够把打哈欠的女商贩的整个店铺都装进去。这些神学校学生形成了一个完全特别的世界：他们被禁止踏入由波兰和俄罗斯的贵族们组成的上流社会。就连总督亚当·基谢尔，尽管对神学校爱护备至，也不把他们引进上流社会里去，并且吩咐要把他们管束得更严厉些。然而这种训令完全是多余的，因为校长和师僧是不吝惜柳条和鞭子的，学监奉了他们的命令，常常把班长们打得皮开肉绽，让他们有好几个星期都要揉自己的屁股。这对于他们中间的许多人来说完全算不了什么，不过比掺上胡椒的上好的伏特加酒稍微厉害一些罢了；另外一些人终于对这种不断的鞭挞感到了十分厌烦，他们假使能够找到路径并且不被中途截获，就逃到查波罗什去。奥斯达普·布尔巴虽然发奋努力，学习逻辑学以至神学，可是无论如何还是免不了受到无情的鞭打。自然，这一切应该只会使他的性格变得坚强起来，赋予他一种使哥萨克显得出众的不屈不挠的精神。奥斯达普经常被人认为是最好的伙伴之一。他很少带头率领别人去闹事——偷窃人家的花园或菜园，可是同时，他却总是在勇往直前的神学校学生的指挥下第一批冲进去的人中的一个，并且在任何情况下都从来不出卖自己的伙伴。无论打断多少鞭子和柳条，都不能逼他做这种事情。除了战争和放肆的宴饮之外，他对任何其他的诱惑都毫不动心；至少，他几乎从来没有转过别的念头。他以直率的态度对待同辈。他具有一种只有这样性格的人在这样的时候才可能具有的善良天性。他被可怜的母亲的眼泪深深地打动了，只有这一件事才使他感到惶恐，使他若有所思地垂下了头。

他的弟弟安德烈具有稍微活泼一些并且似乎成熟一些的感情。他读书更出于自愿一些，没有像具有沉稳而强烈的性格的人通常干起事来时那股紧张劲儿。他比他的哥哥更机智；他常常是危险行动的首领，有时靠了他的聪明机智，能够侥幸逃避惩罚，而他的哥哥奥斯达普，却把一切思虑弃置脑后，把长褂脱下来，躺在地板上，压根儿不想去乞求赦免。他也燃烧着建立功勋的渴望，可是同时，他的灵魂也能领会别种感情。当他过了十八岁的时候，爱情的要求在他的心里强烈地滋长了起来。女人越来越频繁地出现在他的热烈的幻想中；他一边倾听哲学讨论，一边时时刻刻看到那个鲜艳的、黑眼睛的、温柔的人儿的姿影。她的莹洁的有弹性的胸，柔和的、美丽的、全裸的胳膊，不断地在他的眼前闪动；连那紧贴着她的年轻的同时又是强壮的肢体的衣服，在他的幻想中也透露着不可名状的情欲的味道。他把这种热情的青春的灵魂冲动小心谨慎地在同伴面前隐藏起来，因为在那个时代一个哥萨克还没有经历过战争就想到女人和爱情，是可耻的，不体面的。大体说来，他在最近几年中更少带头闹事了，但却更经常独自一人徘徊在湮没在樱桃园中的阒无人迹的基辅的僻巷里，在诱人地面临着街道的矮房子中间。他有时也闲步踱进贵族们聚居的街道，现在叫作"老基辅"的地区，那儿住着小俄罗斯和波兰的贵族，房子造得有点奇形怪状。有一次，他正在出神的时候，某一个波兰老爷的马车几乎从他身上轧了过去，坐在驭者台上的那个蓄有大胡子的车夫挥动皮鞭，对准他身上狠狠地抽了一下。年轻的神学校学生冒火了：一时恶从胆边生，不知哪儿来的一股劲儿，他伸手过去抓住了后轮，使马车停住了。可是车夫害怕吃眼前亏，对马背上打了几鞭，几匹马突然往前飞奔，——安德烈幸亏赶快松了手，一跤跌在地上，弄了一脸泥泞。在他头上，发出了一阵非常响亮而且悦耳的笑声。他抬起头来，看见一个美女倚窗伫立，那美貌是他有生以来从来没有看到过的：她有一双黑眼睛和像早晨旭日照耀下的雪原一样洁白的皮肤。她打心坎里笑出声来，这笑又给她的闪耀夺目的美丽增添了迷人的力量。他惊慌失措了。他茫茫然，对她呆望着，同时漫不经心地擦着脸上的污泥，但却越擦越脏了。这个美女会是谁呢？他想去向侍仆们打听一下，他们穿着华贵的服装，聚作一堆，站在门口，围着一个弹奏多弦琴的年轻的乐师。可是，侍仆们看见他的涂污的脸，便扬声大笑，不给他答复。最后，他打听到这是到这儿来暂住一时的柯文市总督的女儿。第二天夜里，他凭着只有神学校学生才会有的果敢精神，越过栅栏，潜入到花园里去，爬上一棵枝丫婆娑的树，树枝高耸到屋顶上；他从树上跳到屋顶上，再从壁炉的烟囱里一直钻进那美女的卧室，这时她正端坐在烛前，从耳朵上脱下贵重的耳环。美丽的波兰姑娘忽然看到一个陌生男人站在自己面前，吓得一句话也说不出来；可是，当她看到这个神学校学生低下眼睛站在那儿，因为羞怯连手都不敢动一动的时候，当她认出这就是当她的面扑通一声摔倒在当街的那个人的时候，她又忍不住发笑了。再说，安德烈的面貌一点也没有什么难看之处：他是很漂亮的。她由衷地笑着，把他捉弄了许久。美人儿像一般波兰女人一样轻佻，可是她的眼睛，一双奇异的、锐利而且明亮的眼睛，却投出了长久的、永恒的一瞥。当总督女儿勇敢地走到他面前，把自己的灿烂的冠冕戴在他头上，把耳环挂在他唇上，把绣金边的透明的洋纱披肩披在他身上的时候，这个神学校学生不能动一动自己的手，就像被缚在口袋里一样。她把他打扮着，以一种轻佻的波兰女人所特有的孩童般的放肆态度，在他身上玩够了千百种各式各样的把戏，使可怜的神学校学生更加狼狈了，他显出一副滑稽可笑的样子，张开嘴，一动不动地望着她的光耀照人的眼睛。一阵敲门声使她吃了一惊。她叫他躲到床底下去，等到这阵不安一过去，就对侍女，一个被俘虏来的鞑靼女人，大声吆喝，吩咐她小心谨慎地把他领到花园里去，然后从那儿翻过围墙走掉。可是这一次我们的神学校学生没有能够那么幸运地越墙而过：惊醒过来的更夫紧紧地抓住了他的脚，仆人们聚拢来，追到街上，把他一阵好打，直到两条飞快的腿把他救出重围为止。从此以后，走过这幢房子是非常危险的了，因为总督府里的侍仆非常多。他在礼拜堂里又遇着了她一次：她看见他，欣然地微笑了，就像看见一个老朋友一样。他偶然还遇到过她一次，再以后，柯文市总督不久就离开了，出现在窗口的不再是美丽的黑眼睛的波兰姑娘，却换了一个胖胖的脸蛋。安德烈垂下头，把眼睛埋在马鬃上，这时候所想到的就是这些。

这当口，草原早已把他们大家搂在翠绿的怀抱里了，高高的草丛一望无际，隐没了他们，只有几顶黑色的哥萨克帽子在草穗中间闪动着。

"咦！小伙子们，你们怎么都不作声呀？"布尔巴终于从沉思中惊醒了过来，"你们就像是两个修道僧似的！得了，把一切忧虑都交给魔鬼去吧！烟斗叼在嘴里，让咱们抽几口烟，然后策马飞奔，叫鸟儿也赶不上咱们！"

于是哥萨克们欠身蜷伏在马背上，消失在草丛里了。连黑色的帽子也早已看不见了；只有被践踏的草丛迅速翻卷起来的波浪显示他们奔驰的痕迹。

太阳早已从晴朗的天空里探出头来，用令人爽快的发热的光沐浴着草原。哥萨克们的灵魂里曾经有过的一切朦胧的和昏沉的东西，立刻都消失了；他们的心像小鸟似的跳动起来。

草原越远越美丽。在当时，整个南方，那构成现今的新俄罗斯的全部地区，直到黑海为止，都是一片翠绿的未开垦的荒地。犁耙从来没有在野生植物的无边无际的波浪里犁过。只有马匹像走进森林一样，隐藏在野生植物的丛薮里面，践踏过它们。大自然中的任何东西都不可能比它们更美丽了。整个地面形成一片金色带绿的海洋，上面点缀着千万朵各种各样的花。细长的草茎中间露出淡青色的、蓝色的和淡紫色的矢车菊。黄色的金雀花向上挺出金字塔形的尖顶。白色的苜蓿耸出伞形的帽子，在地面上特别显眼。不知道从哪儿吹来的一棵麦穗，在花丛中间成熟了。鹧鸪伸长颈脖，在麦穗的细根下面乱窜。空中充满着千百种各种各样的鸟鸣。兀鹰静止不动地停在天空，展开双翼，把眼睛呆呆地注视在草上。飞过云端的一群雁的叫声，在天知道多么遥远的湖上激起了回响。一只鸥从草丛里有节奏地振翼飞起，飘逸多姿地浮游在空气的蓝色的波浪里。它一会儿在高处消失影踪，只留一个小黑点闪动着，一会儿又翻转两翼，在太阳前面明灭辉耀着。真是见鬼，草原，你是多么美丽啊！

旅人们只停留了几分钟来吃午饭，同时，跟他们一块儿来的十个哥萨克所组成的一个支队翻身下了马，解开了装酒的木樽和代替食器用的葫芦。他们只吃了涂油的面包或是烤饼，每人只喝了一小杯酒，仅仅为了提提精神，因为塔拉斯·布尔巴是从来不许可路上喝酒的，接着又继续赶路，直到黄昏。到了垂暮的时候，整个草原完全改变了。整个彩色斑斓的地区被鲜艳的夕照笼罩着，慢慢地暗沉下来，这样就可以看到：影子在他们身上掠过，他们变成深绿色的了；水蒸气蒙蒙升起，每一朵小花，每一棵小草，都散发出芳香，整个草原沉浸在馥郁的气息里。在深蓝色的天空里，好像经过巨人的画笔一挥，给涂上了几条蔷薇色掺杂金色的宽阔的带子；偶尔飘过几块轻轻的透明的白云，像海波一样清新而迷人的熏风吹得草尖微微摆动，抚摸着行人的面颊。白天里的音乐悄静下来，被另外一种音乐所代替了。有斑纹的土拨鼠从洞窟里爬出来，用后掌蹲着，啸声响彻了草原。蚱蜢的唧唧的鸣声变得更加响亮了。有时从远处什么孤寂的湖上传来天鹅的鸣声，像银铃一样在空气里回响着。旅人们在草原中间停下来，选定了宿夜地点，点起火，架起了锅子，在锅子里熬油粥吃；水蒸气升腾起来，袅袅地飘荡到空中去。吃完晚饭，哥萨克们把缚住的马匹放去吃草，自己就躺下来睡觉了。他们把长褂铺在地上，躺在上面。夜间的星星一直俯视着他们。他们用自己的耳朵听到充满在草丛间的整个不可计数的昆虫世界的动静，它们的喧嚷、锐叫和唧啾；这一切声音都清朗地响彻夜间，被清新的夜的空气所柔化，十分悦耳地送到人们的耳边。如果他们中间有谁起来站一会儿，他就会看见草原上布满了萤火虫的灿烂的火星。有时，夜空在许多地方被远处牧场和河岸上焚烧枯枝的红光所照亮，一群向北方飞去的天鹅的黑黑的行列突然反射出蔷薇色掺杂银色的光彩，这时就像许多块红手帕向黑暗的天空飞去一样。

旅人们继续前进，没有遇到任何事故。他们无论走到哪儿，都没有看到任何一棵树木，极目四望，永远是一片无边无际的、自由的、美丽的草原。只有偶然才在一边看到，绵延在德聂泊河沿岸的遥远的森林的梢顶泛着葱郁的蓝光。只有一次，塔拉斯对儿子们遥指着远处草上的一个小黑点，说："瞧，孩子们，那儿有一个鞑靼人在往前跑呢！"那个长着胡子的小脑袋从远处一直把窄细的眼睛盯在他们身上，像猎犬一样嗅着周围的空气，等到看清楚哥萨克有十三个之多，就像羚羊似的消失得无踪无影了。"喂，孩子们，你们试试去追上那个鞑靼人！……算了，别试了吧，——你们一辈子也捉不到他的：他的马比我的'魔鬼'还快哩。"然而，布尔巴从此以后加紧提防起来，害怕不小心在哪儿中了埋伏。他们驰向一条流入德聂泊河的名叫鞑靼尔卡的小河，他们骑着马扑到河里去，浮游了好一会儿，为了掩藏自己的行踪，然后再爬上岸来，继续他们的旅程。

这以后过了三天，他们已经离开他们旅程的目的地不远了。空气忽然冷起来；他们感觉到德聂泊河近了。它在远处闪烁着，划出一条昏暗的带子，和地平线区分开来。它向前推送着冷的波浪，伸展得越来越近，越来越近，终于拥抱了地面的一半。这是在德聂泊河的一部分地带：本来它被激流限制着，可是到了这儿，它终于进入自由的天地，奔放泛滥起来，像海洋一样咆哮着；散布在它的中流的许多岛屿，更把它从两岸推挤开去，滔滔的波浪遇不到断崖和高地的阻拦，就一直漫到地上去。哥萨克们下了马，登上渡船，经过三小时的航行，已经到达了霍尔季察岛的岸边，经常转移地点的谢奇当时正是驻在那儿。

一群人在岸上跟船夫们争吵着。哥萨克们给马整理了一下装备。塔拉斯抖擞精神，紧紧腰带，傲然地抚弄着胡子。他的年轻的儿子们也怀着一种恐惧和朦胧的满足的感情，从头到脚把自己看了一遍，然后他们一起骑马进入了距离谢奇半俄里远的城郊。他们一走进城郊，那二十五家就地掘成的顶上盖着草皮的铁匠铺里敲打着的五十把铁锤就把他们的耳朵震聋了。健壮的制革匠们坐在沿街台阶前的廊下,用强有力的手揉着牛皮。摊贩们面前摆着一大堆火石、火镰和火药求售。一个亚美尼亚人把贵重的手帕挂了出来。一个鞑靼人旋转着串在铁钎上的涂生面的炙羊肉片。一个犹太人耸出脑袋,从圆桶里倒出白酒来。可是,第一个扑入他们眼帘的,却是一个伸展四肢躺在路当中的查波罗什人。塔拉斯·布尔巴不能不停下来,对他欣赏不止。

"哎呀,躺得多么有气派!真是一表人才!"他勒住了马,说。

说实在的,这是一幅非常肆无忌惮的图画:那查波罗什人活像一只狮子,直挺挺地躺在路上。他的傲然披散着的额发,占了半俄尺地面。贵重的大红呢子灯笼裤沾满了油斑,为的是显示他完全不爱惜裤子。欣赏够了之后,布尔巴继续顺着这条狭窄的街道走去,街上拥塞着做手艺的工匠们和住在这个谢奇的城郊的各族人民,这儿像是一个市集,只懂得游荡和放枪的谢奇就是靠这儿供给他们衣食的。

最后,他们穿过了城郊,看见了几所零零落落的、盖着草皮或是按照鞑靼规矩覆着毡毯的营舍。有些营舍架上了大炮。找遍任何地方也看不到围墙,或是像在城郊看到过的那些用矮木柱搭着敞棚的矮房子。绝对没有一个人守护的小小的土城和鹿寨,显示出疏忽大意到了极点。几个口衔烟斗沿路偃卧的身强力壮的查波罗什人十分冷淡地瞧着他们,动弹也不动弹一下。塔拉斯小心谨慎地和儿子们一起在他们中间走过,说:"你们好,老乡们!""您好!"查波罗什人应答着。遍地遍野,到处挤满着彩色斑斓的人群。从黧黑的脸上可以看出,他们都是在战斗中锻炼过来,熬受过各种各样灾难的。这便是谢奇!这便是所有这些狮子般傲慢而坚强的人源源流出的那个巢穴!自由和哥萨克精神便是从这儿泛滥到整个乌克兰去的!

　　旅人们来到了广场上,人们经常在那儿召开会议。一个没有穿衬衫的查波罗什人坐在一只翻倒的圆桶上;他手里拿着衬衫,慢慢地在织补上面的破洞。一大群乐师又挡住了他们的去路,在这些人中间,有一个年轻的查波罗什人歪戴帽子,举起双手,在跳舞。他只顾喊道:"弹得起劲些呀,乐师们!福马,别舍不得请正教徒们喝酒!"于是打伤了一只眼睛的福马就毫无限制地给在场的每一个人斟上一大杯酒喝。在那个年轻的查波罗什人周围,四个老人用碎步摆动双脚,像一阵旋风似的跳到一边去,几乎跳到了乐师头上,忽然又蹲下来,走矮步,用银后跟急遽而猛烈地敲击着坚实的土地。地上发出低沉单调的声音，传遍周围一带，远远地，在空中回响着用响亮的靴后跟打着拍子的高巴克舞和特罗巴克舞的声音。有一个人比大家喊得更起劲，跟在别人后面飞快地跳着舞：额发随风飘动，强壮的胸膛完全敞露着；一件暖和的冬季毛皮外套只穿上两只袖子，大颗大颗的汗珠还不住地冒出来，宛如雨降一般。"把毛皮外套脱掉吧！"塔拉斯终于说了，"瞧你身上直在冒热气哪！""不行！"查波罗什人喊道。"为什么？""不行；我有这样一种脾气：要是脱下来，那就得把它换酒喝。"果然不错，那年轻人头上早已不戴帽子，长褂外面早已不系腰带，也更没有绣花的围巾：一切都到应该去的地方去了。人群越来越壮大了；另外一些人也加入了跳舞，看到整个人群沉迷在世上罕见的、由于它的强大的创造者而博得哥萨克舞的名称的这种最自由最疯狂的舞蹈里面，是不能不引起内心的激动来的。

"唉，要是我不骑马就好了！"塔拉斯喊道，"我一定也要来加入跳舞！"

这当口，人群中间出现了几个不止一次当过首领的、德高望重的、因为勇武而在整个谢奇受人尊敬的白发老翁。塔拉斯立刻看到了许多熟识的脸。奥斯达普和安德烈只听见周围响起一片问候的声音。"啊，原来是你，彼车利察！你好，柯左鲁普!""哪一阵风把你吹来的,塔拉斯?""你怎么会上这儿来的,陀洛托?""好啊,基尔佳加!好啊,古斯推!我怎么想得到还能见到你啊,烈敏?"从东部俄罗斯整个放荡的世界聚集拢来的勇士们互相接起吻来;接着就提出了一连串问题:"卡襄怎么样了?鲍罗达夫卡怎么样了?柯洛彼尔怎么样了?毕绥肖克怎么样了?"塔拉斯只听得回答的是:鲍罗达夫卡在托洛潘被绞死了,柯洛彼尔在基济基尔敏附近被人剥皮而死,毕绥肖克的头被人腌在桶里,一直送到查尔格拉得①去了。老布尔巴垂下了头,沉思地说:"都是些好哥萨克啊!"

三

塔拉斯·布尔巴和儿子们一起住在谢奇已经将近一星期了。奥斯达普和安德烈很少受到军事教育。谢奇的人不喜欢拿军事训练来给自己添麻烦,虚掷光阴;青年人到了这儿,只能依靠经验,在酣战中教育和培养自己,因此战争几乎是从来没有间断过的。哥萨克们认为,除了打靶子、偶尔赛马和到野外和牧

---

① 土耳其旧都君士坦丁堡(今伊斯坦布尔)之别称。

场上去狩猎之外，再从事研究什么军规之类，是很讨厌的；全部剩下的时间都付于逸乐，——这是自由精神的广阔发挥的标志。整个谢奇是一个奇异的现象。这是一场连续不断的欢宴，舞会喧闹地开始了之后就永无休止的时候。有人从事手艺，另外一些人开店和做买卖；可是，大部分人从早到晚游荡着，如果袋里有钱叮当发响，得来的财物还没有转到小贩和酒店老板手里去的话。这普遍的欢宴包含着一种魅惑人的东西。这不是什么借酒浇愁的酒徒们的集会，简直是欢乐的疯狂的纵饮。每一个到这儿来的人都忘记了和抛弃了他先前感兴趣的一切。他可以说是唾弃了一切过去的东西，以一种狂热信徒的热忱迷醉于自由和像自己一样的人之间的盟友关系，——这些人除了广阔的天空和灵魂的永久的欢宴之外，没有亲人，没有家，没有个落脚处。这就产生了其他任何理由所不能产生的那种疯狂的欢乐。聚在一起的懒洋洋躺在地上的人群所讲的那些故事和闲谈，常常非常可笑，简直是有声有色，必须具有查波罗什人的沉静的外貌，才能够一直保持脸部不动的表情，连胡子也不翘一翘，——这种鲜明的特征，至今还使南俄罗斯人有别于其他的同胞。这是一种烂醉如泥的、喧嚣的欢乐，可是尽管如此，这又不像是在阴暗的小酒店，沉溺在忧郁的变态的欢乐里，却是如同一群亲密的同学集合在一起。不同的只是：他们不是在教鞭之下正襟危坐，恭聆教师的陈腐议论，而是骑着五千匹马一齐出击！不是到牧场上去玩球，而是对付未加防卫的、任人通行的边界，在那儿，鞑靼人伸出他的敏捷的脑袋，包绿头巾的土耳其人一动不动地虎视眈眈。不同的是：现在没有强制的意志把他们集结在学校里，而是他们自己抛弃了父亲和母亲，从血肉相连的家里跑了出来。来到这儿的人脖子上已经套上过绞索，可是他们幸免于苍白的死亡，却看到了生命，放纵无羁的生命；来到这儿的人，由于高贵的习惯，不能留一文钱在口袋里；来到这儿的人，以前把一枚金币视为莫大的财富，可是多亏犹太土地经租人的照顾，他们现在可以翻转口袋而不必害怕掉落什么东西。到这儿来的，有一切受不住神学校的鞭子和没有从学校里学会一个字母的学生；可是同时，到这儿来的也有那些懂得什么叫作贺拉斯、西塞罗和罗马共和国的人。这儿有许多军官，后来在皇家军队里博得烜赫的功名；这儿有无数有教养又有经验的游击队员，他们怀有一种高贵的信念，认为不管在哪儿打仗都是一样，只要打仗就行，因为高贵的人不打仗是有失体统的。也有许多人到谢奇来就是为了日后可以向人夸示，他们在谢奇住过，已经是久经锻炼的武士了。说实在的，哪一类的人这儿没有呢？这奇怪的共和国正是那个时代的需要的结果。喜爱军事生活的人，喜爱黄金的酒杯、高贵的锦缎和外国的金银钱币的人，在任何时候都能在这儿找到工作。只有礼赞女性的人在这儿什么都找不到，因为即使在谢奇的城郊，任何一个女性也都不敢抛头露面。

奥斯达普和安德烈觉得非常奇怪，他们眼看有无数人来到谢奇，却没有谁去问他们一声：他们打哪儿来，他们是谁，他们的姓名叫什么。他们到这儿来，好像是回到刚刚在一小时之前离开的自己的家一样。新来的人只要去见一见团长，他通常总是这样说：

"你好！怎么，你信基督吗？"

"信！"新来的人答道。

"你也信圣父、圣子、圣灵吗？"

"信！"

"你也到教堂里去吗？"

"去的！"

"那么，画十字吧！"

新来的人画了十字。

"行啦，很好，"团长答道，"你就到你熟识的营舍里去吧。"

整个仪式就这样结束了。整个谢奇在一个教堂里祷告,并且准备为了保护它不惜流尽最后的一滴血,虽然他们关于斋戒和禁欲是连听也不愿听的。只有被强烈贪欲所驱使的犹太人、亚美尼亚人和鞑靼人才敢住在城郊,在那儿做买卖,因为查波罗什人从来不喜欢讲价钱,伸手到口袋里去摸到多少钱,就付多少钱。然而,这些利欲熏心的小贩的命运是非常悲惨的。他们正像那些卜居在维苏威山①麓的人一样,因为查波罗什人一旦把钱花光了,那些大胆的就要打毁他们的店铺,总是不付分文地搬走所有的货物。谢奇由六十多个支营队组成,这些支营队很像一些分离的、独立的共和国,更像是把一群随时听候调度的孩子聚集在一起的学校和神学校。无论谁也不单独经营什么,更不在自己家里储藏东西。一切都被支营队长掌握着,因此他通常有"老爹"的称号。他手里有钱、衣服、全部食品、燕麦粥、米粥,甚至燃料;人们还把钱交给他保管。支营队和支营队之间时常发生争吵。在这种情况下,立刻就发展到只能用格斗来解决了。支营队的人集合在广场上,互相往对方的腰眼上挥动拳头,直等到有些人打胜了,终于占了上风,那时候

---

① 位于意大利南部的活火山。

就又开始狂饮了。对于青年人具有莫大的诱惑力的谢奇,便是这样。

奥斯达普和安德烈怀着全部青春的狂热,投入了这一片放荡的海洋之中,顷刻间忘记了老家、神学校和以前激动灵魂的一切,一心一意献身于新生活了。一切都使他们感兴趣:谢奇的放荡的习惯,简单明了的规则,以及他们觉得在这样任意行动的共和国里有时甚至显得过于严格的法律。如果一个哥萨克犯了窃盗罪,偷了一点什么小东西,这就要被认为是全体哥萨克的耻辱:人们把这个不名誉的家伙绑在示众的柱子上,身旁放着一根木棍,每一个过路人都得拿这根棍子把他打一顿,直到活活把他打死为止。人们用铁链把不还清债务的人锁在大炮上,当没有朋友答应为他赎身,替他还清债务以前,他必须一直坐在那儿。可是,给安德烈印象最深的是处置杀人犯的可怕的刑罚。在他的面前挖一个坑,把凶手活活地推到坑里去,上面放上装着被他杀害的人的尸体的棺材,然后把两个人一齐用土埋掉。以后有好一阵,他总是想起那刑罚的可怕的程序,在他眼前总是浮现出那个被活埋的人和那口可怕的棺材。

两个年轻的哥萨克不久就在哥萨克们中间博得了好评。他们常常和同一支营队里的其他伙伴,有时甚至和整个支营队以及邻近的支营队的人一起，出发到野外去射击草原上数不清的各种各样的飞禽、鹿和山羊，或者出发到根据抽签分派给每一个支营队的湖上、河边和支流上去，撒下曳网和投网，捕获大批鲜鱼，给整个自己的支营队充当食粮。虽然他们还疏于一个哥萨克受到考验的种种训练，可是他们顽强不屈的勇敢和在一切方面的着着成功，却早已在其他的青年人中间显得很突出了。灵巧而准确地射中目标，逆流而上地泅过德聂泊河，——新来的人凭着这两件事情，就被隆重地接收到哥萨克的集团中去了。

可是，老布尔巴却给他们准备了另外一种活动。闲散的生活不合他的意，他渴望着真正的事业。他总是盘算着，要怎样使谢奇振作起来，干出一番轰轰烈烈的大事业，让一个骑士可以痛痛快快地去放肆一下。终于有一天，他跑到团长面前，直截了当地对他说：

"怎么样，团长，查波罗什人这会儿该到外边去溜达溜达了吧？"

"没有地方可以让你去溜达呀。"团长把一根短烟斗从嘴里拿出来，向旁边啐了一口唾沫，答道。

"怎么没有地方？可以到土耳其人或者鞑靼人那儿去。"

"不管是土耳其人那儿或是鞑靼人那儿，都不能去。"团长回答，又冷冷地把烟斗放到嘴里去了。

"怎么不能？"

"事情是这样。我们和苏丹约定了和平。"

"可他是个异教徒呀：上帝和圣书都命令我们打异教徒。"

"我们没有权利。要是还没有凭着我们的信仰发过誓，那么，也许还行；可是现在不行了。"

"怎么不行？你为什么说没有权利？我有两个儿子，两个都是年轻人。他们两个都还一次也没有打过仗，可是你倒说我们没有权利；你倒说查波罗什人用不着出去闯天下。"

"反正这样做是不应该的。"

"那么倒是应该让哥萨克的精力白白地浪费掉，让一个人不做一点好事，像一条狗似的死掉，让祖国和整个基督教从他身上得不到任何一点好处？那么，我们活着为的是什么？究竟为的是什么？你倒给我解释解释。你是一个聪明人，人家不是平白无故选你当团长的。你倒给我解释解释，我们活着为的是什么？"

团长没有回答这个问题。这是一个顽固的哥萨克。他沉默了一会儿，然后说：

"任凭你怎么说，也还是不应该打仗。"

"那么，是不打定的了？"塔拉斯又问了一句。

"不打定的了！"

"这件事想也用不着再去想了？"

"用不着想了。"

"你等着吧，老鬼！"布尔巴自言自语道，"你会知道我的厉害的！"他立刻打定主意要向团长报仇。

他同一些人商谈好之后，请大伙儿吃了一席酒宴，于是几个酩酊大醉的哥萨克就直奔广场，那儿有几面系在柱子上的罐鼓，通常是在召集会议时敲的。没有找到那几根总是保存在鼓手身边的鼓槌，大家便抓起劈柴来一阵乱敲。一听见鼓声，首先跑来的是鼓手，那是一个高个子，只有一只眼，但连这一只也是睡意正浓的。

"谁敢打鼓？"他喊。

"闭嘴！拿起你的鼓槌，叫你打，你就打！"醉醺醺的首领们回答。

鼓手很清楚这一类事情的结局如何，立刻从口袋里取出了他随身带着的鼓槌。罐鼓咚咚地一敲响，黑压压的一大堆查波罗什人立刻像野蜂似的在广场上集合了起来。大家围成了一圈，三通鼓后，几个首领终于出场了：团长手里拿着狼牙棒——他的官职的标志，法官捧着军印，司书带着墨水壶，副官持着麾标。

团长和首领们脱掉帽子，向周围两手叉腰傲然屹立着的哥萨克们行了礼。

"这次开会是什么意思呀？你们要怎么样，老乡们？"团长说。责骂和叫喊不让他说下去。

"把狼牙棒放下，立刻把狼牙棒放下，鬼杂种！我们不要你了！"哥萨克们在人群里叫喊。

有几个没有喝醉的人似乎想表示反对；可是，不论喝醉的和清醒的，都动起武来了。叫喊和喧哗闹成了一片。

团长本来想说话，可是他知道：这群放荡不羁的群众，如果激怒起来，是会为了这一点把他活活打死的，在类似的情况下，这几乎是常有的事情，所以他低低施了一礼，放下狼牙棒，躲到人堆里去了。

"你们也命令我们交出官衔的标志吗？"法官、司书和副官说，预备立刻放下墨水壶、军印和鏖标。

"不，你们留下吧！"群众里面有人喊，"我们只要把团长赶走，因为他是个老娘儿们，我们需要一个男子汉来当团长。"

"现在选谁当团长呢？"首领们说。

"选举库库卞科！"一部分人喊道。

"我们不要库库卞科！"另外一部分人喊，"他当团长太早啦，奶臭还没干呢！"

"让希洛当首领吧！"有些人喊道，"选举希洛当团长！"

"滚你的希洛！"群众大声骂起来，"他哪一点像个哥萨克，偷东西倒像个鞑靼人，这狗养的！把那个酒鬼希洛装在口袋里丢给魔鬼吧！"

"鲍罗达推，选举鲍罗达推当团长！"

"我们不要鲍罗达推！鲍罗达推去见魔鬼的妈妈吧！"

"你们给提一提基尔佳加！"塔拉斯·布尔巴对几个人低声说。

"基尔佳加！基尔佳加！"群众喊道，"鲍罗达推！鲍罗达推！基尔佳加！基尔佳加！希洛！希洛去见鬼吧！基尔佳加！"

所有的候选人听见提到自己的名字，立刻从群众中间走出来，不要让人有任何理由认为他们也在里面随声附和，鼓动别人选举自己。

"基尔佳加！基尔佳加！"这种叫声比别的声音喊得更响。
"鲍罗达推！"

事情不得不诉诸武力来解决，结果是基尔佳加获得了胜利。

"去把基尔佳加找来！"人们喊。

十来个哥萨克立刻从人群中间走了出来；有几个几乎站不

稳脚步,他们醉到了这种地步,但还是直奔基尔佳加那儿去,告诉他当选的情况。

基尔佳加,一个年纪衰迈但很聪明的哥萨克,已经在自己的营舍里坐了许多时候了,仿佛一点也不知道外边发生的事情。

"怎么回事,老乡们?你们有什么贵干?"他问。

"去吧,人家选你当了团长!……"

"行行好吧,老乡们!"基尔佳加说,"我怎么配受这份荣耀呢!我怎么能当什么团长?再说,我的知识也不足以当此重任呀。难道在全军中再也找不到更好的人了吗?"

"快走吧,说真格的!"查波罗什人们喊道。其中两个人抓住了他的手,尽管他两条腿死蹲在地上不肯往前移动,结果还是被拖到了广场上去,一路上伴随着斥骂,背后被人拳打脚踢,还要这样被训诫:"别耽误工夫啦,鬼杂种!人家给你荣誉,你就接受吧,老狗!"

这样,基尔佳加就被带到哥萨克的人堆里去了。

"怎么样,老乡们!"几个带领他的人向众人宣布,"这个人当我们的团长,你们同意吗?"

"大家都一致同意!"群众大声地喊,整个原野被这喊声震响了许久。

一个首领拿起了狼牙棒，把它递给新当选的团长。按照习惯，基尔佳加立刻辞谢了。首领又一次递给他。基尔佳加又一次辞谢了，后来，到了第三次，他才接过了狼牙棒。欢呼声从全体人群中间涌起，整个原野又被哥萨克的喊声震响了，袅袅不绝的余音直传送到远处。这时候从人群中间走出四个最老的白须白发的哥萨克（谢奇里没有太老的人，因为没有一个查波罗什人是寿终正寝的），每一个人手里捏一把因为最近下了一场雨而变成了泥泞的土，放在他的头上。湿淋淋的土从他的头上流下，流到胡子上和颊上，把他的整个脸都涂脏了。可是基尔佳加站着，一动也不动，感谢着哥萨克们赐给他荣誉。

喧嚣的选举就这样结束了，对于这次选举，不知道别人是否也像布尔巴一样高兴，他之所以高兴，起初是因为他向前任的团长报了仇，其次因为基尔佳加是他的老伙伴，和他一起参加过好几次陆海远征，分尝过战争生活的艰难和辛苦。人群立刻四散开去，举行联欢，庆祝当选，于是奥斯达普和安德烈以前还从来没有看到过的筵宴就开场了。所有的酒店都被捣毁了；蜜酒、白酒和啤酒被人不花一文钱地干脆搬走了；酒店老板能够保全性命，就庆幸自己走运。整整一夜在喊声和赞美武功的歌声中过去了。升起的月亮许久还俯览着携带多弦琴、羯鼓和圆形的三弦琴在街上走过的成群的乐师们,以及被谢奇留下为教堂唱圣歌和颂扬查波罗什人的功勋的合唱队歌手们。最后,酣醉和疲劳开始征服了这些结实的汉子。慢慢地,随便走到哪儿都可以看到有一个哥萨克滚倒在地上。一个伙伴抱住另外一个伙伴,相对唏嘘,甚至两个人都哭起来,接着,两个人都滚倒在地上。一大堆人横七竖八地躺在一起;其中一个人翻动身体,好像要躺得舒服些,结果却躺在一块木材上睡着了。最后一个顶结实的人还在说些什么不连贯的醉话;可是酒力连他也给制服了,他也倒下了。于是,整个谢奇睡着了。

四

第二天,塔拉斯·布尔巴就和新任的团长商议怎样煽动查波罗什人们起来干一番事业。团长是一个聪明而又狡猾的哥萨克,他琢磨透了查波罗什人的脾气,起初他说:"破坏誓约可不行,说什么也不行。"然后,沉默了一会儿,又补充说,"不要紧,行的;我们不破坏誓约,可是我们可以想些法子出来。只要把人召集起来就好办了,可不要说是我下命令召集的,只说是出于大家自愿。您知道以后的事该怎么去办。我陪着首领们立刻就赶到广场上,装作好像我们什么都不知道似的。"

他们谈话之后不到一个钟头,罐鼓就敲响了。喝醉酒的和天真无知的哥萨克忽然聚集了起来。无数顶哥萨克帽子忽然在广场上闪动起来。只听得一片嘈杂的谈话声:"谁?……为什么?……为了什么事情要打鼓召集会议?"没有人答话。终于在各个角落里传开了:"哥萨克的精力白白地浪费了;没有战争呀!……首领们一直在打瞌睡,眼睛都让油脂给塞住了!……世界上看来是没有真理了!"别的哥萨克们起初听着,后来自己也说起来了:"世界上的确是没有真理了!"首领们听了这些话,样子仿佛很是惊奇。最后,团长走到前边,说:

"查波罗什的老乡们,请容许我说几句话!"

"说吧!"

"现在我要奉告列位,尊贵的老乡们,你们也许自己顶清楚,许多查波罗什人在酒店里欠了犹太人和自己弟兄们这么许多钱,现在连鬼都不相信他们了。其次我还要奉告列位,有许多年轻人出生以来还没有看见过战争哩,可是——老乡们,你们知道——年轻人没有战争是无法生活的。他要是没有打死一个异教徒,还算是个什么查波罗什人呢?"

"他说得好。"布尔巴想。

"可是老乡们,别以为我说这话是要破坏和平:上帝不容!我不过这样说说罢了。并且,说起来罪过,我们的教堂还像个什么样子:由于上帝的恩惠,谢奇已经成立好几年了,可是直到现在,不要说是教堂的外观,就连内部的圣像也都没有修饰过。甚至没有人想起给圣像添上点银质衣饰!圣像所能得到的只是有些哥萨克在遗嘱里留赠的东西罢了。可是他们的捐赠也是极微薄的,因为他们在生前几乎把一切都换酒喝了。所以我说这一番话,并非为的是要跟异教徒开战:我们和苏丹约定了和平,如果毁约,我们就会犯极大的罪过,因为我们按照我们的法律宣过誓了。"

"他怎么说话颠三倒四的?"布尔巴自言自语着。

"所以我说,老乡们,战端是开不得的。骑士的荣誉不允许这样做。可是凭我的浅薄之见,我是这样想:不妨打发一些年轻人乘几只舢板船出去,把纳托里亚①沿岸稍微抢劫一下。你们以为怎样,老乡们?"

"带我们去,把我们都带走!"群众四面八方喊起来,"我们为了信仰情愿牺牲脑袋!"

---

① 纳托里亚,即阿纳托里亚,小亚细亚之古称,现在是土耳其的一部分。

团长吃了一惊；他一点也没有想到要把全体查波罗什人鼓动起来：他觉得在目前这种情况下破坏和平还是不对的。

"老乡们，请允许我再说一句话吧！"

"够啦！"查波罗什人们喊，"你说不出更好听的话来了！"

"既然这样，那就没有办法。我是你们的意志的仆人。这是很显然的，圣书上也写得明明白白：人民的声音就是上帝的声音。比全体人民所想的更聪明的事情，是想不出来的。不过要注意一点：苏丹不会听任年轻人享受这种欢乐而不加惩罚。我们在这时候必须作好准备，我们必须保持泼辣的力量，这样，我们就不会害怕任何人了。在我们离开的时候，鞑靼人也可能前来偷袭：这些土耳其的狗，当主人在家的时候，他们不敢露面，不敢走近你的屋子，可是他们会从背后咬你的脚跟，并且还咬得你很痛哩。再说，假使要我说实话，那么，我们的舢板船贮备还不多，火药也没有磨好许多，可以让所有的人都随军出发。至于我，我是随便怎么样都赞成的：我是你们的意志的仆人。"

狡猾的首领沉默了。成堆的人纷纷私语，支营队长们也开始商议；幸亏喝醉的人不多，所以就决定听从合理的忠告。

几个人立刻出发到德聂泊河对岸的军需仓库里去了，在那边难以攻破的秘密室里，在水底和芦苇深处，藏匿着军队的资金和一部分从敌人手里缴获的武器。另外一些人都跑去检查舢板船，把它们装备好，准备上路。顷刻间一大群人挤满在岸边。几个木匠手里拿着斧头出现了。年老的、晒黑的、肩宽腿壮的、生着斑白胡子和黑胡子的查波罗什人们，卷起灯笼裤，站在没膝的水里，用一根粗绳子从岸边把船拉过去。另外一些人搬来了现成的、干燥的木料和各种树木。在这边，有人用木板装修舢板船；在那边，有人把它底朝天翻过来，填塞隙缝和涂上树脂；在那边，又有人按照哥萨克的习惯，用一束束长长的芦苇把它缚在别的舢板船的侧舷上，以免这些船被怒涛所吞没；在那边，远远的地方，又有人沿岸燃起许多篝火，在铜锅里熬煮涂船用的树脂。年老有经验的人指导着年轻人。敲击声和劳动时的喊声响遍了周围：整个生气蓬勃的河岸一带动荡起来了，活跃起来了。

这时候一只大渡船开始靠岸了。站到船头的一群人离得远远的就在挥手示意。这是一些穿着破破烂烂的长褂的哥萨克。不整齐的装束（许多人除了衬衫一件和口衔短烟斗一根之外，一无所有）说明他们刚刚逃过了一场什么灾难，否则就是饮酒作乐到这种地步，把身上所有的东西全喝光了。一个矮小精悍、阔肩膀、五十来岁的哥萨克从他们中间走出来，站到前边。他比所有的人都起劲地喊着，挥着手，可是在工人们的敲击声和喊声里，他的话一点也不能被人听见。

"干什么来的？"当渡船转过来靠岸的时候，团长问道。

所有的工人都放下手里的活儿，举起斧头和凿子，不再敲凿下去了，只是期待地望着。

"遭了灾难了啊！"那个矮小精悍的哥萨克从渡船上喊。

"什么灾难？"

"能允许我说几句话吗，查波罗什的老乡们？"

"说吧！"

"要不然，还是召开一次大会吧？"

"说吧，我们都在这儿。"

岸上的人都挤作一堆。

"你们难道一点也没有听见哥萨克统帅统辖的领土上发生的事情吗？"

"怎么回事？"一个支营队长说。

"咦，瞧你说的！还问怎么回事？鞑靼人大概用糨糊把你们的耳朵给糊住了，所以你们什么也没听见。"

"你说，那边发生了什么事？"

"提起那边发生的事情，那是你们出生以来，受过洗礼以来，从来还没有见过的。"

"你倒是告诉我们呀,究竟发生了什么事,狗娘养的!"人群中间有一个人显然再也忍耐不住了,喊了起来。

"事情到了这种地步,神圣的教堂现在已经不属于咱们所有了。"

"怎么不属于咱们所有?"

"现在教堂都典押给犹太人了。要是预先不付钱给犹太人,那么弥撒也做不成。"

"你在说些什么?"

"并且,狗犹太要是不用他不洁净的手在神圣的乳渣糕上做个记号,那么乳渣糕是不能拿去奉祀的。"

"他撒谎,弟兄们,不洁净的犹太人在神圣的乳渣糕上做记号是不可能的事!"

"听着啊!……我还没有说完哩:还有天主教僧侣们现在都坐了双轮马车在乌克兰全境满处乱跑。坐坐马车,这还不算什么糟糕,糟糕的是他们不用马,却干脆用正教的基督徒来驾车。听着啊!我还没有说完:据说,犹太女人已经把牧师的法衣拿去缝裙子穿了。这就是在乌克兰发生的事情,老乡们!可是你们却坐在这查波罗什地区尽是喝呀玩呀,八成是鞑靼人把你们吓坏了,你们的眼睛和耳朵都没有了,——什么都没有了,你们一点也不知道世上发生了些什么事情。"

"住嘴,住嘴!"团长打断说,在这之前他一直像所有的查波罗什人一样屹立着,把眼睛俯视在地上,查波罗什人逢到重大的事件,绝不会立刻情不自禁地发作起来,却总是沉默自持,同时在沉静中积聚起雷霆万钧的愤怒的力量,"住嘴,我也要说一句话。你们是怎么的啦,是魔鬼把你们的爸爸给捧了吗!你们到底做了些什么!难道你们没有马刀?你们怎么能容忍这种无法无天的行为?"

"咦,倒是说我们情愿容忍这种无法无天的行为!你们倒来试试,要知道,光是波兰人就有五万,并且——不必隐瞒——我们自己人中间还有许多狗,已经改宗他们的信仰了。"

"你们的统帅,你们的联队长们,做了些什么?"

"联队长们所遭遇的事情,上帝保佑不要叫我们任何一个人遇上吧。"

"怎么啦?"

"是这样的:统帅在一只铜牛里被炸过[①],现在永眠在华沙了,联队长们的手和头被送到市集上去示众了。这就是联队长

---

① 古希腊暴君法拉里斯实施的一种酷刑。——编者注

们所遭遇的事情!"

整个人群激动起来了。起初,沿岸一带顷刻间被一种暴风雨前的沉默所笼罩着,后来忽然掀起了一片谈话声,岸上所有的人都纷纷议论起来。

"什么!基督教的教堂典押给犹太人!天主教僧侣把正教的基督徒驾在车辕上!什么!居然容许这些该死的邪教徒在俄罗斯土地上糟蹋人!这样对待联队长们和统帅!不容许再这样继续下去,这是不容许的!"

这样的话传遍了各个角落。查波罗什人喧嚷起来,并且感到了自己的力量。这已经不是轻浮的人的激动:所有骚动起来的人,都具有深沉、坚强的性格,他们不是很快就会奋发的,但只要奋发起来,就会把一股子内心的热劲儿顽强地、长久地保持下去。

"绞死所有的犹太人!"群众中间有人喊起来。

"叫他们不能再用牧师的法衣给犹太女人缝裙子!叫他们不能再在神圣的乳渣糕上画记号!把这些邪魔外道的家伙统统淹死在德聂泊河里!"

群众中间不知是谁说出的这些话,像一阵闪电似的在大家头上掠过,于是群众怀着杀死所有的犹太人的愿望,直奔近郊去了。

以色列族的可怜的后裔们连本来就很微弱的仅有的一点胆量也丧失了,藏到空酒桶和暖炉里去,甚至钻到自己的犹太婆娘的裙子底下去;可是,哥萨克们到处都把他们找了出来。

"仁慈的爷们!"一个像根棍子似的瘦高个儿犹太人,从一群伙伴中间伸出他的被恐惧弄得歪扭的哭丧的脸,喊道,"仁慈的爷们!只让我们说一句话,一句话!我们要禀告你们的是一些你们还从来没有听见过的事情,重要得很,简直无法形容是怎样重要!"

"好,让他们说吧。"布尔巴说,他一向总是喜欢听取被控诉人的申诉。

"仁慈的爷们!"犹太人说,"这样的爷们是从来没有见过的。凭良心说,真是从来没有见过的!这样仁慈、善良、勇敢的人是世上还不曾有过的!……"他的声音低下去了,由于恐惧而发着抖,"我们怎么能够对查波罗什人存什么坏心眼儿呢!在乌克兰出租土地的人根本不是我们的人!那些人压根儿不是犹太人:鬼知道他们是些什么东西。那种人,只配对他脸上吐唾沫,把他推开一边去!他们也都会这样说的。不是吗,施列玛,还有你,施穆尔?"

"凭良心说，这是实话！"戴着破毡帽的施列玛和施穆尔在人群里回答，两个人都像黏土一样苍白。

"我们从来没有跟敌人密商过，"高个儿犹太人继续说下去，"我们更不想跟天主教徒打什么交道：让他们见鬼去吧！我们跟查波罗什人像亲兄弟一样……"

"什么？查波罗什人跟你们是兄弟？"人群中间有一个人说，"你们别痴心妄想啦，该死的犹太人！老乡们，把他们扔到德聂泊河里去！把他们全部淹死，这些邪魔外道的家伙！"

这些话是一个信号。人们抓住犹太人的胳膊，开始把他们扔到波涛里去。四面八方响起了悲惨的喊声，可是严酷的查波罗什人眼望犹太人的穿着鞋袜的脚在空中不住地乱蹬，只是一个劲儿地哈哈大笑。那个自己招来祸害的可怜的雄辩家，被人一把抓住了长褂，他趁势来个金蝉脱壳，只穿一件有斑纹的紧窄的背心，跑过来抱住布尔巴的腿，用悲惨的声音哀求道：

"好先生，仁慈的老爷！我认识您的哥哥，故世的陀罗沙！他是一个为全体骑士增光的军人。当他当了土耳其人的俘虏，需要用钱赎身的时候，我给过他八百采兴①。"

---

① 古金币的名称。

"你认识我的哥哥？"塔拉斯问道。

"真的，认识！他是一位宽宏大量的老爷。"

"你叫什么名字？"

"杨凯尔。"

"好吧，"塔拉斯说，然后想了一想，转过身来嘱咐哥萨克们说，"只要有必要，总有时间把这个犹太人绞死的，可是今天就把他交给我吧。"说完这句话，塔拉斯把他带到自己的辎重车前面，他手下的哥萨克们就站在车子旁边。"爬到大车底下去，躺在那儿别动；弟兄们，你们可别把这个犹太人放走了。"

吩咐完了，他就出发到广场上去，因为全部群众早已聚集在那边了。顷刻间，大家都放下装备船只的活儿，离开了河岸，因为现在面临的是陆上的远征，而不是海上的远征，需要的不是船艇和哥萨克的货船，而是大车和马匹。现在不论年老的和年轻的，大家都想出发远征；大家听从所有的首领们、支营队长们和团长的劝告，凭着查波罗什全军的意志，决定直扑波兰，为一切恶行以及对信仰和哥萨克光荣所加的凌辱复仇，掠夺城市的财物，放火焚烧村庄和庄稼，在整个草原上扬名遐迩。大家立刻系紧腰带，拿起武器。团长精神抖擞，显得好像是拔高了整整一俄尺似的。他已经不是那个小心翼翼地执行自由人民的轻狂愿望的人了；他是一个拥有无限权力的统治者。他是一个只知道发号施令的暴君。当他像一个并非初次执行深思熟虑的计划的老于经验的人一样，一点也不声嘶力竭，也不张皇失措，却用抑扬顿挫的声调轻声地颁布命令的时候，所有的任性而耽于放荡的骑士们都整队肃立，恭敬地低着头，不敢抬起眼睛来。

"大家检查一下，好好地检查一下！"他这样说，"把辎重车和树脂桶归理归理好，试试武器。随身别带许多衣服：每人带一件衬衣，两条灯笼裤，另外再带一罐谷粉粥和捣碎的玉蜀黍就够啦，——谁都不准再多带什么！至于食品，凡是必需的，都载在辎重车上了。每人要有两匹马。还得准备好四百头牛，因为遇到浅滩和泥泞的地方需要用它们。最要紧的是要维持秩序，老乡们。我知道你们中间有一些这样的人，只要上帝让他们有机会掳获一点东西，他们马上就要去撕破绫罗绸缎和贵重的天鹅绒给自己做裹脚布。戒除这种鬼习惯吧，丢掉裙子一类东西，只准拿武器，如果是有用的就行；还有金币和银币，因为这些是用途很广的东西，随便做什么事情都少不了它们。我要预先对你们说明，老乡们：谁要是在行军中喝醉了酒，那是不会对他举行审判的。我要命令把他像条狗似的缚在辎重车上拖着走，不管他是什么人，就算他是全军中最勇敢的哥萨克也要严办。他将像条狗似的被当场枪毙，尸体也不埋葬，就扔给野鸟去啄食，因为酒鬼在行军中是不配受到基督教的葬礼的。年轻人，你们随便做什么事情都要听老年人的话！要是中了枪弹，脑袋上或者别的什么地方受了刀伤，这种区区小事用不着大惊小怪。把一包火药放在酒杯里掺和起来，一口气喝到肚里，就没事了，就连热病也不会发一场的；伤口要是不太大，只需抓一把土，吐点唾沫在手掌上，揉在一起，涂到伤口上，伤口就结起来了。好啦，去干正经的吧，去吧，年轻人，不慌不忙地去干正经的吧！"

团长这样说了，他的话音刚落，所有的哥萨克立刻都动手干起来了。整个谢奇苏醒过来了，随便走到什么地方都找不到一个醉汉，仿佛哥萨克中间从来没有这种人似的。有些人在修理车轮的环箍，给大车更换新轴；有些人把粮袋运到辎重车上，又把武器堆放到另外几辆车上；有些人赶着马和牛，四面八方响起了马蹄声，试枪声，马刀铿锵声，牛叫声，车辆转动的辚辚声，谈话声，响亮的喊声，赶马的声音。不久哥萨克的队伍就老远老远地绵延到整个原野上去了。要是有人想从队伍的前方跑到它的后方，得跑上许久才能够跑到。在一所木造的小教堂里，一个牧师正在举行祷告仪式，给大家洒圣水；大家吻了十字架。当队伍移动，从谢奇向前开拔的时候，所有的查波罗什人都回过头来向后面张望。

"再见，我们的母亲！"大家几乎都异口同声地说，"愿上帝保佑你避免一切不幸！"

骑马走过近郊的时候，塔拉斯·布尔巴看见他的犹太人已经摆了一个张着帐篷的货摊，出卖火石、捻凿、火药和种种路上需要的军用药品，甚至还有圆弧形面包和长面包。"犹太人真是怎样的鬼啊！"塔拉斯心里想，骑马走到他跟前，说：

"傻瓜，你坐在这儿干吗？你想叫人把你像麻雀似的一枪打死吗？"

作为回答，杨凯尔向他身边靠近些，双手打着手势，好像要告诉他什么秘密似的，说：

"只求老爷别作声，别对任何人说：在哥萨克的辎重车中间有一辆是我的；车上运载着哥萨克所需要的各种物件，我在路上要供应大家种种食品，那低廉的定价是任何一个犹太人都还没有标出过的。真是这样；真是这样。"

塔拉斯·布尔巴耸了耸肩，惊叹着犹太人的机灵的天性，向队伍驰去了。

五

不久,波兰的西南部一带全被恐怖所笼罩了。到处传说着,"查波罗什人!……查波罗什人来了!……"能够逃的,都逃掉了。按照那个杂乱无章、极端散漫的时代的风气,大家都骚动起来,四散逃亡了;那时候人们既不设立要塞,也不建筑城堡,却只是马马虎虎盖一所茅屋暂时住下,因为他们想:"不要为房子花费许多精力和钱财,反正鞑靼人一旦前来侵袭,就要把房子铲除净尽的。"大家慌作一团:有人把牛和犁换了马和枪,加入了军队;有人赶着牲口,带走一切可以带走的东西,躲了起来。有时在路上可以遇到一些人,用武装的手去接待客人,但更多的是闻风先逃的人。大家都知道,这一群以查波罗什军闻名的人是很难对付的,这个军队平时虽然放纵不羁,杂乱无章,在战时却又保持着进退有序的严密纪律。骑兵前进着,不使马负重过多,也不使它们激怒,步兵跟在辎重车后面稳重地走着,整个队伍夜行昼伏,专门选择一些荒野、漫无人烟的地区和当时还很不少的森林地带兼程前进。侦察兵和通讯员被派到前方去,探索和侦察前面是什么地方,有些什么目标,情况如何。并且,常常在那些绝对想不到会遇见他们的地方,他们忽然出现了,接着就杀了个鸡犬不留。战火包围了村庄;那些没有跟着军队一块儿牵走的牲口和马匹被当场杀死了。似乎他们大吃大喝的时候倒比进军的时候多。想起查波罗什人到处留下的半野蛮时代残暴肆虐的可怕的迹象,到现在还使人觉得毛骨悚然。婴孩被残杀,妇人被割掉乳房,捉住了男人,从脚跟直到膝盖把他的皮剥下来,然后再释放他。总之,哥萨克们是加倍地偿还了宿债。有一个修道院的主教听说兵临境内,就派了两个修道僧去告诉他们,他们不应该这样胡作非为;说是在查波罗什人和政府之间订有协议,又说他们破坏了自己对国王所负的义务,同时也就是破坏了一切国民的权利。

"你回去替我和全体查波罗什人告诉你们的主教,"团长说道,"叫他用不着担心。哥萨克们还只是刚刚点着了火,开始抽烟斗呢。"

不久,庄严的修道院就被猛烈的火焰包围住了,巨大的哥特式的窗户在火浪中间凄凉地闪动着。一群群逃跑的修道僧、犹太人和妇女,一下子挤满了那些还能对守备队和保卫团寄托一点希望的城镇。政府有时派出的几小队迟到的援军,不是找不到他们,就是先胆怯了,初次相遇就向后转,骑着悍马逃跑了。

有时也会有许多在历次战役中获胜的皇军司令官,决心把自己的兵力联合起来,以便对抗查波罗什人。这么一来,两个年轻的哥萨克就更有机会试试自己的力量了,他们哥儿俩一向憎恶掠夺、贪欲和软弱的敌人,燃烧着一种欲望,要在老伙伴面前显显本领,跟骑在高头大马上耀武扬威、宽斗篷的翻起的袖子随风飘拂的那些大胆而傲慢的波兰人捉对儿较量较量高下。实战的训练是很有趣的。他们夺得了许多马具,贵重的马刀和步枪。在一个月当中,初生羽毛的雏鸟就长成了,完全变样了,现在他们是两个男子汉了。他们的容貌以前还显出一种青春的柔和,现在却是严峻而坚强的了。老塔拉斯很高兴看到他的两个儿子成为第一流的人物。奥斯达普似乎是命里注定要走战争的道路,生来便容易占有指挥作战的高深知识。他随便遇到什么事情都从来没有张皇失措或是狼狈过,抱着一种对于二十二岁的人来说几乎是不自然的冷静态度,在转瞬之间就能够测知事情的全部危险性和全部形势,马上就能想出办法来避开这个危险,但避开危险也只是为了以后更有把握地战胜它。他的行动现在开始显露出一种受过考验的坚信精神,并且由此看出他将来很有可能成为一员名将。他的身体非常壮健,他的骑士性格已经获得了狮子般的无畏的力量。

"噢！这家伙将来会成为一个出色的联队长！"老塔拉斯说，"真的，他会成为一个出色的联队长，并且还是这样的一个联队长，连我这个老子都要自叹不如呢！"

安德烈完全沉浸在枪弹和刀剑的迷人的音乐里了。他不懂得预先思考、估计或者测量自己和别人的力量。他在交战中体会到疯狂般的快乐和陶醉。他脑袋发热，一切东西在他眼前起伏和闪动，人头飞滚，马咕咚一声栽倒在地上，他像个醉汉，在子弹的啸声中、刀光的闪耀中和自己的激情中，遇人便杀而听不见被杀的人的悲鸣，一直向前飞驰，这个时候他觉得像过节一般欢快。老塔拉斯看到安德烈仅仅被一阵迫切的冲动所鞭策，就能干出冷静而有理智的人绝不敢干的事，仅靠疯狂的袭击就能实现老战士们不能不惊叹的奇迹，这时候他不止一次表示了惊叹折服。老塔拉斯感到很惊奇，说道：

"他也是一个好战士！敌人可别把他捉住才好！他不像奥斯达普，但他也是一个好战士！"

军队决定直奔杜勃诺城，传说那儿有许多公款和富裕的居民。经过一天半工夫，行军结束了，查波罗什人出现在城下了。居民们决定要负隅顽抗，直到用尽最后一点力量为止，情愿死在自己门外的广场上和街上，也不愿让敌人闯进屋里来。高高的城墙环绕着全城；在城墙稍低的地方，耸立着石墙、当作炮台用的房屋，或是橡木做的栅栏。守备队很强大，并且感到自己的责任的重大。查波罗什人奋不顾身地爬上城墙去，却遭到了猛烈的弹火。城里的商人和居民看来也不想偷懒，都成群地站在城墙上。从他们的眼睛里可以看出他们抱有誓死抵抗的决心；就连妇女们也坚决要求帮一手，于是石块呀、桶呀、罐头呀、开水呀，最后还有一袋袋迷瞎眼睛的黄沙呀，都一起向查波罗什人头上扔了过来。查波罗什人不喜欢对要塞作战，围攻战法不是他们的擅长。团长下令撤退，说道：

"不要紧，弟兄们，咱们撤退。可是，要是从城里放走他们一个人，我就是个臭鞑靼人，算不得是基督徒！我要叫他们这些狗全都饿死！"

军队撤退了，团团围住了整个城市，由于无事可做，就去糟蹋近郊一带，放火焚烧附近的村落和还没有收走的麦谷堆，把马群赶到还没有被镰刀割过的麦田里去，那儿好像存心凑趣似的，偏偏迎风摇摆着稠密的麦穗，——赶上这时候来慷慨酬谢所有的庄稼汉的一场大丰收的果实。城里的人们睁着恐惧的眼睛，看到他们生存所靠托的一切东西怎样被铲除净尽。同时，查波罗什人用自己的车辆把全城围了两道，像在谢奇时一样划分成许多支营队住下,抽着短烟斗,交换着夺得的武器,玩着"跳背戏"①和"偶数和奇数"②,用包含杀机的冷静眼光注视着城上。夜间,升起了篝火。炊事员们在各个支营队里用大的铜锅煮粥。不眠的哨兵伫立在通宵燃烧的火堆旁边。可是不久,查波罗什人对于按兵不动和特别无聊的旷日持久的戒酒,开始稍微感到有些厌烦了。团长下令甚至把酒的定量增加了一倍,如果没有艰难的进攻任务和行动,军队中有时是可以这样做的。年轻人,特别是塔拉斯的两个儿子,都不喜欢这样的生活。安德烈一眼就可以看出是感到寂寞了。

"笨蛋,"塔拉斯对他说,"耐心点吧,哥萨克,有一天你会当上联队长的!在重大事件中不丧失勇气的人还算不得是一个好战士,即使没有事干也不感到烦闷,遇到随便什么事情都能够忍受,不管你要他怎么样,他总是坚持自己的主张,这才算得是一个好战士呢。"

可是,血气方刚的青年和老人是说不到一块来的。两个人有两种不同的性格,他们用不同的眼光看待同一件事情。

---

① 一人屈身蹲伏在前,另外一人从他的背上跳过去,其余参加游戏的人也都跟着做,可以循环不已。
② 这是一种猜单双的游戏。

这当口，托符卡奇所率领的塔拉斯的联队赶到了；随他一同来的还有两个副官，一个司书和另外一些联队的官员。一共有四千多哥萨克。他们中间有不少人是义勇兵，他们是一听见事情经过，不等到召集就自愿来投效的。副官给塔拉斯的两个儿子带来了老母亲的祝福，还有每人一个基辅的美席戈尔斯基修道院的柏木制神像。兄弟俩把神像挂在身上，想起老母亲，不由得沉思起来。老母亲的祝福向他们预言什么，说明什么呢？这是祝福他们战胜敌人，然后满载着战利品和荣誉快乐地回返故乡，让多弦琴乐师们用赞歌传之永久吗，或者还是？……可是，未来是不可知的，它展现在人的面前，正像升起在沼泽之上的秋雾一般。鸟儿们鼓动双翅，在雾里猛烈地飞上飞下，彼此辨认不清，鸽子看不见老鹰，老鹰看不见鸽子，谁都不知道离自己的灭亡飞得有多么远……

奥斯达普已经忙于自己的事务，早就回到支营队去了。安德烈呢，自己也不明白为什么，感到心里有一阵说不出的难受。哥萨克们已经吃完晚饭，黄昏早就消逝了，七月的奇妙的夜笼罩着周围；可是他没有回到支营队去，没有躺下睡觉，只是不由自主地眺望着展现在眼前的景色。无数星星在天空里闪烁，发出幽雅的、锐利的光辉。远远的，旷野上四处停放着许多辆辎重车，车上挂着装满柏油的油桶，载着各种各样从敌人手里夺来的财物和粮食。在货车旁边，货车底下，和距离货车稍远的地方，到处可以看到躺在草上的查波罗什人。他们都用一种生动如画的姿态昏昏入睡：有人枕着草包，有人枕着帽子，有人干脆把头靠在伙伴的腰眼儿上。几乎每个人腰带上都挂着马刀，火绳枪，镶嵌铜片、系有铁扦子和火石的短柄烟斗。一群笨重的牛，灰白的一大堆，盘腿躺在地上，远远望去，令人疑心是许多散布在旷野斜坡上的灰色石头。四面八方从草上响起了睡着的战士们的浓重的鼾声，旷野那边，有一群因为腿被缚住而大发雷霆的牝马用响亮的嘶鸣应和着它。这当口，有一种庄严而峻烈的东西掺杂到七月的夜的幽美中来了。这就是那远处燃烧着的近郊的一片红光。在一个地方，火焰平静地、壮伟地伸展到天上；在另外一个地方，火焰碰到什么易燃的东西，忽然像旋风似的蹿出来，啸叫着，往上直飞到接近星星的高处，四散的火星在远远的天边熄灭了。这边，一座烧得焦黑的修道院，像一个冷酷的夏特勒斯教团僧侣一样，森严可畏地站着，每一次火光一亮，就显出它的阴暗而庄严的姿影来。那边，修道院的花园正在熊熊燃烧。似乎可以听见树木被浓烟包围着，咝咝地发响。当火苗冒起的时候，它忽然用磷质的淡紫色的火光照亮了一串串成熟的李子，或是把这儿那儿的发黄的梨染成了金红色。同时,在这些东西中间,还可以看到悬挂在房屋墙壁上或树枝上的可怜的犹太人或僧侣的尸体摇曳着黑影,他们和建筑物一起在一场大火中同归于尽。鸟儿在火焰上面高高地回翔着,看来像是一堆昏暗的小十字架点缀在火焰蔓延的原野上。被围困的城市好像是熟睡了。尖塔呀、屋顶呀、栅栏呀、城墙呀,都静静地被远处大火的反光闪耀着。安德烈巡视了一遍哥萨克的队伍。有哨兵坐在旁边的篝火眼看就要熄灭,哨兵们显然是敞开哥萨克的肚子拼命大嚼一顿之后昏昏然睡去了。他看到这种高枕无忧的神气,感到有些惊异,想道:"幸亏附近没有强敌,还用不着担什么心。"最后,他自己也走到一辆辎重车旁边,爬上去,把交叠的双手枕在脑后,仰面躺下了;可是他睡不着,很久地凝望着天空。它完全敞露在他的眼前;空气纯净而透明。那一簇组成银河的密密的星星,像一条斜穿的带子横过天空,完全沐浴在光辉里。安德烈时常好像要迷糊了,一种轻雾般的梦寐一瞬间遮蔽了他眼前的天空,可是随后天空又晴朗了,重新看得分明了。

这时候,他觉得有一个人脸似的奇怪的东西在他的面前晃动。他以为这不过是梦中的幻影,立刻就要消散的,他更用力地睁大了眼睛一看,却看到的确有一张憔悴的、干瘪的脸俯向着他，直对他的眼睛望着。没有梳理的、蓬乱的、像炭样黑的长发，从披在头上的黑披纱下面散露出来。奇异的眼光，棱角突露的、没有生气的、浅黑的脸，使人很容易想到这是一个幽灵。他不由自主地抓住了火绳枪，几乎用痉挛的声音说：

"你是谁？要是魔鬼，就给我滚开；要是活人，那么，这也不是你开玩笑的时候，我一枪就要了你的命。"

作为回答，那幽灵把手指按在嘴唇上，似乎是恳求他不要作声。他放下了手，开始更加仔细地凝视这个怪物。从长长的头发、颈脖和半裸的浅黑的胸脯上面，他认出这是一个女人。但她不是本地人。整个脸是浅黑色的，被疾病折磨得消瘦了；宽大的颧骨耸出在凹陷的双颊上面；狭细的眼睛像两条弧形的缝向上吊起。他越注视她的面容，就越发现其中有些什么熟识的特征。最后，他再也忍不住不发问了：

"告诉我，你是谁？我觉得我好像认识你，或者在什么地方看见过你。"

"两年以前在基辅。"

"两年以前……在基辅……"安德烈重复说，尽量思索着从前神学校生活残留在他回忆中的一切事情。他又细看了她一次，忽然扯开嗓子叫了起来：

"你是那个鞑靼女人!总督小姐的侍女!……"

"嘘!"鞑靼女人说,带着哀求的神气合起双手,浑身打哆嗦,同时回过头去看看有没有什么人因为安德烈的一声大叫而惊醒过来。

"告诉我,告诉我,你为什么上这儿来,你是怎么来的?"安德烈用一种几乎喘不过气来的、每一分钟都要因为内心的激动而打断的低声说,"小姐在哪儿?她还活着吗?"

"她在这儿,在城里。"

"在城里?"他说,差一点又要叫出声来,并且感到全身的血忽然都涌到心腔里来了,"她为什么会在城里?"

"因为老爷也在城里。他在杜勃诺当总督,已经当了两年了。"

"怎么样,她结了婚没有?你倒是说呀,你是个多么奇怪的人!她近况怎么样?……"

"她有两天没有吃一点东西了。"

"怎么回事?"

"所有城里的居民都早已连一块面包也没有了,大家早就在啃土了。"

安德烈听得呆住了。

"小姐从城墙上看见你和查波罗什人在一起。她对我说:'你去对那个骑士讲:他要是还记得我,那么请他上我这儿来一趟;要是不记得我,就请他赏给你一块面包,带回来捎给我的老母亲,因为我不愿意看见母亲死在我的眼前。最好让我先死,然后她再死。你去求求他,抱住他的膝盖和腿。他也有一个老母亲,叫他看在她的面上赏给一块面包吧!'"

各种各样的感情在年轻的哥萨克的胸膛里苏醒了,勃发了。

"可是,你怎么会上这儿来的?你是怎么来的?"

"我是从地下道过来的。"

"真的有地下道吗?"

"有。"

"在哪儿?"

"你不会泄露出去吗,骑士?"

"我用圣十字架发誓!"

"走下山沟,越过一条溪流,就在那芦苇丛生的地方。"

"那样就可以走进城里去吗?"

"一直通达城里的修道院。"

"咱们走吧,立刻就走!"

"可是,请看在基督和圣玛丽亚的面上,赏给一块面包吧!"

"好,面包会有的。你站在辎重车旁边,或者最好躺在上面:谁都不会看见你,大伙儿都睡了;我一会儿就回来。"

于是他就向载有他们支营队所有粮食的几辆辎重车走去了。他的心房怦然跳动着。被现今哥萨克的野营活动、严酷的战斗生活所掩埋和压抑的过去的一切,一下子浮到表面上来了,反过来,又把现今的一切淹没了下去。一个骄傲的女人,好像从黑暗的海的深渊中跃出一般,又浮现在他的眼前了。柔美的手,眼睛,含笑的嘴唇,弯弯曲曲披散在胸前的浓密的暗褐色的头发,有弹性的发育匀称的处女的肢体,又在他的记忆中闪光了。不,这些东西没有死灭,没有在他的胸膛里消失,它们让开一旁,只是为了暂时给别的强烈的冲动以发展的余地罢了;可是,年轻的哥萨克的甜梦是常常被它们扰乱的,他醒来之后就长久地躺在床上不能入睡,说不出是什么原因。

他向前走去,一想到就会再见到她,心就越跳越厉害,壮健的两膝直打哆嗦。他走到辎重车旁边,竟完全忘记他是来干什么的了;他把一只手举到额上,揉了许久,竭力回想他必须干些什么。最后他打了一下冷战,完全被恐惧所侵袭了:他忽然想起她快要饿死了。他冲到辎重车上去,抓起几只大的黑面包夹在腋下,可是立刻想到这种适合强壮而不挑剔的查波罗什人吃的食物恐怕太粗糙了，未必适合她的柔弱的体质。接着，他想起昨天团长曾经斥责炊事员不该把全部荞麦粉一顿都煮成了谷粉粥，而事实上，这些荞麦粉是足够分三顿煮的。他相信一定能在锅里找到大量的谷粉粥，于是他便搬出父亲的行军锅子，带着它走到他们支营队的炊事员那儿去，那炊事员睡在两只能容纳十桶粥的大锅子旁边，锅下还有余烬未熄。他向锅子里一瞧，只见两只锅子都是空空的，不禁惊奇得呆住了。必须有超人的力量才能够吃光这么多的东西，何况总体上他们支营队的人数比别的支营队要少一些。他又去看了别的支营队的锅子，——到处都是空空的。他不由得想起了一句俗谚："查波罗什人像孩子，东西少都吃光，东西多也不剩。"怎么办呢？不过，他记得好像在父亲那个联队的辎重车上有一袋白面包，那是在劫夺修道院的面包房时找到的。他直奔父亲的辎重车那儿去，可是布袋已经不在车上了：奥斯达普把它拿去枕在头底下，直挺挺地躺在附近的地上，鼾声把整个旷野震响了。安德烈一手抓住口袋，突然把它往外一抽，奥斯达普的脑袋砰的一声在地上砸了一下，他半睡半醒地爬起来，张开眼睛坐着，憋足劲儿大叫："抓住他，抓住这波兰鬼子，逮住那匹马，逮住那匹马！""别作声，我要打死你！"安德烈对他挥动着口袋，惊慌地喊。可是用不着他动手,奥斯达普已经不再往下说了,安静下来,打起了响亮的鼾声,连被他压着的草都随着呼吸微微抖动起来。安德烈胆怯地向四面环顾,看看奥斯达普梦中的呓语惊醒了别的哥萨克没有。果然,在附近的支营队那边,有一个蓄有额发的脑袋稍微抬起了一下,略微看了几眼,很快就又倒在地上了。等了大约两分钟,他终于负起了重担,往前走去。鞑靼女人躺在那儿,连气都不敢透。

"起来,咱们走吧!大伙儿都睡了,别害怕!假使我不方便拿这么许多东西,你也能帮我拿一块面包吗?"

说完这句话,他把口袋往背上一背,走过一辆辎重车时,又扛走一袋玉蜀黍,甚至把他打算让鞑靼女人拿的几块面包也抱在自己手里,身子被重荷压得稍微有些弯倒,从睡着的查波罗什人的行列中间大胆地走过去。

"安德烈!"当儿子经过身边的时候,老布尔巴说。

他的心好像是停止跳动了。他站定了,浑身打哆嗦,轻声地问:"什么?"

"有一个娘儿们跟你在一起!说真格的,等我起来,我要剥掉你浑身上下的皮!娘儿们不会带给你什么好处!"说完,他把脑袋支在臂肘上,开始仔细端详那个覆蔽在披纱里面的鞑鞑靼女人。

安德烈吓得半死不活地站在那儿,没有勇气望一望父亲的脸。后来,当他抬起眼睛再去望他的时候,看见老布尔巴脑袋埋在手掌里,已经睡着了。

他画了个十字。忽然恐惧比袭来时更快地就消散了。当他回过头去望那个鞑靼女人的时候,她整个儿遮蔽在披纱里面,像一座黑花岗石雕像似的站在他的面前,远处火光的反照蓦地一闪,只照亮了她的一双死人样呆木不动的眼睛。他牵着她的袖子,两个人不断地回头张望,一起往前走去,最后,沿着斜坡走进了一块凹地——几乎是一个山沟,在有些地方是被人叫作峡谷的,在那谷底,有一条蔓生着香蒲、点缀着草墩的溪水缓缓地流着。他们走进了这块凹地,就完全从那被查波罗什队伍所占领的整个原野上消失了踪影。至少,当安德烈四下环顾的时候,他看见在他背后有比一个人还高的陡峭的墙壁似的斜坡耸起着。斜坡顶上有一些野草的茎秆摆动着,在茎秆上面,月亮像晶亮的黄金做成的斜挂的镰刀似的升起在天空里。从草原上吹来的微风,告诉人们离开天亮时间剩得不多了。可是,随便哪儿都听不见远处的鸡啼,因为无论城里或是荒废的近郊,早已连一只鸡也不剩了。他们蹲在一块小木板上渡过了溪流,对面的河岸耸立着，看来比他们背后的河岸更高，完全像悬崖一样。这个地方似乎是城塞的最坚固、最可信赖的地方；至少，这儿的土墙筑得低一些，也没有守备队在土墙后面窥探。可是，再远一些，却高耸着修道院的坚厚的墙。陡峭的河岸长满杂草，在那一小块凹地上，在河岸和溪流之间，繁生着差不多有一人高的芦苇。在悬崖的顶上可以看到篱笆的残迹，说明从前这儿有过一个菜园。在它的前面，可以看到牛蒡的宽阔的叶子；牛蒡的背后耸出着藜、野生的有刺的山蓟和头抬得比一切都高的向日葵。走到这儿，鞑靼女人脱了鞋子，小心翼翼地提起衣服，光着脚往前走，因为这个地方泥泞得很，并且积满了水。他们从芦苇丛中钻过去，在堆积如山的枯枝和粗柴前面站定了。他们拨开枯枝，找到了一个土拱门——一个不比烤面包的炉口大多少的窟窿。鞑靼女人一低头，先走了进去；安德烈紧跟在她后面，尽量把身子弯倒，以便可以背着口袋走过去，不久，两个人就都隐没在完全的黑暗中了。

六

安德烈紧跟在鞑靼女人后面，背上背着面包袋子，在漆黑的狭窄的地下坑道里很艰难地走动着。

"我们很快就要看得见亮了,"女向导说,"我们快走到我放下一个烛台的地方了。"

果然,黑暗的土墙开始渐渐有些发亮。他们走到了一小块空地,那儿似乎曾经有过一座小礼拜堂;至少,靠墙摆着一张像祭坛一般的狭窄的小桌子,小桌子的上端可以看见一幅几乎完全磨光的、褪色的天主教圣母像。挂在前面的一盏小小的银质长明灯,微微地照亮着那幅圣母像。鞑靼女人弯倒身子,从地上拾起了留置在这儿的铜烛台,这个烛台有细而高的座脚,周围用铁链系着火钳、拨烛芯的扦子和熄烛器。她把烛台拿起来,凑近长明灯的火上点亮了它。光线增强了,他们一块儿走着,一会儿被火光照得很亮,一会儿笼罩在炭似的黑影里,活像是"夜之赫里特"①的画。骑士的鲜嫩的、孕育着健康和青春的、美丽的脸,和他的同伴的困惫而苍白的脸形成了鲜明的对照。过道稍微开阔了一些,这样,安德烈就能挺直腰杆了。他怀着好奇心打量着这些土墙,它们使他想起基辅的岩窟。正像基辅的岩窟一样,这儿墙上也可以看到许多凹洞,里面停放着棺材;

---

① 赫里特·洪特霍斯特(1590—1656),荷兰画家。他的画多利用光和影的强烈对照。"夜之"系意大利语,"夜之赫里特"是他的绰号。

甚至有些地方简直还可以遇到因为潮湿而软化和碎成粉末的人的骸骨。显然，这儿也曾经有过一些圣者，同样也是为了逃避尘世的骚乱、悲哀和诱惑而隐遁的。有些地方潮湿得非常厉害，他们的脚有时完全浸在水里。安德烈不得不常常停步，让越来越疲倦的同伴休息一会儿。她吞下的一小块面包只能使她许久没有吃东西的肠胃感到疼痛，她常常有几分钟一动也不动地停留在一个地方，不能继续前进。

最后，在他们的面前出现了一道狭小的铁门。"谢天谢地，咱们总算走到了。"鞑靼女人用微弱的声音说，举手想敲门，但却没有力气。安德烈替她使劲在门上敲了几下；随即发出一阵隆隆声，证明门背后是一大片空地。这隆隆声仿佛碰到几座高耸的拱门，把声音改变了。过了大约两分钟，只听得钥匙叮叮当当响着，仿佛有一个人从台阶上走下来了。终于门打开了；迎接他们的是一个修道僧，手里拿着钥匙和蜡烛，站在狭窄的台阶上。安德烈一看见天主教修道僧就不由自主地站住了，因为修道僧引起哥萨克强烈的夹杂着憎恨的蔑视，一般对待他们是比对待犹太人还要残酷的。修道僧看到这个查波罗什的哥萨克，也不由自主地倒退了几步，可是，鞑靼女人含含糊糊对他说了一句话，使他安心了。他给他们照着亮，在他们后面关上了门，引他们走上台阶，于是他们就走到修道院礼拜堂的高大的昏暗的圆拱门下面来了。在陈设着高高的烛台和蜡烛的祭坛前面，一个神父跪着，静静地祈祷着。在他的附近，两个穿紫色斗篷外披白色带花边的披肩、手捧香炉的年轻的唱诗僧，也分跪在两边。他祈祷奇迹降临地上，祈祷城市得救，重振低落的士气，赐人以忍耐心，驱除唆使人对地上的不幸发出怨言和卑怯的哭泣的诱惑者。几个幽灵一样的女人跪在地上，凭倚着放在她们面前的椅子的靠背和黑色的木凳，把她们疲惫乏力的脑袋完全伏在上面；几个男人紧靠着撑住两边圆拱门的圆柱和半露柱，也跪在地上。祭坛上端的花玻璃窗被早晨蔷薇色的曙光照耀着，向地上投出蓝的、黄的和其他颜色的光轮，蓦地把昏暗的礼拜堂照亮了。紧靠在里面的整个祭坛忽然变得光辉灿烂；香炉里的烟像绚烂的云彩一般飘浮在空中。安德烈从自己所处的暗角落里看到阳光所造成的奇景，不禁惊奇得呆住了。在这时候，风琴的庄严的吼声忽然充满了整个礼拜堂。这声音越来越深沉，扩大起来，变成了隆隆的雷鸣，然后蓦地又变成天上的乐章，宛如少女的尖细的歌声，高高地浮荡在圆拱门下面，然后又变成深沉的吼声和雷鸣，静寂下去。雷样的轰鸣在圆拱门下面还拖着袅袅不绝的余韵，安德烈半张着嘴，惊叹地听着这庄严的音乐。

这时候，他觉得有人拉了一下他的长褂的前襟。"该走啦！"鞑靼女人说。他们没有被任何人看见，穿过了礼拜堂，然后走到礼拜堂前面的广场上。朝霞早已染红了天空：一切迹象都宣告着太阳的升起。四方形的广场完全是空旷的；正中还遗留着小木桌，说明这儿也许仅仅在一星期之前还曾经是出售食品的市场。当时还没有铺平过的街路，简直像一堆干泥巴。环绕广场周围的是一些石砌的和土砌的小平房，墙上支着木桩和墙一般高的柱子，外面用木头的横梁交叉地连接在一起，当时居民一般都用这种样式建造房屋，也就是我们直到现在还能在立陶宛和波兰的某些地方看到的那种样式。所有这些房屋几乎都盖着过分高的屋顶，上面有许多采光窗和通风口。在一边，几乎就在礼拜堂附近，有一幢完全不同于其他房屋的建筑物耸立得特别高一些，大概是市政厅或者某一个什么政府机关。它有两层楼，上面筑有一间有两道拱门的瞭望楼，那里站着一名哨兵；屋顶上还嵌着一面巨大的计时盘。广场似乎是死寂了，可是安德烈隐约听见一阵微弱的呻吟声。他仔细一看，发现在广场的另一边有两三个人挤在一堆，几乎一动也不动地躺在地上。他更加留意地把视线凝注在上面，想看清楚他们到底是睡着了还是死了，正在这时候，一件横在他脚边的什么东西把他绊了一下。这是一个女人的尸体，大概是一个犹太女人。她仿佛还很年轻，虽然从她的变了相的、消瘦的面容上无法辨认出这一点来。她的头上包着一块红绸头巾；珍珠或是玻璃珠分成两行装饰着她的耳朵套，两三绺长长的、波纹形的鬈发从耳朵套下面披散到她的青筋突露的干枯的颈脖上。她身旁躺着一个婴孩，一只手痉挛地抓紧她的干瘪的乳房，因为吸不出奶汁，不由得发起火来，用手指头不断地拧它。他已经不哭不喊了，只是从他的轻轻起伏的肚子上可以猜想他还没有死，或者至少是正预备吐最后一口气。他们转身走到了街上，忽然被一个疯狂的人拦住了，他看见安德烈背着宝贵的食物，就像猛虎似的向他扑过来，抓住他喊道："面包！"可是，那疯狂的人没有和那股疯劲儿相称的力量，安德烈把他一推，他就栽倒在地上了。在恻隐心的推动下，安德烈扔给了他一块面包，那人像疯狗似的扑过去，放在嘴里大嚼起来，由于许久没有吃东西，立刻发作了可怕的痉挛，死在街上了。几乎每走一步，总有一些可怕的饥饿的牺牲者使他们大吃一惊。许多人似乎是在家里受不住折磨才特地跑到街上来，想看看会不会有什么补养力气的东西自天而降。一家人家的门口坐着一个老太婆，说不上她是睡着了还是死了，再不然干脆只是茫然失神：至少，她是一点也听不见什么，一点也看不见什么，把头垂在胸前，一动也不动地老是坐在一个地方。在另外一幢房子的屋顶上，用绳索打着一个结，往下悬挂着一具直挺挺的干瘦的尸体。这可怜虫不能自始至终挨受饥饿的痛苦，所以就情愿用自杀来加速自己的死亡。

看到这种触目惊心的饥荒的情况，安德烈再也忍不住不向鞑靼女人发问：

"难道他们一点也找不到什么东西来维持生存了吗？一个人如果走到了最后的绝路，那时候就没有办法，就是以前他所厌恶的东西他也只能吃呀；他可以吃那些法律禁止吃的东西。那时候随便什么东西都可以被当作食品充饥的。"

"人们把一切东西都吃光了，"鞑靼女人说，"把全部牲畜都吃光了。在整个城市里，你找不到一匹马，一条狗，甚至连一只老鼠也找不到了。咱们城里从来不贮藏什么粮食，一切都是从乡下运来的。"

"可是，你们面临残酷的死亡，怎么还一心一意想到守城呢？"

"是呀，总督也许早就想投降了，可是昨天早晨，驻在布让内的联队长放了一只传信的老鹰到城里来，叫不要把城交出去；说是他率领联队就要来增援，不过要等另外一个联队长一块儿来。现在人们随时都在盼望他们到来……可是，我们已经到家了。"

安德烈远远地就望见一幢房子和别的房屋很不相同，仿佛是某一个意大利建筑师造的。这幢房子有二层楼，是用好看的薄砖头砌成的。楼下的窗户镶嵌在高高凸出的花岗石飞檐下面。二楼完全由一些小拱门构成，这些拱门形成一条走廊；在这些拱门之间可以看到雕有纹章的栏杆。房屋四角也雕着纹章。室外的宽阔的花砖台阶一直和广场相衔接。台阶下面一边各站着一个哨兵，他们神情如画地、对称地各用一只手扶着靠在他们身旁的戟，用另外一只手支着自己的俯伏的头，这样一副模样，与其说是活人，倒不如说是两尊雕像更恰当。他们没有睡，也没有打盹，但似乎对一切都是麻木不仁的：他们甚至也没有注意到有什么人走到台阶上来了。走上了台阶，他们看见一个服装华丽、从头到脚全副武装的军人，手里捧着一本祈祷书。他想抬起困倦的眼睛来看他们，可是鞑靼女人对他说了一句话，他就又把眼睛落在祈祷书的翻开的一页上去了。他们走进了第一间很宽大的房间，这是当作接待室，或者只是当作前厅用的。里面挤满着采取各种不同的姿势靠墙坐着的兵士、仆人、猎犬看管人、侍酒人，以及为显示波兰贵族（不但包括军人，并且也包括领地所有主）的地位所必不可少的其他的侍仆。可以闻得到熄灭的蜡烛的油烟味。另外两支蜡烛还摆在房间正中的两只几乎有一人高的大烛台上燃烧着，虽然晨曦早已通过有栏杆的宽大的窗户照进来了。安德烈正待一直走进那点缀着纹章和许多雕刻品的橡木门，可是鞑靼女人一把扯住他的袖子，指点他走旁边的一扇小门。他们从这扇门走进了一条回廊，然后又走进一间房间，他简直无法一眼把它看清楚。从百叶窗的缝隙里射进来的光线照亮了一些东西：紫红色的窗帘、镀金的窗楣和挂在墙上的画。走到这儿，鞑靼女人指点安德烈留下来，她就打开门，走到另外一间灯影闪耀的屋子里去了。他听到低语和轻柔的声音，这种声音使他全身都震动了。他从打开的门里看见一个端正匀称的女人的姿影怎样迅速地闪动着，一条厚实的长辫子盘绕在她向上举起的手臂上。鞑靼女人回来叫他进去。他不记得他是怎样走进去的，后面的门是怎样关上的。房间里燃烧着两支蜡烛；神像前面点着一盏灯；灯下面摆着一张高高的小桌子，按照天主教的习惯，附有祷告时下跪用的踏脚。可是，他的眼睛搜索的不是这个。他把头转向另外一边，看见了一个女人，她仿佛是在一种迅速的运动中凝结了，化为了顽石。她的整个姿态仿佛是要向他扑过来，但忽然停住了。他站在她面前，也惊奇得呆住了。他预期看见她不是这种样子：这不像是她，不像是他从前认识的那个女人；她身上没有任何一点东西酷似那个女人，但她现在却是比从前加倍地美丽和动人了。那时她身上还有一点什么未完成的、未臻美满的东西，现在她却是画家给加上了最后一笔的作品了。那时是一个迷人的、轻佻的姑娘；现在却是一个美女———一个千娇百媚的绝世佳人了。她的往上抬起的眼睛里面表露着丰富的感情，不是感情的断片和暗示，而是全部的感情。眼泪在眼眶里还没有来得及干，弥漫着渗透灵魂的闪耀的湿气。胸、颈和双肩呈现出匀称的美丽的线条，这种线条是只有充分发展的美色才会具有的；她的头发从前卷成松松的鬈发披散在脸上，现在编成了一条浓密的厚实的辫子，一部分向上梳起，另外一部分有手臂那么长的一段，拆散开来，那细而长的弯曲得很美丽的头发一直垂到胸前。她的面貌似乎完全变得认不出来了。他竭力要在里面搜寻那些残留在他记忆中的特征，可是白费心机，一个特征也找不到！不管她的脸色多么苍白，但苍白也无法掩盖她的动人的美色；相反，似乎倒给美色添上了一种无法描摹的、不可抗拒的情趣。安德烈的心里产生了一种虔敬的恐惧之念，一动也不动地站在她的面前。她看到这个呈现出青春的男性的全部美和力量的哥萨克，也大吃了一惊，他的四肢虽然不动，却仍然显示出奔放不羁的活力；他的眼睛焕发着清朗的刚毅之光，天鹅绒般的眉毛弯成勇敢的弧形，晒黑的双颊闪耀着青春之火的全部光辉，初生的黑胡髭光亮得像丝绸一样。

"不，我想不出用什么方法来酬谢你，宽宏大量的骑士，"她说，她的银铃样的嗓子发着抖，"只有上帝才能够酬谢你；我，一个软弱的女人，可办不到……"

她把眼睛低了下去；簇生着长长的箭似的睫毛的眼睑，描出美丽的洁白如雪的半圆形，覆盖在眼睛上面。她的秀丽的脸完全弯倒了，一层薄薄的红晕笼罩了它。安德烈听了她的这番话，一句话也说不出来。他很想把心里的话都倾吐出来，说得像在心里所想的一样热烈，但他不能够。他觉得有什么东西塞住了他的嘴；话到嘴边却发不出声音。他感觉到这些话不是像他这样一个在神学校和东征西战的漂泊生活中教养起来的人所能够回答的，于是他就怨恨起自己的哥萨克天性来了。

这时候，鞑靼女人走进屋里来。她已经把骑士带来的面包和食物切成一片片，盛在金盘子里，放到小姐的面前。美人儿看看她，看看面包，又抬起眼睛看看安德烈，——这双眼睛里面包含着许多东西。这种说明她疲惫不堪、无力表达蕴积心中的感情的脉脉含情的眼光，比所有一切言语都更容易为安德烈所了解。他心里忽然感到轻松起来；仿佛一切束缚都解脱了。以前仿佛套上笼头被抑制住的一切，现在都自由了，毫无拘束了，已经要化为滔滔不绝的言辞倾吐出来了。可是这时候，美人儿忽然转向鞑靼女人，不安地问道：

"母亲呢？你给她送去了没有？"

"她睡了。"

"父亲呢？"

"送去了。他说他要亲自来向骑士道谢呢。"

她拿起一块面包，放到嘴边去。安德烈屏住了气息，只是望着她怎样用洁白光滑的手指撕碎它，然后吃掉；他忽然想起那个饿得发狂的人，吞吃了一块面包，当场就在他眼前断了气。他脸色发白，抓住她的手，喊道：

"够了！别吃啦！你许久没有吃东西，现在面包会把你噎死的。"

她立刻放开手，把面包放在盘子里，像听话的孩子一样，直望着他的眼睛。谁能试试用什么话把这种神情表达出来就好了！……可是不管是雕刻刀也好，画笔也好，强有力的言语也好，都无法表达有时浮露在少女的眼光中的东西，更不可能表达看到少女这种眼光的人的那种激动的感情。

"女王啊！"安德烈喊，心里充满着真挚的、诚恳的感情，"你需要什么？你愿望什么？吩咐我吧！只要是这世界上能有的，你把随便什么艰难的任务交给我去办吧，我立刻就跑去完成它！叫我去做没有任何一个人能做的事，我定为你去做，就是毁灭自己也在所不惜。我要毁灭，我要毁灭！凭圣十字架发誓，为你牺牲自己，在我是十分甜蜜的……可是我没法把我的意思说出来！我有三个庄园，我父亲的马群一半是我的，我母亲作为陪嫁带来给父亲的一切，甚至她瞒着他积蓄起来的一切，——一切都是我的。现在在咱们哥萨克中间，任何人都没有像我这样的武器：仅仅为了换我的马刀的柄，人家肯给我最好的马群和三千只绵羊。可是只要你说一句话，或者只要你动一动纤细的黑眉毛，我就情愿把这一切统统放弃，丢开，抛开，烧毁，淹没！可是我知道，也许，我说的全是蠢话，说得太冒昧，这一切在这儿都是不适合的，像我这样在神学校和查波罗什生活过来的人，是不能像国王、公爵和高贵的骑士们通常那样说话的。我看出你是和我们大家不同的神的创造物，一切其余的贵妇和闺秀都远不如你。我们连做你的奴隶都不配；只有天使才能够侍候你。"

少女怀着越来越增大的惊奇,不肯漏掉一个字,全神贯注地倾听这坦率的、真挚的话,这一段话像一面镜子一样,把年轻的、充满力量的灵魂反映了出来。这段话用从心底迸出的声音说出来,每一个简单的字都蕴蓄着无穷的力量。她的美丽的脸向前伸出,她把恼人的头发往后一甩,张开了嘴,就这样坐了许久。然后她想说些什么,忽然又停住了,想起这个骑士负有别的使命,他的父、兄和整个祖国像一个严峻的复仇者一般站在他的背后,这些围城的查波罗什人是可怕的,他们大家和这城市一起必然要遭到残酷的死亡……于是她的眼睛忽然充满了眼泪;她迅速地拿起一方丝绣的手帕,覆在自己的脸上,一会儿它就湿透了;长久地坐着,美丽的脑袋仰在后面,雪白的牙齿咬着艳丽的下唇——好像蓦地感觉到被毒蛇咬了一口一样——不肯把手帕从脸上移开,为的是不让他看到她的蚀骨的忧伤。

"对我说一句话吧!"安德烈说,握住她的滑如绫罗一般的手。一接触到这只手,就有一股熊熊的烈火通过他的血管,他握紧了那只毫无感觉地放在他手掌中的手。

可是她沉默不语,不把手帕从脸上移开,仍旧一动也不动。

"你为什么这样悲伤?告诉我,你为什么这样悲伤?"

她从脸上揭开了手帕,把披垂到眼睛上的长长的辫发往旁边一掠,接着用低微的声音说出一段凄婉悱恻的话来,这声音正像在美丽的黄昏吹起一阵微风,忽然扫过溪边茂密的芦苇一样:沙沙发响,喃喃低语,忽然传出凄凉而细弱的声音,旅人怀着不可思议的惆怅止步细听,没有注意到黄昏正在消逝,也没有听到做完农事和收割后回家去的人们的欢乐的歌声,和远处什么地方驶过的大车的辚辚声。

"难道我不应该发出无休止的怨诉吗?生我到世上来的母亲不是非常不幸吗?我的命不是很苦吗?我的凶恶的命运呀,你不是我的残酷的刽子手吗?你叫所有的人都跪倒在我的脚边:全体波兰贵族中间的最优秀的贵族,最富裕的地主、伯爵,外国的男爵以及我们骑士阶级中间最精华的部分。他们大家都巴不得要爱我,每一个人都把我的爱认作莫大的幸福。只要我一招手,他们中间的随便哪一个,脸长得最漂亮的、家世最高贵的,都会做我的丈夫。可是我的凶恶的命运呀,不能使我的心爱上他们中间的任何一个;却只能使我的心,越过我国的优秀的勇士,去爱上一个异邦人,我们的敌人。圣洁的圣母啊,你为了什么,为了什么罪过,为了什么重大的罪行,这样毫不容情地、无慈悲地迫害我呢？我一直过着养尊处优的生活，美酒佳肴是我的日常食品。可是这一切引来什么结果呢？这一切是为了什么呢？是为了最后遭遇到波兰国内连乞丐都不会遭遇的残酷的死亡。我注定要面临这样可怕的命运：我在临终之前必须看到父亲和母亲怎样在难于忍受的折磨中死去，而为了拯救他们，我是不惜牺牲我的生命的；可是这一切都还不够，我还必须在临终之前看到我从来没有看到过的爱情，听到我从来没有听到过的言语。必须让他用言辞来把我的心撕成碎片，让我的痛苦的宿命变得更加痛苦，让我的年轻的生命对于我变得更加悲惨，让我的死在我显得是更加可怕，让我在垂死的时候还要多责备你几句，我的凶恶的命运啊，还有你——请饶恕我的罪过——圣洁的圣母啊！"

当她的声音停息的时候，一种深深绝望的感情反映在她的脸上。脸上每一个特征都说明她是笼罩在蚀骨的哀愁之中，从悲伤地低垂着的额和俯伏着的眼睛，直到在微微发热的双颊上冻结和干涸的眼泪，一切仿佛都在说："这脸上没有幸福！"

"世界上从来不曾听说过有这种事情，这是不可能的，不会发生的，"安德烈说，"一个最美丽、最优秀的女人竟遭遇到这样痛苦的命运，虽然按说她生下地来应该是要让世界上所有最优秀的人都拜倒在她的面前,像拜倒在圣物前面一样。不,你不会死!你不应该死!用我的诞生和世上我所感觉可爱的一切东西发誓,你不会死!如果结局非死不可,而且无论用什么东西——力量也罢,祈祷也罢,勇敢也罢——都无法把痛苦的命运挽救过来,那么就让我们一起去死,让我先死,死在你的面前,死在你美丽的膝前,就是死了也不能把我们俩拆散。"

"别欺骗自己和我吧,骑士,"她轻轻摇着她的美丽的头,说,"我知道,最可悲哀的是我知道得太清楚,你是不可能爱我的;并且我知道,你有着怎样的责任和约束:你的父亲、伙伴、祖国在召唤你,何况我们又是你的敌人。"

"父亲、伙伴和祖国对我算得了什么呢?"安德烈迅速地摇摆了一下头,像岸边的白杨一样挺直了身子,说,"既然到了这种地步,那么我就把实话告诉你:我觉得亲近的没有一个人!没有一个人,没有一个人!"他用这样一种声音重复说,又伴随着这样一种手势动作,一个敏捷的、坚强不屈的哥萨克表示决心要干一件别人觉得是闻所未闻的不可能的事情时都是这样做的。"谁说我的祖国是乌克兰?谁把它给我做祖国的?所谓祖国,是我们灵魂所渴望的东西,是我们觉得比一切都可爱的东西。我的祖国就是你!你就是我的祖国!我把这祖国保存在我的心里，只要我活着，我就要保存它，我看哪一个哥萨克能把它夺去！我要为了这样的祖国交出、献出、毁掉所有的一切！"

她刹那间呆住了，像一尊美丽的雕像似的，直对他的眼睛望着，忽然抽抽噎噎哭了起来，她以一种只有专为美丽的真情生到世上来的、慷慨大度而且不计较小节的女人才会有的奇妙的女性激情，往他的脖子上扑过来，用雪白的、美丽的胳膊抱住他，哭了起来。这时候，街上传来了一片模糊的叫喊声，里面还夹杂着喇叭和罐鼓的声音。可是他没有听见这些声音。他只感觉到神妙的嘴唇吹来又香又暖的呼吸，眼泪像小河一般流到他的脸上，头上披下来的芳香的头发像黑而亮的丝线一样把他缠住了。

这时候，鞑靼女人发出快乐的叫声，跑到他们身边。

"得救了，得救了！"她失魂落魄地喊，"我们的人进城了，带来了面包、小米、面粉和俘虏的查波罗什人。"

可是他们俩谁都没有听见是什么样的"我们的人"进了城，带来了什么东西，俘虏了什么查波罗什人。安德烈充满着世间从来没有领略过的感情，吻了贴到他脸上的芳香的嘴唇，并且那芳香的嘴唇也不是没有反应的。对方同样热烈地反应了，在这互相交融的接吻中感觉到了一个人在一生中只能感觉一次的东西。

于是哥萨克毁灭了!对于整个哥萨克骑士精神说来是永远消失了!他再也看不见查波罗什地区、父亲的庄园和上帝的教堂!乌克兰也再也看不见自己那个保家卫国的最勇敢的儿子了。老塔拉斯将从自己的头上扯下绺白发,诅咒养出这样的儿子给自己遗臭的日子和时辰。

七

查波罗什军营里发生了喧哗和动乱。起初谁也说不清援军怎么会进城的。后来才知道布置在侧面城门前面的整个彼烈雅斯拉大支营队的人都喝得烂醉如泥,因此,这是毫不足怪的,一半人被杀死,另外一半人在弄清楚怎么一回事之前已经束手被擒。等到邻近的几个支营队被喧哗声惊醒,拿起武器的时候,援军已经进了城,殿后的队伍向乱糟糟追上来的睡眼惺忪的半醉的查波罗什人进行着掩护射击。团长下令叫大家集合起来,当大家站成一圈,脱了帽子,声音停息下来的时候,他说道:

"弟兄们,这就是昨天夜里发生的事情。喝酒给咱们带来了多少灾害！敌人使咱们受到了怎样的耻辱！我们显然已经养成这样的习惯：如果把酒的定量增加一倍，你们就预备喝得人事不知，基督教军队的敌人不但要剥掉你们的裤子，就是朝你们脸上打喷嚏，你们也还不知道哩。"

哥萨克都垂头站着，自知有罪；只有一个聂扎玛伊诺夫支营队的队长库库卞科答话了。

"等一等，老爹！"他说，"虽然团长向全军训话的时候，答辩是军规所不许的，可是事实不是这样，所以必须说明一下。你责备整个基督教军队，不完全是公正的。哥萨克如果在行军的时候，战争的时候，进行艰难繁重的工作的时候喝得酩酊大醉，那是有罪的，应该处死的。可是现在我们没有事做，白费时间，在城下瞎溜达。我们不吃斋，也不守其他基督教的禁忌，怎么能叫一个人成天干耗着，不喝个痛快呢？这不算是什么罪过。咱们最好还是给他们点厉害瞧瞧，让他们知道袭击无辜的人会得到什么报应。过去咱们打得好，现在更要打得他们爬不回老家。"

支营队长的这一番话使哥萨克们很满意。他们把完全垂倒的头稍微抬起了一些，许多人赞许地点着头，说："库库卞科讲得对！"离团长不远站着的塔拉斯·布尔巴说：

"怎么样,团长,库库卞科说得不错吧?你对这一点有什么话说?"

"我有什么话说?我说:养出这个好儿子来的父亲应该得到幸福!光埋怨还算不得是大智大慧,大智大慧应该是说出这样的一些话来,不给人泼冷水,反而会鼓励他,增添他的勇气,正像给马饮水,使它精神振作起来,再用马刺去增添它的勇气一样。我接着也想对你们说几句安慰的话,不过库库卞科抢在我头里先说了。"

"团长讲得也对!"查波罗什人的队伍中间有人喊。"这是实在话!"另外一些人重复说。连那些像淡灰色的鸽子一般站着的白发老人也直点头,捻着白胡子,低声地说:"至理名言哪!"

"听着,老乡们!"团长接着往下说,"攻占要塞,攀登城墙,或是在地下挖掘坑道,像外国技师,德国技师那种做法,是不体面的——见他妈要塞的鬼吧!——也不是咱们哥萨克应该干的事。照目前的情况推测起来,敌人进城时没有带许多存粮,他们的大车也不多。城里的人在挨饿;因此,他们准会一下子把所有的东西都吃光,马也准会把所有的草料都啃光的……我不知道会不会有一个圣灵用叉子叉些什么东西,从天空里扔给他们……不过这只有老天爷知道了；他们的天主教僧侣们都是只会说空话的。不管怎么样，反正他们迟早总要出城。全军分成三部分，面对三个城门，分驻在三条大路上。在正门前面驻五个支营队，在其他两个城门前面各驻三个支营队。佳季基夫和柯尔宋支营队打埋伏！塔拉斯联队长率领自己的联队打埋伏！狄塔烈夫和狄莫谢夫支营队在辎重车的右翼做掩护！谢尔宾诺夫和上斯捷勃里基夫支营队在左翼做掩护！再从队伍里挑选一些伶牙俐齿的年轻人去向敌人骂阵！波兰人都是些头脑简单的人，他们受不住辱骂，说不定今天就会出城来的。支营队长们，你们每一个人要检点一下自己的支营队，要是人数不足，就调彼烈雅斯拉夫支营队的残部去补充。大家重新再检点一下！给每一个哥萨克一杯酒，一块面包。不过，昨天吃了个饱，大家现在一定还觉得胀得慌呢，说实话，大伙儿那么狼吞虎咽，我奇怪怎么昨天夜里没有人胀破肚子。这儿还有一道命令：要是哪一个犹太酒贩子卖给哥萨克一大杯白酒，我就要把这臭猪打得耳朵鼻子都挤到一块儿，我要把他脚朝天吊起来！动手干吧，弟兄们！动手干吧！"

团长这样下了命令，大家对他深施一礼，不戴上帽子，就各自回到辎重车旁边和军营里去了，等到走远了，然后才把帽子戴在头上。大家开始准备起来：试试马刀和两刃刀，从口袋里把火药倒进火药筒，把辎重车拉出来，安排齐整，把精壮的马匹挑选出来。

塔拉斯一边向自己的联队走去，一边寻思着，可是到底琢磨不透安德烈躲到哪儿去了。他是不是和别人一起被俘虏了，在睡梦中被捆绑了起来？可是不会的，安德烈不是活着会被俘虏去的人。在被击毙的哥萨克中间也没有看到他。塔拉斯出神地深思着，一直走到联队前面，却没有听到早就有一个人在呼唤他的名字。

"谁找我？"他终于清醒过来，说。

站在他面前的是犹太人杨凯尔。

"联队长老爷，联队长老爷！"犹太人用急促的断断续续的声音说，仿佛要宣布一件不是完全无益的事情似的，"我到城里去过，联队长老爷！"

塔拉斯只顾端详着犹太人，纳闷他怎么这么快已经到城里去过一趟回来了。

"是一个什么样的敌人把你带到城里去的呢？"

"我这就告诉您，"杨凯尔说，"天亮时我一听见人声喧嚷，哥萨克们开了枪，我就抓起一件衣褂，来不及穿上，撒开腿就往那儿跑去，走到半道上才算把手伸进了袖子，因为我想尽快知道为什么喧嚷，为什么天蒙蒙亮哥萨克们就开枪。我一口气跑到城门边，这时候最后一批军队刚刚进了城。我一瞧呀，——走在部队前面的是旗手加良陀维奇老爷。他是我的老相好：三年前他借过我一百块金洋。我跟着他，神气好像是向他要债似的，这样就跟他们一起进了城。"

"你怎么居然进了城，还想向他要债？"布尔巴说，"他没有叫人当场把你像条狗似的吊死吗？"

"啊，真的，他真想把我吊死呢，"犹太人答道，"他的仆人们已经一把把我抓住，绳索套在我的脖子上，可是我哀求那位老爷说，随便老爷愿意多咱还那笔债，我就等到多咱再来取，并且还答应再借给他一笔钱，只要他能帮我讨还别的骑士们的债款，因为在那位骑手老爷的口袋里呀——我全都告诉您老爷吧——连一块金洋也没有。虽然他有村子、花园、四座城堡和一直展延到希克洛夫为止的一大片草原领地，可是他和哥萨克一样，身上连一文钱也没有，什么都没有。现在，要不是勃勒斯劳[①]的犹太人出钱把他武装起来，那么，他就成了一个光杆，

---

① 普鲁士的一个地方。

也不能出来打仗了。所以,议会里也没有他的份儿呀……"

"你在城里干了些什么?看见了我们的人没有?"

"那还用说!我们的人,那儿多得很:伊次卡、拉胡、萨穆洛、哈瓦洛赫、那个出租土地的犹太人……"

"滚他们的蛋,这些狗东西!"塔拉斯生起气来,叫道,"干吗尽拿你们犹太族来跟我蘑菇个没完!我是问你看见了我们的查波罗什人没有?"

"我们的查波罗什人我可没有看见。我只看见了安德烈老爷。"

"看见了安德烈!"布尔巴叫道,"你怎么说?你在哪儿看见了他?在地窖里?在监狱里?受到了污辱?被捆绑了起来?"

"谁敢捆绑安德烈老爷?现在他是这样一位重要的骑士……达里布格①,乍一看我简直认不出来了!肩饰是金的,套袖是金的,护心镜是金的,帽子是金的,腰带是金的,处处都是金的,一切都是金的。正像到了春天,太阳放射着光芒,各种鸟儿在菜园里啁啾,歌唱,青草散发香味,他也正是这样

---

① 犹太语,"确实"的译音。

浑身闪耀着金光。总督还给了他一匹顶好的马；光是这匹马就要值两百块金洋。"

布尔巴呆住了。

"他为什么穿外国服装？"

"因为质料好，所以他才穿呀……他骑马，别人也骑马，他教人家，人家也教他。真像是一位顶阔气的波兰老爷！"

"谁强迫他这么干的？"

"我没有说谁强迫过他。难道老爷不知道他是自愿投到他们那边去的？"

"谁投过去？"

"安德烈老爷呀。"

"投到哪儿去了？"

"投到他们那边去了呀，他现在已经完全是他们的人了。"

"你撒谎，臭猪！"

"我怎么会撒谎？难道我是傻瓜，敢在您面前撒谎？我连脑袋都不要了，敢撒谎？我难道不知道，一个犹太人要是胆敢在老爷面前撒谎，就要把他像条狗似的吊起来？"

"那么，依你说，他是出卖了祖国和信仰吗？"

"我没有说他出卖了什么：我只是说，他投到他们那边去了。"

"你撒谎,鬼犹太!基督教的国土上不会发生这种事情的!你搞糊涂了,狗东西!"

"我要是搞糊涂了,就让青草长满在我家的门槛上!让每一个人都向我父亲的、母亲的、舅舅的、我父亲的父亲的和母亲的父亲的坟上啐唾沫!要是老爷愿意知道,我甚至还可以告诉您他为什么投到他们那边去。"

"为什么?"

"总督有一个美丽的女儿。老天爷,她长得多么美啊!"

说到这儿,犹太人叉开胳膊,挤眼咧嘴,像在尝什么滋味似的,尽可能要在自己的脸上描摹出她的美貌。

"那又怎么样呢?"

"他为她尽了一切的力,所以就投奔过去了。一个人要是被爱情缠住了,那就跟鞋底一样,你把它浸在水里,拿出来,一拗就拗弯了。"

布尔巴出神地深思起来。他想起柔弱的女人拥有多么大的权力,曾经毁灭过多少强有力的男人,从这方面看起来,安德烈的天性是容易屈服的;于是他像生了根一样,在同一个地方伫立了许久。

"听着，老爷，我要把一切都告诉老爷，"犹太人说，"我一听见人声喧嚷，看见军队开进城里去，我就随身带了一串珍珠出走，以便必要时可以卖掉它，因为城里有美女和贵妇人，这时候我就对自己说啦：既然城里有美女和贵妇人，事情就好办啦，她们即使没有吃的，珍珠可终究还是要买的。旗手的仆人刚刚把我放了，我就直奔总督府去贩卖珍珠，从鞑靼女仆的嘴里打听到了一切。'只等把查波罗什人赶跑，马上就要举行婚礼。安德烈老爷答应要把查波罗什人赶跑。'"

"你没有当场把这鬼杂种打死吗？"布尔巴叫道。

"干吗要打死他？他是自愿投奔过去的。这样的人有什么罪过？他在那边过得好些，所以他就投奔到那边去了。"

"你看见过他本人？"

"真的，看见过他本人！这样一位威风凛凛的军人！比所有的人都漂亮。上帝祝福他，他立刻就把我认出来了；当我走到他跟前的时候，他立刻就对我说……"

"他说什么？"

"他说，——先把手指头摇了摇，接着就说啦：'杨凯尔！'轮到我呢，'安德烈老爷！'我这样回答他。'杨凯尔！你去对父亲说，对哥哥说，对哥萨克们说，对查波罗什人说，对所有的人说，现在父亲不是我的父亲了，哥哥不是我的哥哥了，伙伴不是我的伙伴了，我要跟他们所有的人打仗。我要跟所有的人打仗！'"

"你撒谎，鬼犹大！"塔拉斯大发雷霆地喊起来，"你撒谎，狗东西！连基督都被你钉上了十字架，你这被上帝诅咒的人！我要打死你，恶魔！给我滚开，要不然，马上就要你的命！"说完，塔拉斯拔出了自己的马刀。

失魂落魄的犹太人，尽他两条细而瘦的腿能够有的速度，立刻飞快地跑掉了。他头也不回，在哥萨克的军营中间还跑了许久，后来就远远地跑到一片空旷的原野上去了，虽然塔拉斯压根儿没有来追他，因为想到迁怒于人未免是不合情理的。

现在他想起昨天夜里曾看见安德烈和一个女人在军营旁边走过，他的白发的头就往下垂倒了，可是他还是不相信居然会发生这种可耻的事情，他的亲生儿子会把信仰和灵魂出卖。

最后他率领自己的联队去打埋伏，和他们一起躲藏在还没有被哥萨克烧掉的唯一的一片森林后面。同时，杳波罗什人，包括步兵和骑兵，经由三条大路，向三个城门进发了。支营队一队接一队拥过去，乌曼支营队、波波维切夫支营队、卡涅夫支营队、斯捷勃里基夫支营队、聂扎玛伊诺夫支营队、古尔古慈支营队、狄塔烈夫支营队、狄莫谢夫支营队。只有一个彼烈雅斯拉夫支营队没有出动。这个支营队的哥萨克们喝得沉醉不醒,就此断送了自己的生命。有的醒来时已经被擒于敌人之手,有的压根儿没有醒,糊里糊涂就消逝到潮湿的泥土里去了,队长赫里勃本人没有穿灯笼裤和外衣,就出现在波兰人的军营里。

城里的人听见了哥萨克军出动的声音。大家都拥到土城上来,于是在哥萨克们眼前就展开了一幅鲜明生动的图画:波兰勇士们一个更比一个俊美,站在土城上。插有天鹅似的白羽毛的铜盔,像太阳一般闪耀着。另外一些人戴着顶向一边斜叠的粉红色和蓝色的便帽;长褂有着向后翻起的袖子,是用金丝线缝成,或者干脆是用绦带镶边的;他们的马刀和武器镶嵌着贵重的珠宝,老爷们为这些东西付出过很大的代价,此外,还有其他各种装饰品。布庄诺夫联队的联队长戴着绣金边的红帽子,傲然地站在前面。联队长像一个庞然大物,比所有的人都高,都胖,宽大的、贵重的长褂勉勉强强裹住他的身子。在另外一边,几乎在边门附近,站着另外一个联队长,这是一个干瘦的矮个儿;但一双小而锐利的眼睛,却在浓密的眉毛下面灵活地望着,他忽东忽西迅速地走动,用细而枯瘦的手敏捷地指点着,发布着命令:可以看出,他虽然个子矮小,却很熟悉战术。离他不远，站着一个挺高挺高的旗手，他生着浓密的胡子，并且脸上似乎永远是红堂堂的。这位老爷爱好的是强烈的蜜酒和热闹的宴会。跟在他们后面的有许多各种各样的波兰绅士，有的自己花钱，有的挪用皇家财库，有的把祖先城堡中所有一切东西抵押给犹太人，借了钱来武装自己。也有不少元老院议员家中的食客，元老院议员们召他们去赴宴，以壮观瞻，他们却从桌子上和食器橱里把银杯偷走，等到当天的荣耀一过，第二天他们又坐在驭者台上，给某一位老爷赶马车了。那儿，各种各样的人全有。他们平时连一杯淡酒也喝不起，可是一到战时，大家都打扮得漂漂亮亮的了。

哥萨克的队伍静悄悄地站在城墙前面。他们任何一个身上都没有黄金的装饰，只有马刀柄上和步枪上的镶嵌物才闪露一些金光。哥萨克们不喜欢在打仗时穿得富丽堂皇；他们只穿简单的锁子甲和长褂，他们的红顶黑羊皮帽子老远地就在一阵黑一阵红地闪动着了。

两个哥萨克从查波罗什人的队伍里骑马走出来：一个还非常年轻，另外一个比较老，两个人都是伶牙俐齿、动起手来也毫不示弱的哥萨克：奥赫烈姆·纳希和梅格塔·果洛柯贝简科。跟在他们后面，杰米德·波波维奇也骑马走出来了，这是一个矮胖的哥萨克，已经在谢奇待过许多年，曾参加出征亚德良诺波尔之役，一生中遭受过千辛万苦；他被火焰烧坏了，留着焦黑的脑袋和烧断的胡子跑到谢奇来。可是波波维奇重新又养胖了，耳朵后面冒出了头发，生出了浓密的树胶一般黑的胡子。波波维奇也是说刻薄话的能手。

"啊，你们全军穿起了漂亮的暖袄，我倒想知道你们打仗漂亮不漂亮？"

"这就给你们厉害瞧！"那个强壮结实的联队长在城上喊，"我要把你们全都捆起来！奴才，把步枪和马匹交出来吧。你们看见了我怎样捆你们的人没有？把查波罗什人带上城来给他们瞧瞧！"

于是有人就把绳捆索绑着的查波罗什人带上城来了。站在最前面的是支营队长赫里勃，没有穿灯笼裤和外衣，因为是在酩酊大醉时被抓到的。队长因为在自己人面前赤身裸体，睡梦中像狗似的成了俘虏，所以羞愧得无地自容，把头往下垂倒了。一夜之间，他的头发全白了。

"别难过，赫里勃！我们会来救你！"哥萨克们在城下向他喊。

"别难过，朋友！"支营队长鲍罗达推喊道，"赤身露体抓到你，这不是你的过错。每一个人都会遭到灾难的；可是，不把你的裸体好好地遮盖起来，拿你来示众，这种人才叫不识羞哩！"

"你们的军队大概只会对睡着的人逞威风吧！"果洛柯贝简科望着城墙说。

"等着吧，我们要剪掉你们的额发！"人们从城上向他们喊。

"我倒想看看他们怎样剪掉我们的额发！"波波维奇骑在马上，在他们面前转过身来说。然后望着自己人，继续说下去："对呀！也许波兰人说得对。要是让那个大肚子率领他们打仗，他们就会找到一个很好的防御物啦。"

"你为什么认为他们会找到一个很好的防御物呢？"哥萨克们说，知道波波维奇一定预备要说出什么俏皮话来了。

"那是因为全体军队都可以躲在他背后，隔着他的肚子，你随便怎么样也不能用标枪刺到人呀！"

哥萨克们大伙儿都乐了。许多人许久还摇着头，说："波波维奇真行！他要是挖苦什么人，那可真是……"不过，到底"真是"什么，哥萨克们没有说出来。

"往后退，快从城下往后退！"团长喊道。因为波兰人仿佛再也受不住这些挖苦的话，联队长在挥手下命令了。

哥萨克们刚一让开，城上就射下来一连串的霰弹。城头上许多人奔跑着，白发苍苍的总督也骑着马出现了。城开了，军队冲出来了。最先是一队穿绣衣的骠骑兵并辔前进。跟在他们后面的是穿锁子甲的兵，然后是手持长矛的甲胄兵，再后是戴铜盔的兵，再后是一些上流绅士单独地跃马而行，每人按照自己的趣味穿着各色服装。骄傲的绅士们不愿意和别人一起编在队伍里，凡是不属于任何队伍的人，就独自一人带着自己的仆人骑着马走。然后又是队伍，他们后面是旗手；旗手后面又是队伍，那个身强力壮的联队长骑着马；而殿在全军之后的，是那个矮个子联队长骑在马上。

"别让他们列成纵队！"团长喊道，"全军一齐向他们出击！放弃其余的城门！狄塔烈夫支营队从侧面进攻！佳季基夫支营队从另外一个侧面进攻！向后方出击，库库卜科和巴雷伏达！扰乱他们，扰乱他们，打他们个落花流水！"

于是哥萨克们从四面八方攻上去，把他们打得首尾不能相顾，并且连自己的阵势也打乱了；甚至没有让敌人有时间开枪，立刻就用刀和长矛干了起来。大家扭作一堆，每一个人都有机会来显一下身手。杰米德·波波维奇刺死了三个兵，把两个上流绅士打下马来，说："多么好的马啊！我早就想弄到几匹这样的马了！"他把马远远地赶到原野上去，叫站在那边的几个哥萨克截住它们。然后他又冲到人堆里去，重新找到那两个被他打下马来的绅士，打死了一个，用套索套住另外一个的脖子，把他缚在马鞍上，从那人身上取下一把附有贵重的柄的马刀，又从他的腰带上解下一个装满金币的钱袋，然后拖着他跑过整个原野。柯比塔，一个还很年轻的好哥萨克，也跟波兰军队中一个顶勇敢的人打起来了，他们厮杀了许久，终于徒手肉搏起来。哥萨克就快要制胜，已经把对方按倒在地上，用锐利的土耳其制短刀刺进他的胸膛，可是自己也没有提防背后有人暗算，立刻有一颗火热的子弹射中了他的太阳穴。打死他的是波兰绅士中最有名望的，是一个最漂亮的、出身旧王族阀阅的骑士。他像一棵秀挺的白杨，昂然骑在一匹暗褐色的马上。他已经立过无数次豪勇无双的战功。他把两个查波罗什人劈成两半；把一个好哥萨克费多尔·柯尔查连人带马一起翻倒在地上，然后对马开了一枪，用长矛刺死了马后面的哥萨克；斫掉了许多人的脑袋和胳膊，又一枪打中柯比塔的太阳穴，使他倒下了。

"我真想跟这个家伙较量较量呢！"聂扎玛伊诺夫支营队的队长库库卞科喊道。他把马一夹，就直向那波兰绅士的背后飞驰过去，大喝了一声，使所有站在附近的人听到这种非人间的喊叫都吓得浑身战栗起来。波兰人想突然拨转马头，迎上前去；可是马不听他的使唤，被可怕的喊叫吓昏了，向斜刺里蹿过去，接着库库卜科就一枪打倒了他，一颗火热的子弹穿进他的肩胛骨，他从马上滚了下来。可是即使到了这当口，波兰人也还是顽强不屈，他还想给敌人一击，然而他的手没有力气了，一松手，马刀掉落在地上。库库卜科双手举起沉重的两刃刀，径直劈进那两片苍白的嘴唇中间。两刃刀打落了两只白糖般洁白的牙齿，把舌头切成两半，刀尖从咽喉骨穿通过去，一直深深地插进了土里。这样就永远把他钉在潮湿的地上了。像河边的蔓越橘般殷红的高贵的贵族的血，像泉水般向上迸溅出来，染红了他的整件绣着金花的黄色战袍。库库卜科抛开了他，率领自己的聂扎玛伊诺夫支营队又杀到另外一堆人群里去了。

"哎呀，把这么贵重的一身服装原封不动地扔下了！"乌曼支营队的队长鲍罗达推离开自己的队伍，骑马走到被库库卜科杀死的那个波兰绅士躺着的地方，说："我亲手杀死了七个波兰绅士，可还没有看见有谁穿过这样好的服装。"

于是鲍罗达推被贪欲迷惑住了：他弯下身去脱掉那人的贵重的甲胄，已经摘下了一把镶嵌着天然色宝石的土耳其制短刀，从腰带上解下装满金币的钱袋，从怀里取出一只装有精致的衬衣、贵重的银饰和小心珍藏留作纪念的少女鬈发的提包。鲍罗达推没有发觉一个红鼻子旗手从他背后偷袭过来，这个旗手曾经两次被他打下马来，并且挨了永远不会忘记的沉重的一击。这人这一次憋足了劲，抢起马刀，一下砍在他的弯倒的脖子上。贪婪不会给哥萨克带来好处：坚强的头颅不翼而飞，无头尸横卧在地上，鲜血溅满了远近的土地。严峻的哥萨克灵魂往高空飞去了，他愠怒着，抱恨着，同时奇怪这么快他就会飞离了这样壮健的身体。旗手没有来得及抓住队长的额发，把脑袋缚在马鞍上，严峻的复仇者已经飞马赶到了。

好像一只浮游在空中的鹰，拍击强有力的双翼，飞翔了几圈之后，忽然平展翅膀停留在一个地方，然后像一支箭似的扑向路旁啼啭着的鹌鹑，——塔拉斯的儿子奥斯达普便是这样突然扑向旗手，用绳索一下子套住了他的脖子。当残酷的绞索抽紧旗手的咽喉的时候，他的红脸胖涨得更加发紫；他想拔出手枪来射击，可是痉挛地抖动着的手再也不能瞄准，子弹白白地飞到原野上去了。奥斯达普立刻从旗手的马鞍上解下他带在身边预备捆俘虏用的丝带，就用他的这根丝带捆住了他的手和脚，把丝带的一端系在马鞍上，拖着他跑过原野，同时大声招呼乌曼支营队的哥萨克们一起来向队长致最后的敬意。

乌曼人一听说他们支营队的队长鲍罗达推已经不在人世，

就离开了战场，跑来收殓他的尸体；并且立刻商议选举谁当队长。终于有人说：

"还有什么可商议的呢？除了布尔巴的儿子奥斯达普，再也找不出更适当的人当咱们的队长了。不错，他比我们大伙儿都年轻，可是他的智慧并不比一个老爷爷差。"

奥斯达普脱了帽子，感谢所有的哥萨克伙伴赐给他光荣，不把年轻和见陋识浅作为托词来推卸责任，因为知道这是在战时，现在可不能有这些讲究，立刻就率领他们杀入重围，让大家知道，选举他当队长不是徒劳无益的。波兰人感觉到形势对自己太不利，就向后撤退，跑过原野去，以便在原野的另外一头再集合起来。同时，那个矮个子联队长向单独配置在城门口的四百名精锐的掩护部队一挥手，那边就向哥萨克的人堆里射过来一连串的霰弹。可是很少有人被打中：子弹都射到睁着惊奇的眼睛眺望这场战争的哥萨克军的牛群里去了。受了惊吓的牛吼叫着，转身向哥萨克军营奔去，冲坏了车辆，又踩伤了许多人。可是塔拉斯这时候率领自己的联队从埋伏的地点跳出来，大喝一声，直扑了上去。整个疯狂的牛群被叫声吓坏了，转过身来又往回奔，冲到波兰军队里去，把骑兵冲得人仰马翻，把全军扰乱了，冲散了。

"噢，谢谢你们，牛啊！"查波罗什人喊道，"你们一向协助行军，现在又来为作战效劳！"接着，他们就鼓足一股新的劲儿向敌人进攻了。

这一仗歼灭了许多敌人。许多人立下了功勋：美捷里甲、希洛、两个贝萨连科、伏符土旬科，还有不少别的人。波兰人看见事情不妙，赶紧去掉了军旗，喊叫赶快开城。钉铁皮的城门轧拉一声打开了，一群困惫不堪满脸风尘的骑士冲了进去，像绵羊拥进羊圈一样。许多查波罗什人正想追赶上去，可是奥斯达普叫住了部下的乌曼人，说："弟兄们，离开城墙站远一些，站远一些！挨近城墙可不行呀！"他说对了，因为城墙上的敌人把随手抓到的一切东西劈头盖脑扔下来，许多人都被打中了。这时候团长骑马走来，夸赞奥斯达普说："这是个新队长，可是带兵打仗倒像是个老资格呢！"老布尔巴向四面张望，想看清楚新队长是哪一个，不料却看到奥斯达普骑马站在所有的乌曼人的前面，歪戴着帽子，手里拿着队长的狼牙棒。"瞧你这股子劲儿啊！"他望着儿子说，老人家开心极了，向所有的乌曼人感谢他们赐给他儿子的光荣。

哥萨克们又向后撤退，准备回到军营里去，可是波兰人穿着破烂的宽斗篷又在城头上出现了。许多贵重的长褂凝结着血迹，美观的铜盔上面积满着灰尘。

"怎么，把我们捆起来了没有啊？"查波罗什人从城下向他们喊。

"我就要给你们厉害瞧！"胖子联队长把绳索晃了几下，从城头上还是这样喊。

满脸尘土困惫不堪的战士们还是不住嘴地恫吓着，双方所有激怒的人用粗鲁的话互相辱骂着。

终于大家走散了。有的人在战争中累得精疲力尽，躺下休息了；有的人用泥土敷自己的伤口，把手帕和从敌人尸体上剥下的贵重的衣服撕破了，做成绷带。另外一些比较精神振作些的人开始收殓尸体，对他们致最后的敬意。用两刃刀和长矛掘了墓穴；用帽子和衣裾搬来泥土；恭恭敬敬地把哥萨克的尸体放下去，用新鲜的泥土埋上，不让乌鸦和鸷鹰啄食他们的眼睛。可是遇到波兰人的尸体，就把他们十来个捆成一扎，系在悍马的尾巴上，放马到原野上去，以后久久不息地在后面追赶着，鞭打马的肚子。疯狂的马奔过堑壕、丘陵，越过沟渠和溪涧，盖满血迹和尘土的波兰人的尸骸磕着地面。

然后，所有支营队的人围成一圈，坐下来吃晚饭，长久地谈论着战况和命中注定落在每一个人身上的功勋，这些事迹以后将永远被外国人和后世子孙传诵。他们许久都不肯躺下睡觉。老布尔巴比所有的人躺下得更迟,老在心里琢磨着,安德烈没有出现在敌军阵中,这到底表示什么意思。是不是犹大不好意思出马反对自己人,或者还是那个犹太人撒谎,他只是身不由己地被捉去的?可是他又想起安德烈的心非常容易被女人的话说动,于是感到了深深的悲痛,在心里发下誓愿,一定要报复这个迷惑他的儿子的波兰女人。他是会实行他的誓言的:他会不顾她的美貌,揪住她的浓密的蓬松的发辫,拖着她跑遍整个原野,从全体哥萨克中间穿过。她那像覆盖山峰的永不消融的白雪般莹洁的美丽的胸脯和双肩,会染满鲜血,沾满泥土,在地面上撞得血肉淋漓。他会把她高贵的美丽的身体毁成几段。可是布尔巴不知道上帝明天将给人安排下什么命运,他开始迷糊起来,最后睡着了。

哥萨克们仍旧互相聊着天,哨兵留心四下里察看着,神志清醒,连眼睛也不合上一下,整夜站在篝火旁边。

八

太阳还没有升到中天,所有的查波罗什人就围成一圈集合起来了。从谢奇传来消息，说是当哥萨克们离开的时候，鞑靼人冲进来把一切东西抢劫一空，挖走了哥萨克们偷偷埋在地下的什物，打死了和俘虏了所有留下的人，赶走所有抢来的牲口和马群，直奔皮列可普去了。只有一个哥萨克，马克西姆·果洛杜哈，半路上从鞑靼人手里逃了出来，刺死了一个长官，从他身上解下装满金币的钱袋，骑着鞑靼马，穿着鞑靼服，奔驰了一天半和两夜逃避追捕，把马骑得死去活来，中途换乘了另外一匹，又拼命地鞭打它往前跑，直等到换乘了第三匹马，才终于跑到了查波罗什人的军营中，在路上知道查波罗什人已经到了杜勃诺城下。他只能向大家说明发生了这样一场灾变；可是，这场灾变怎么会发生，留下的查波罗什人曾经按照哥萨克的习惯胡闹过没有，是不是在酩酊大醉时被俘虏的，鞑靼人又怎么会知道埋藏军资的地方等等，他就一点也说不清楚了。那哥萨克困乏到了极点，浑身浮肿，脸被烧焦，风吹雨淋得不成样子；他倒在地上，立刻昏昏沉沉地睡去了。

在这种情况下，查波罗什人照例得马上就去追赶那些掠夺者，设法在路上截住他们，否则俘虏们就一定会出现在小亚细亚的市场上，在斯米尔那和克里特岛上，上帝才知道留有额发的查波罗什人不会在什么地方出现。这便是查波罗什人集合起来的原因。他们一个个全都戴着帽子站在那儿,因为他们不是来听上级的训示,而是相互间作为平等的人来进行商议的。

"让年长的人先发表意见吧!"群众中有人喊道。

"请团长发表意见!"另外一些人说。

于是团长脱了帽子,不是作为上级,而是作为一个伙伴,感谢了全体哥萨克赐给他光荣,说:

"我们中间有许多年长的和抱有卓见的人,可是承蒙不弃,那我就有一些拙见奉告:弟兄们,你们不要耽误时间,得赶快去追上鞑靼人才对呀。因为你们自己知道鞑靼人是一种什么样的人。他们不会守着掠夺得来的财物等我们去追赶的,一眨眼的工夫他们就会把财物挥霍得一干二净,这样你就连一点影踪也找不到了。所以我的意见是这样:走。我们在这儿已经玩够了。波兰人已经知道哥萨克的厉害;我们已经竭尽全部力量为信仰复过仇了;从这饥饿的城市所能获得的利益也不多。所以,我的意见是——走。"

"走!"这声音在查波罗什的各个支营队中震耳欲聋地轰响着。

可是,这些话却不合塔拉斯·布尔巴的意,他把两条愁云深锁的灰白眉毛更加紧蹙在眼睛上面,这两条眉毛像繁生在高耸的山岭上的灌木丛，山顶上盖满了针一般的北国的寒霜。

"不，你的意见不对，团长啊！"他说，"你不能这么说。你大概忘了我们许多人被波兰人抓去了，还在当俘虏吧？你大概不要我们遵奉那首要的、神圣不可侵犯的盟友之义，忍心抛下自己的同胞，让人家活活地把他们剥皮抽筋，把他们哥萨克的身体撕裂成一块块，然后分送到各处城镇和乡村去示众，像过去他们在乌克兰对付咱们统帅和优秀的俄罗斯勇士们那样吧？他们亵渎神圣的恶行还嫌少吗？我们还算得是什么人呢？我问你们大家。忍心把伙伴遗弃在不幸中，让他像一条狗似的死在异乡，这还算得是一个哥萨克吗？如果事情已经到了这个地步，大家都不把哥萨克的荣誉当一回事，甘心让人家对自己的白胡子啐唾沫，用下流话责骂自己，那么，你们谁都不要来责备我。我一个人要留在这儿！"

所有站着的查波罗什人都犹豫不决起来了。

"可是难道你忘了，勇敢的联队长，"这时团长说话了，"鞑靼人手里也有我们的伙伴，如果我们现在不去搭救他们，他们的生命就将出卖给异教徒，当一辈子奴隶，这难道不比任何残酷的死都更加糟糕？难道你忘了，我们用基督徒的鲜血去赢得的全部财富现在都被他们抢走了？"

所有的哥萨克都沉思起来,不知道说什么才好。他们没有一个人愿意让名誉受到玷辱。这时候,在查波罗什全军中年岁最长的卡西扬·鲍夫久格走到前面来。他受到所有的哥萨克的尊敬;他已经两次被选为团长,打起仗来也是一个勇猛的哥萨克,可是他早已年迈,随便哪一次远征都不再参加了;这位老战士不喜欢向随便什么人发表意见,却喜欢侧卧在哥萨克的人堆旁边,听人家谈种种遭遇和哥萨克远征的故事。他从来不在别人谈话时插嘴,却总是侧耳细听,用手指塞那永远不离嘴的短烟斗里的灰烬,然后他微微眯缝着眼睛,长久地坐在那儿,哥萨克们猜不透他是睡着了呢,还是仍旧在听着。每次远征,他总是留在家里,可是这一次老人家忽然心动了。他按照哥萨克方式把手一挥,说道:

"我什么都不在乎!这一回我也要去,也许我也还能对哥萨克军有点用处呢!"

现在当他踱到会场前面的时候,所有的哥萨克都静寂了下来,因为大家很久没有听他说过一句话了。大家都想知道鲍夫久格会说些什么。

"弟兄们,该轮到我说话了!"他这样开了头,"年轻人啊,请你们听一听老人的话吧。团长说得真聪明;作为一个负有保护军队和保存军资的责任的哥萨克军首领，他不能说出比这更聪明的话来了。就是这样！这算是我的第一段话！现在请再听我的第二段话。我要说的第二段话是这样：塔拉斯联队长说得也很对，愿老天爷保佑他万寿无疆，乌克兰要多有一些这样的联队长才好！哥萨克的第一责任和第一荣誉就是遵奉盟友之义。我活了这么大岁数，弟兄们，我还没有听说哥萨克在什么地方抛弃过或者出卖过自己的伙伴。无论是在这儿被俘虏的，或是在家乡被俘虏的，都是我们的伙伴；不管人数多或是少，全都一样，都是我们的伙伴，在我们看来都是宝贵的。所以我要说的话是这样：同情被鞑靼人抓去的伙伴的人，让他们赶快去追鞑靼人，同情被波兰人俘虏的伙伴而又不肯放弃正义之战的人，就让他们留下来。从职责上讲，团长应该率领一半人去追鞑靼人，而另外一半就需要选出一位代理团长来。这个代理团长，你们要是愿意听取白发老人的意见，那么，除了塔拉斯·布尔巴，再也没有别的更适当的人了。我们中间没有一个人在勇敢方面比得上他。"

鲍夫久格说完话，便沉默不语了；所有的哥萨克都十分高兴，老人家这么一说，使他们明白了过来。大家把帽子往天空里抛，喊道：

"谢谢你,老爹!你沉默,沉默,长久地沉默,可是终于说起话来了。出发远征的时候,你说你会对哥萨克军有点用处,这话没有白说:你果然做到了。"

"怎么样,你们赞成这么办吗?"团长问。

"大伙儿都赞成!"哥萨克们喊道。

"那么,会议结束了?"

"会议结束了!"哥萨克们喊道。

"现在听我发布军令,小伙子们!"团长说,他走到前面,戴上了帽子,可是所有的查波罗什人一个个都脱掉了帽子,光着头,眼睛看着地上,正像哥萨克们在首长训话时经常做的那样。

"现在你们分开站吧,弟兄们!愿意走的,站到右边;愿意留的,站到左边!多数人都站了过去的支营队,队长也跟着站过去;要是只有少数人站过去,那么,这个支营队就和别的支营队合并。"

于是大家都纷纷站开了,有的站到右边,有的站到左边。凡是大多数人都站过去的支营队,它的队长也跟着站过去;只有少数人站过去的支营队,就和别的支营队合并。结果两方面所得的人数差不多相等。愿意留下的有:聂扎玛伊诺夫支营队的几乎全部，波波维切夫支营队的一大半，乌曼支营队的全部，卡涅夫支营队的全部，斯捷勃里基夫支营队的一大半，狄莫谢夫支营队的一大半。所有其余的人都愿意去追鞑靼人。双方面都有许多精壮结实的、勇猛的哥萨克。在那些决定去追鞑靼人的哥萨克中间，有老英雄车烈瓦推、波柯狄波列、列米希、普罗柯波维奇·霍马。杰米德·波波维奇也走到那一边去了，因为他是一个游荡成性积习难改的哥萨克，他不能老待在一个地方；他已经同波兰人较量过了，这一回还想同鞑靼人较量个高下。支营队长有：诺斯丘冈、波克雷希卡、聂维雷奇基，还有其他许多卓越而且勇敢的哥萨克想在一场会战中同鞑靼人试试剑锋和坚强有力的肩膀。在那些愿意留下的人中间，也有不少非常非常好的哥萨克：支营队长杰梅特罗维奇、库库卞科、魏尔狄赫维斯特、巴拉班、布尔巴的儿子奥斯达普等等；其次还有其他许多著名的、精壮结实的哥萨克：伏符土旬科、车烈维倩科、斯捷潘·古斯卡、奥赫利姆·古斯卡、梅柯拉·古斯推、查陀罗日尼、美捷里甲、伊凡·查克鲁狄古巴、莫西·希洛、交格嘉连科、守陀连科、贝萨连科，然后是另外一个贝萨连科，然后还有一个贝萨连科，还有许多别的好哥萨克。他们都是一些历尽名川大山的惯于跋涉的人：他们访问过阿纳托里亚沿岸，克里米亚的盐沼地和原野,所有流入德聂泊河的大大小小的河流,所有的港湾和德聂泊河的各个岛屿;曾经到过莫尔达维亚、伏洛基亚和土耳其等国;曾经驾驶双舵哥萨克式舢板船游遍整个黑海,五十只舢板船列成一队,去袭击过最华丽、最高大的船舰,打沉过不少土耳其兵船,一生中发射过不可计数的弹药。不止一次撕破贵重的绫罗绸缎和天鹅绒来做裹脚布,不止一次把金币塞满在系在裤带上的褡裢里。他们每一个人为喝酒和游荡挥霍了多少财物,这些财物足够别人过一辈子,那数目是数也数不清的。他们按照哥萨克的派头,把财物挥霍得干干净净,款待所有的人,雇乐师来奏乐,让世上所有的人都来玩个痛快。即使现在,他们中间也很少有人不在地下埋藏些财物:酒杯呀,银汤匙呀,镯子呀等等,埋藏在德聂泊河各个岛屿的芦苇下面,以防万一发生不幸,鞑靼人突然袭击谢奇的时候,不要让他们找到这些东西;可是,鞑靼人的确是很难找到这些东西的,因为连主人自己也早已忘记把它们埋藏在什么地点了。就是这样一些哥萨克愿意留下来,为了忠实的伙伴和基督的信仰去向波兰人复仇!老鲍夫久格也想和他们一起留下,他说:"像我现在这样的年龄,已经不能去追鞑靼人了,这儿正是适合一个好哥萨克长眠的地方。我早就祈求过上帝了,我要是必须结束我的生命,那么,让我在一场维护神圣的基督教事业的战争里去结束它吧。我的愿望果然实现了。对于一个老哥萨克说来,在别的地方再不会有更美满的收场了。"

大家分别站开了,按照支营队的次序,分成两行站在两边之后,团长从队伍中间走过,说:

"弟兄们,彼此都满意吗?"

"都满意,老爹!"哥萨克们回答。

"好吧,那么大家接个吻,彼此告别吧,因为只有上帝才知道这一生中还能不能见面啦。听自己队长的指挥,执行你们自己所知道的任务:你们自己清楚,哥萨克的荣誉命令你们干些什么。"

于是所有的哥萨克都互相接起吻来。队长们先开始,他们用手捋捋自己的白胡子,交叉地抱着接了吻,然后拿起对方的手,紧紧地握着。一个人想问另外一个人:"怎么样,老弟,咱们还会不会见面?"可是没有问,只是沉默着,于是两颗斑白的头颅都浸入沉思之中。所有的哥萨克一个个都互相道了别,因为知道双方都还有许多事情要去做哩;可是他们没有决定立刻离去,却还要等到天黑才动身,为的是不让敌人看出哥萨克军方面人数的缩减。然后大家各自回到支营队吃午饭去了。

吃过午饭之后，凡是要上路的人，都躺下去休息，睡得香甜而又长久，仿佛预感到这也许是他们最后一次能够这样舒舒服服睡一觉了。他们一直睡到太阳落山；当太阳沉落下去，天色微暗的时候，他们开始给车辆抹起油来。什么都准备齐全了，他们就打发辎重车在前面走，自己再向伙伴们扬扬帽子作别，然后悄悄地跟在辎重车后面走去。骑兵队不吆喝，也不对马匹发出嘘声，镇静地跟在步兵后面款款而行，很快就消失在黑暗中了。只有马蹄的嘚嘚声和有些车辆的车轮因为还没有走顺或者黑夜里没有上好油而发出的咿哑声，含糊不清地响着。

留下的伙伴们从远处长久地向他们挥着手，虽然一点踪影也望不见了。当他们各自走散，回到自己的宿所的时候，当他们在亮晶晶的星光下看到一半辎重车已经消失了踪迹，许多战友已经远离的时候，他们每一个人都觉得黯然神伤，大家都把耽于游荡的脑袋向下垂倒，不由得沉思起来。

塔拉斯看到动摇不定的情绪侵袭了哥萨克军的队伍，和勇士不相称的抑郁感渐渐主宰了哥萨克们的头脑，可是他不发一言；他想给大家一点时间，让他们习惯于这种因为和伙伴别离而引起的抑郁感，可是同时他又悄悄地准备按照哥萨克方式大叫一声，蓦地把他们大伙儿惊醒过来，使那一股锐气，以比先前更大的力量回到每一个人的心里,这种锐气是只有斯拉夫民族才能够有的,因为这是一个奔放豁达的强有力的民族,它和其他民族相比,正像大海和细流一样。在暴风雨的时候,大海咆哮,怒号,澎湃汹涌,掀起小河不能掀起的巨浪;在风平浪静的时候,大海又比所有的河流更加明净地展开它的永远悦目的、一望无际的镜子般的水面。

于是塔拉斯命令自己的仆人们从一辆单独停在一旁的辎重车上把货物卸下来。这是哥萨克的辎重车中最大、最坚固的一辆;粗大的轮子被坚固的双层轮箍箍紧着,车上载的东西很重,用马衣和结实的牛皮覆盖着,外面还用涂过树脂的麻绳捆得紧紧的。辎重车上全是一瓶瓶、一桶桶的陈年美酒,这些酒在塔拉斯的地窖里贮藏了许多年了。他把这些酒带来,是预备在庄严的日子喝的,如果那伟大的一刻到来了,大家都得去做值得后代歌颂的事情,就可以让每一个哥萨克都喝到珍藏的美酒,在这伟大的一刻,就能让伟大的感情支配人的心灵。仆人们听了联队长的命令,直奔到辎重车前面,用两刃刀割断了牢固的绳子,去掉厚厚的牛皮和马衣,从辎重车上把酒瓶和酒桶卸下来。

"大家都去拿家伙呀,"布尔巴说,"大家有什么家伙就拿什么家伙来:汤匙也好,给马饮水的长柄勺也好,手套也好,帽子也好，要是什么家伙全没有，你就干脆用两只手掌捧着喝吧。"

所有的哥萨克都把家伙拿来了，有的是汤匙，有的是饮马的长柄勺，有的是手套，有的是帽子，还有的干脆伸出了两只手掌。塔拉斯的仆人们在队伍中间来回走动，从酒瓶和酒桶里倒酒出来给大家喝。可是，塔拉斯在还没有发出一齐举杯畅饮的信号之前，暂且不叫他们喝酒。显然他是想说几句什么话。塔拉斯知道，不管陈年美酒多么浓烈，不管它多么善于提神，可是如果再能加上几句辞令，那么，酒和精神的力量就会加倍地增强。

"我招待你们，弟兄们，"布尔巴这样说，"不是为了感谢你们选我当代理团长——虽然这在我是无上的光荣——也不是为了纪念我们和伙伴们的离别：不，换了别的时候，做这两件事都是很合适的；我们现在面临的可不是这样的时刻。放在我们前面的是必须费尽血汗和发挥哥萨克的伟大勇敢精神的事业！那么，让我们来喝一杯，伙伴们，首先我们要为神圣的正教信仰一齐干杯：希望这一天终会到来，这种信仰会传播到全世界，到处只有这一种神圣的信仰，不管有多少邪教徒，他们都要变成基督徒！我们还要为谢奇干杯，希望它为了消灭所有的邪教徒而永存下去，希望它年年岁岁诞生出无数年轻人，一个更比一个强，一个更比一个漂亮。我们还要为我们自己的荣誉干杯，希望我们的孙子和曾孙以后会说，曾经有过这样的一些人，他们不曾辱没盟友之义，也不曾出卖自己人。那么，为了信仰，弟兄们，为了信仰！"

"为了信仰！"所有站在近旁几排的人都用低沉的声音喧嚷着。

"为了信仰！"站得稍远的人应和着，于是所有的人，不论老幼，都为信仰干杯。

"为了谢奇！"塔拉斯说，把一只手高高地举在头上。

"为了谢奇！"前排的人发出低沉的声音来回答。

"为了谢奇！"老人们捻着白胡子，悄声地说；年轻人们像幼鹰鼓翼一般活跃起来，重复说："为了谢奇！"

于是在远处原野上也听到了哥萨克们颂赞自己的谢奇的声音。

"现在是最后的一口了，伙伴们，为了荣誉，为了活在世界上的所有的基督徒！"

于是原野上所有的哥萨克，一个也不遗漏，为世界上所有的基督徒喝干了汤匙里的最后一口酒。在所有支营队的队伍中间，还长久地重复着：

"为了世界上所有的基督徒!"

汤匙已经空了,可是哥萨克们仍旧高举着手站在那儿。虽然大家的带酒气的眼睛快乐地闪耀着,可是他们是在深深地沉思。他们现在不是想到利欲和战利品,不是想到谁有运气得到金币、贵重的武器、刺绣的长褂和契尔克斯产的名马;可是他们沉思着,就像陡峭的高山顶上的兀鹰一样,从这高山上远远可以望见无边无际地展开着的大海,海上像小鸟似的散布着许多帆桨并用的船、海船等各种船舶,两边是隐隐约约显出的细长的海岸线,沿岸有一些蚊子似的城镇和像小草一般随风摇摆的森林。他们像兀鹰一般用眼睛扫视着周围的整片原野和在远方朦胧闪烁的自己的命运。农田和村路纵横的整片原野、连绵的荒地和纵横的村路,将被他们的突露的白骨盖满,被他们哥萨克的鲜血毫不吝惜地冲洗,被打毁的车辆、折断的马刀和长矛所点缀。再远一些的地方,将布满他们的一颗颗脑袋,脑袋上有着卷紧的凝血的额发和下垂的胡须。鸷鹰将会飞来乱扯一阵,啄食他们的哥萨克的眼睛。可是,正是在这块广阔而自由地展开着的死亡的废墟下面才埋藏着伟大的珍宝啊!任何一件崇高的事业都不会泯灭,哥萨克的荣誉也不会像枪口里射出的细小的火药粉一般消散。一个白髯垂胸的多弦琴乐师,或者一个还很矍健的善于预言的白发老翁，将用含蓄的强有力的言语歌咏他们的事迹。他们的声名将远扬全世界，所有后世的人都将传诵他们的功绩。因为强有力的言语是会远远地传播开去的，像嗡嗡作响的铜钟一样，匠人把贵重的纯银掺杂到铜里去，让美妙的声音远远地传播到城镇、茅屋、宫殿和村落，召唤所有的人去作神圣的祈祷。

九

城里谁都不知道有一半查波罗什人出发追鞑靼人去了。只有哨兵们从市政厅的瞭望楼上看到一部分辎重车开到森林后面去，可是他们以为哥萨克们在准备布置埋伏；法国工程师①也是这样想。同时，团长的话证明不是没有根据的，城里果然发生了储粮不足的恐慌。按照过去时代的习惯，军队一向是不估计需要多少粮食的。他们试行了一次突围，可是一半冲锋陷阵的勇将立刻被哥萨克们歼灭了，另外一半毫无所获地被赶回到城里。不过，一些犹太人却利用突围的机会，摸清了全部底细：

---

① 根据后文的叙述，这个法国工程师在波兰军中兼任炮兵顾问之类的职务。

查波罗什人出发到哪儿去了,干什么去了,由哪一些司令官率领着,出发的是哪一些支营队,人数多少,留下的还有多少,他们打算干什么,——总而言之,过了几分钟之后,城里的人把一切情况都打听清楚了。联队长们的精神振奋起来,准备决一死战。塔拉斯从城里的调动和喧声上已经看出了这一点,他敏捷地东奔西走,布置着,颁发着命令和指示,把所有的支营队编成三道阵线,辎重车堆起来做成要塞,把他们包围住,采用了这种战法,查波罗什人是可以处于不败之地的;他派两个支营队打埋伏;叫人用削尖的木桩,折断的武器,长矛的碎片,把原野的一部分围起来,遇到适当的机会,就可以把敌军的骑兵队赶到那里面去。当必须做的一切都已经安排完毕的时候,他向哥萨克们讲了话,倒不是为了鼓励和振奋他们——他知道他们本来就是精神坚定的——却只是因为他自己想把心里的话倾吐出来。

"我想跟你们谈谈,老乡们,我们的盟友之义是个什么东西。你们一定听见父亲和祖父说过,我们的国土怎样受到所有的人尊敬:希腊人早已闻知我们的大名,我们又从查尔格拉得收取过贡金,我们有华丽的城市、教堂、王侯,俄罗斯血统的王侯,咱们自己的王侯,而不是天主教邪魔外道的人。异教徒把我们所有的东西都抢走了,一切都化为乌有了。只剩下我们这些孤苦伶仃的人,我们的国家也像死了可信赖的丈夫的寡妇一样,跟我们一样孤苦伶仃!伙伴们,我们就是在这样的时候团结一致地握起手来了!我们的盟友之义就是建立在这上面!再没有比盟友之义更神圣的关系了!父亲爱自己的孩子,母亲爱自己的孩子,孩子爱父亲和母亲。可是,弟兄们,重要的还不在这儿,因为野兽也爱自己的孩子。可是,在精神上——而不是在血统上——牢固地结合在一起,却只有人才能够办到。别的国家也有伙伴,可是像在俄罗斯国土上所看到的这样的伙伴却不曾有过。你们许多人曾经流落在异乡;瞧吧,那儿也有人!同样是上帝创造的人,你可以跟他们谈话,像跟自己人谈话一样。可是,一谈到心坎里的话,——你就瞧吧:不,他们的确是些聪明的人,但总不像咱们的人;同样是人,但总不像咱们的人!不,弟兄们,像俄罗斯人这样地爱,不是凭理智或者别的什么东西去爱,而是凭上帝所赐予的一切,你所有的一切去爱,而是……"塔拉斯说,他挥了挥手,摇了摇白发苍苍的头,捻了捻胡子,又继续说下去,"不,谁都不能这样地爱!我知道,卑劣的风气现在在我们的国家里也盛行起来了;人们只希望有一束束的庄稼,一堆堆的干草,一群群的马,只希望地窖里的封过瓮口的蜜酒能够保全无恙。人们竭力模仿鬼知道的异教风俗；他们厌弃祖国的语言；不愿跟自己人说话；出卖自己的同胞，像在市场上出卖没有灵魂的家畜一样。在他们看来，一个外邦国王的宠爱比任何友爱都更珍贵，不用说是国王，就是一个用黄皮靴踢他们脸蛋的波兰大地主，只要对他们略施小惠，他们也要受宠若惊哩。可是，即使是一个最卑鄙的人，即使他卑躬屈膝，在地上打滚，浑身沾满尘土，弟兄们，他也总还有一点俄罗斯的感情。这种感情总有一天会觉醒过来，那时候他这个不幸的人就会两手捶胸，抓头发，高声地诅咒自己卑贱的生活，准备用痛苦去补偿可耻的行为。让大家都知道，在俄罗斯这个国家里盟友之义是个什么东西吧！如果死到临头，他们也不会有任何一个人能够像我们这样地死的！……没有一个人，没有一个人！……他们胆小如鼠的天性不允许他们这样去做！"

联队长这样说着，当他讲话完毕的时候，还老是摇着那为哥萨克事业操心得发了白的头。这一番话深深地打动了所有站在那儿的人，一直渗透到他们心灵的深处。队伍里一些年纪老的人把白发苍苍的头向下俯倒，一动也不动；泪珠在他们的老眼里悄悄地滚动着；他们用袖子慢慢地擦着眼泪。然后，大家好像商量好了的一样，同时都挥手，摆动着久经世故的头。显然，老塔拉斯使他们想起了一个人心头所能感到的许多最熟悉、最高贵的东西，他们或者是在痛苦、劳动、勇敢和种种生活患难中久经锻炼而变得聪明了，或者即使不理解这些东西，可是，使生育他们的老父母高兴的是，凭着年轻的珍珠般发亮的灵魂，也感觉到了许多东西。

敌军敲着鼓，吹着喇叭，已经从城里冲了出来，贵族们被无数仆人前后簇拥着，两手叉腰，策马前进。胖子联队长发出了进攻令。于是他们开始密集地向哥萨克军的阵线冲过来，瞄准着火绳枪，发出气势汹汹的呐喊声，眼睛发亮，铜盔铜甲辉耀着。哥萨克们看见他们走近了枪弹所及的距离，就一齐开起约有七拃①长的火绳枪来，老是放个不停。响亮的噼啪声远远地传遍周围的原野和田垄，融成一片不断的隆隆的声音，整个原野被硝烟笼罩着；可是查波罗什人还老是一个劲儿地放枪，连气也不喘一下：后排的人只管装上子弹，把枪递给前排的人，这种做法使敌人大吃了一惊，他们不明白哥萨克们怎么能够不装子弹却老是放个不停。在包围双方军队的浓烈的硝烟里，已经看不清楚队伍中怎样一个人接着一个人倒下去阵亡；可是，

---

① 即叉开手指时从大拇指到小拇指之间的距离。

波兰人感觉到子弹飞得很密，事情越来越糟糕；当他们往后撤退，想避开硝烟，看一看清楚周围的情况的时候，发觉许多人都已经不在自己的队伍里了。可是在哥萨克的一方面呢，一百个人里面也许只阵亡了两三个人。哥萨克们还是继续开枪，一分钟也不间断。连那位外国工程师也对这种他从来没有看到过的战术感到惊奇了，当场对大家说："这群查波罗什人真是一些不怕死的好汉啊！随便什么人要在别的国家打仗，就得像这样打才对！"于是他提议立刻把大炮转向敌军的阵线。几尊铁铸的大炮张着大嘴沉重地吼叫起来；大地颤抖了，远远地发出回响，整个原野被加倍浓烈的硝烟笼罩着了。在远近城镇的广场和街道上，可以闻到火药的气味。可是，炮手们瞄准得太高，灼热的炮弹画出太高的弧线飞出去了。它们在空中发出可怕的嗖嗖声，从敌军的头上飞掠而过，远远地陷进地里，炸开一个个洞，使黑土高高地飞扬在空中。法国工程师看到这种拙劣的炮击法，急得直抓头发，于是不顾哥萨克的子弹横飞，只得亲自来调度大炮了。

塔拉斯老远就看出整个聂扎玛伊诺夫支营队和斯捷勃里基夫支营队将要遭罹不幸，就大声叫道："快离开辎重车，大家上马！"可是，要不是奥斯达普冲到敌阵当中，哥萨克们是来不及这样做的；他夺去了六个炮手手里的引火线，不过还有四个人手里的引火线没有能够夺掉。波兰人把他赶回去了。这当口，法国工程师自己把引火线拿到手里，想去点燃一尊最大的大炮，那样的大炮是以前任何一个哥萨克都没有看见过的。它张着大嘴，显出一副狰狞可怕的样子，那儿将会带来千万人的死亡。它发出轰鸣，接着就有另外三尊也响起来了，把隆隆回响着的大地震动了四次，——它们给人带来了许多悲哀！年老的母亲将用骨瘦如柴的双手捶打自己的老朽的胸膛，为不止一个哥萨克洒下悼念的眼泪。在格鲁霍夫、聂米罗夫、车尔尼果夫和别的城市里，将遗留下不止一个寡妇。情人将每天跑到市集上去，抓住所有的过路人，辨认他们每一个人的眼睛，看他们中间有没有比一切人都更可爱的那一个人。可是，许多军队通过了城市，他们中间却永远不会有比一切人都更可爱的那一个人了。

聂扎玛伊诺夫支营队的一半人仿佛根本没有存在过似的，就这样消失了！累累的麦穗像纯金币似的灿然发光，却突然被一阵冰雹摧毁，——他们就是这样被糟蹋了，被杀害了。

哥萨克们是怎样生气啊！大家是怎样激动啊！支营队长库库卜科看到他那支营队的最优秀的一半人已经不活在世上，心中是怎样骚乱不安啊！他带领部下残余的聂扎玛伊诺夫人一下冲进了敌阵的中心。在怒火燃烧下，随便碰到一个什么人就像切白菜似的斫去，把许多骑兵打下马来，连人带马用长矛刺个通穿，接着又蹿到炮手们跟前，夺得了一尊大炮。他看见乌曼支营队的队长正在那边手脚不闲地忙着，斯捷潘·古斯卡已经把主炮夺过来了。他扔下这些哥萨克不管，带领自己的部下又杀进另外一处敌人密集的人堆里去了。聂扎玛伊诺夫人走过哪儿，哪儿就让开一条道路，他们转向哪儿，哪儿就清扫出一条街巷！眼看敌人的队伍稀疏起来，波兰人一排一排地倒了下去！在辎重车旁边的是伏符土旬科，在前面的是车烈维倩科，在远一些的辎重车旁边的是交格嘉连科，在他后面的是支营队长魏尔狄赫维斯特。交格嘉连科已经把两个波兰贵族挑起在长矛上，最后，又去袭击那顽强的第三个人。那是一个狡猾而又强壮的波兰人，备有华美的马具，带领着五十一个仆从。他向交格嘉连科猛扑过去，把他打倒在地上，在他头上挥动着马刀，喊道："你们这些狗哥萨克，谁都不是我的对手！"

"对手在这儿！"莫西·希洛说，跃马向前冲过来。他是一个剽悍的哥萨克，不止一次担任过队长在海上指挥作战，遭受过种种灾难。土耳其人在特拉布宗附近捉住他们，把所有的人都当作奴隶送到大帆船上，用铁链拴住他们的手和脚，好几个星期不给他们东西吃，只给他们喝令人恶心的海水。可怜的奴隶们容忍了和忍受了一切痛苦，只是为了不背弃正教的信仰。队长莫西·希洛可忍受不住了，他把神圣的教条踩在脚下，把可厌的头巾缠在罪孽深重的头上，得到土耳其将军的信任，当了船上的管事和所有奴隶的总管。可怜的奴隶们听到这个消息，感到非常悲伤，因为他们知道，如果自己人出卖了信仰，投靠了压迫者，那么在他的手下，是会比在一切别的非基督徒的手下更加悲惨和痛苦的。事实果然是这样。莫西·希洛把三个人排成一行加上了新的铁链，用粗硬的绳子把他们捆得紧紧的，一直勒得他们露出了白骨；动不动就给所有的人一阵痛打，把他们的后颈脖打个稀烂。当土耳其人高兴得到了这么一个好奴才，开怀畅饮，忘记了自己的戒条，大家喝得烂醉的时候，他拿出全部六十四把钥匙来，发给奴隶们，叫他们打开身上的锁，把铁链和手铐抛到海里，拿起马刀去杀土耳其人。这一次哥萨克们得了许多战利品，光荣地返回了故乡，多弦琴乐师们以后还长久地一直歌颂莫西·希洛的功绩。本来是要选他当团长的，可是他是一个非常古怪的人。他有时做出一些事情，连最贤智的人也想不出来，可是有时又傻到叫人难以相信。他把所有的财物都花在喝酒上面，挥霍得一干二净，欠了谢奇所有的人许多债，此外还要像小偷似的偷东西：夜间从别的支营队里把全副马具偷出来，押给酒店老板换酒喝。为了这种可耻的行径，人们把他带到市集上去，绑在柱子上，旁边放一根粗木棍，让每一个过路人都能尽自己的力气把他打一顿。可是，查波罗什人记得他从前的功绩，竟没有一个人忍心举起粗木棍打他。莫西·希洛便是这样的一个哥萨克。

"老子就要来送你的狗命！"他说，向那人猛扑过去。他们厮杀得多么凶啊！两个人的肩垫和护心镜都被打弯了。敌方的波兰人斫破了他的铠甲，刀锋直碰到他的肉体：哥萨克的衬衣染成了深红色。可是，希洛对这些毫不注意，抡起青筋突露的手臂（这条短而粗的手臂有千钧之力），出其不意地给了他当头一击。铜盔飞出去了，波兰人摇晃了一下，咕咚一声栽倒在地上，希洛跑上去往那栽倒的人身上前后左右一阵乱斫。哥萨克，你别杀敌人，最好转过身来！哥萨克没有转身，被杀害者的仆人立刻用一把小刀刺进了他的颈脖。希洛回过身来，正待抓住那个大胆的家伙，可是他已经消失在硝烟里了。四面八方响起了火绳枪的砰砰声。希洛跟跄了几步，感觉到自己的伤是致命的。他倒在地上，一只手抚着伤口，回过头来对伙伴们说：" 别了，弟兄们，伙伴们！愿正教的俄罗斯万世永存，保持永久的荣誉！"接着闭上了他的虚弱的眼睛，哥萨克的灵魂就从倔强的肉体里飞出去了。可是那边，查陀罗日尼已经带领部下跃马赶到了，支营队长魏尔狄赫维斯特突破了敌军的重围，巴拉班也向前挺进了。

"怎么样，老乡们？"塔拉斯和几个支营队长打着招呼，说，"火药筒里还有火药吗？哥萨克的力量没有衰退吗？哥萨克们还没有泄气吗？"

"火药筒里还有火药，老爹。哥萨克的力量还没有衰退！哥萨克们还没有泄气！"

哥萨克们奋勇冲上去把敌军阵线完全打乱了。矮个子联队长打鼓发出集合号令，吩咐揭起八面彩色的旌旗，把远远散布在整个原野上的部下集合起来。所有的波兰人都奔到旌旗下面来；可是，他们还没有排成阵势，支营队长库库卞科就带领部下的聂扎玛伊诺夫人重新又杀进敌阵，直往大肚子联队长身上扑上去。那联队长抵挡不住，拨转马头，放开四蹄奔驰起来；库库卞科远远地一直追过整个原野，不让他和队伍会合在一起。斯捷潘·古斯卡从侧翼的支营队看到了这情况，手里拿着套索，把头俯伏在马颈上，飞快地向他扑过去，瞄准机会，一下子把套索抛在他的脖子上。联队长涨红了脸,双手抓住绳子,拼命想拉断它,可是架不住对方使劲一刺,致命的长枪已经贯通了他的肚子。他被钉在地上,就那样一直留在那儿了。可是古斯卡也没有能幸免于难!哥萨克们刚一回过头来,就只见斯捷潘·古斯卡已经被挑起在四支长矛上了。可怜的人只来得及说出这么一句话:"但愿杀尽敌人,俄罗斯国土年年欢庆!"说完,就断了气。

哥萨克们回头一瞧,那边,哥萨克美捷里甲从侧翼冲了过来,给波兰人饱以老拳,把他们一个个打得人仰马翻;队长聂维雷奇基带领自己的部下从另一侧翼杀奔过来;在辎重车旁边,查克鲁狄古巴和一个敌人打着转厮杀;在再远一些的辎重车旁边,第三个贝萨连科①已经把一大群敌人逐退了;在别的辎重车旁边,有人就在车上动手打起来。

"怎么样,老乡们?"塔拉斯联队长骑马走过大家面前,打着招呼,"火药筒里还有火药吗?哥萨克的力量还坚强吗?哥萨克们还没有泄气吗?"

"火药筒里还有火药,老爹;哥萨克的力量还很坚强;哥

---

① 前文交代过,有三个同姓贝萨连科的人。见第166页。

萨克们还没有泄气!"

可是,说时迟那时快,鲍夫久格从辎重车上摔下来了。一颗子弹正射中他的心窝,老头儿迸出最后的一口气,说:"我不惋惜离开这个世界。愿上帝赐给每一个人这样的结局!让俄罗斯扬名千古吧!"接着,鲍夫久格的灵魂就飞向天上,去告诉早已逝去的老人们,人们在俄罗斯国土上怎样善于打仗,更令人欣慰的是,怎样善于为神圣的信仰战死。

隔了不多一会儿,支营队长巴拉班也栽倒在地上了。他受了三种致命的重伤:长矛、子弹和沉重的两刃刀。他是最勇敢的哥萨克中的一人;他曾充当队长,在海上的远征中建立了许多功勋,其中最出色的一次是对阿纳托里亚沿岸进行袭击。他们那一次抢走了许多金币,贵重的土耳其呢绒、绸缎和种种装饰品,可是归途中却遭遇了灾难:这些可爱的人陷入土耳其人的弹雨中了。敌船对他们一开火,一半舢板船被打得直打旋旋,翻倒了,不止一个人淹没在水里,可是系结在两边舷上的芦苇使这些舢板船终能免于完全沉没。巴拉班把船尽快地划出去,一直向太阳照耀的地方划去,这样就使土耳其的兵船看不见他们了。后来他们整夜用勺子和帽子舀船里的水,修补被子弹打穿的地方;把哥萨克的裤子撕破了做帆篷,好容易才逃过了速度最快的土耳其兵船。他们不但安然无恙地回到了谢奇,并且还给基辅美席戈尔斯基修道院的院主带来一袭绣金的法衣,给设立在查波罗什地区的圣母教堂带来一套纯银的圣像衣饰。后来,多弦琴乐师们还长久地歌颂哥萨克们的战功哩。他现在感觉到临终时的痛苦,沉倒头,低声地说:"我认为,弟兄们,我死得很痛快:斫死了七个,用长矛刺穿了九个。马蹄踩死了许多人,我也记不清用枪弹打死了多少人。愿俄罗斯永远繁荣强盛!……"说完,他的灵魂就飞走了。

哥萨克们,哥萨克们!别交出你们军队中这朵最高贵的花朵吧!库库卜科已经被包围住了,整个聂扎玛伊诺夫支营队只剩下七个人,就连这七个人也是在勉强地抵御着,只有招架之力了;队长的衣服已经染满了鲜血。塔拉斯发觉他处于危急之中,赶快跑来救助。可是,哥萨克们赶来得太迟了:在还没有打退包围他的敌人之前,长矛已经穿通了他的心窝。他颓然滑落在搂抱他的哥萨克们的臂弯里,青春的血像溪流似的冒出来,好像一个粗心大意的仆人用玻璃器皿从地窖里盛了珍贵的美酒出来,不留神在门口跌了一跤,把贵重的瓶子砸得粉碎,美酒流遍了地上,主人三脚两步跑来,急得直抓头发,他是为了一生中最快乐的时辰把这酒珍藏起来的,预备有一天,如果上帝让他能在暮年跟青年时代的伙伴会面，他们就可以在一起喝酒聊天，回忆过去的日子，以前可不像现在，那时候寻欢作乐是更带劲儿的……库库卞科扫视了一下周围，说："谢谢上帝，让我死在你们面前，伙伴们！愿我们的后代比我们生活得更好，基督所爱的俄罗斯万世永存！"于是年轻的灵魂飞出去了。天使们把他抱在手里，把他带到天上。他在那边将生活得很幸福。"库库卞科，坐在我的右边！"基督会对他说，"你没有背弃盟友之义，没有干过卑劣的事情，没有使人陷于不幸，你保存了、捍卫了我的教堂。"库库卞科的死使大家都觉得很悲伤。哥萨克的队伍已经变得非常疏落，许许多多勇敢的人都已经阵亡；可是，哥萨克们还是继续坚持，奋勇杀敌。

"怎么样，老乡们？"塔拉斯跟残留下来的支营队战士们打着招呼，"火药筒里还有火药吗？马刀没有钝吗？哥萨克的力量没有疲乏吗？哥萨克们没有泄气吗？"

"火药还够用，老爹！马刀还听使唤；哥萨克的力量没有疲乏；哥萨克们还没有泄气！"

于是哥萨克们又向前挺进了，仿佛压根儿没有遭受什么损失似的。只剩下三个支营队长还活着。到处血流成河；哥萨克们和敌人的尸体高高地堆成了桥。塔拉斯抬头望天，只见有一群白隼在天空里展翅飞翔。唉，它们可以大嚼一顿了！那边，敌人把美捷里甲挑起在长矛的尖头上。第二个贝萨连科的脑袋滚落了，还在翻着白眼。被斫成四段的奥赫利姆·古斯卡土崩瓦解了，咕咚一声栽倒在地上。"喂！"塔拉斯说，挥动着手帕。奥斯达普懂得这个信号的意思，从埋伏的地点跳出来，奋勇地去攻打那些骑兵。波兰人抵挡不住勇猛的攻击，败下阵去，奥斯达普乘胜追击，把他们一直赶到地上插有木桩和折断的长矛的那个地方。马匹纷纷颠踬着倒下，波兰人从马头上翻过去，栽倒了。这时候，站在辎重车后面最后一排的柯尔松人，看到敌人已经走进枪弹可以射达的距离，蓦地开起火绳枪来。所有的波兰人乱作一团，张皇不知所措，哥萨克们精神振奋起来了。"我们胜利了！"四面八方传出了查波罗什人的呼声，喇叭吹响，胜利的军旗随风飘扬。被击溃的波兰人到处奔窜，躲藏起来。"嗐，不行呀，这还不见得是完全的胜利呢！"塔拉斯望着城墙说，果然被他说对了。

城门开了，一队骠骑兵从里面飞出来，这是所有的骑兵联队中的精华。全体骑士胯下都是同样的喀尔巴阡产的褐色高头大马。走在最前面的，是一个比所有的人更加机灵、更加俊美的勇士。乌黑的头发从他的铜盔下面垂下来；缚在手臂上的绝世美女所刺绣的贵重的围巾飘卷着。当塔拉斯看到这是安德烈的时候，他茫无所措了。可是在这当口，安德烈被战争的激情和烈焰包围着，渴望要报答缚在手臂上的礼物，好像一群猎犬中一条最美丽、最敏捷、最年轻的细腿狗一样，飞快地奔向前去。有经验的猎人一发出声音催它往前，它就脚不点地，在空中划出一条直线，整个身体斜向一边，一直往前蹿去，扒开积雪，在狂奔的热情中有十来次赶过了被追逐的兔子。老塔拉斯停下来，看他怎样给自己杀开一条血路，左冲右闯，乱杀一阵。塔拉斯再也忍不住了，喊道："怎么着？……打自己人？……鬼杂种，你敢打自己人？……"可是，安德烈却辨别不出站在面前的是谁，是自己人还是别的什么人：他一点也看不见。他看见的是鬈发，鬈发，长长的、长长的鬈发，河边的天鹅一般洁白的胸脯，雪一般莹洁的颈脖、双肩和专为供人疯狂地接吻而创造的一切。

"喂，小伙子们！你们只要给我把他诱进森林里去，只要给我把他诱进去！"塔拉斯喊道。立刻就有三十个矫健的哥萨克自告奋勇去引诱他。他们戴正头上的高耸的帽子，立刻骑马奔过去拦击那些骠骑兵。他们从侧翼袭击敌军的前锋，狠狠地打击他们，切断他们和后续部队的联络，然后分兵各个击破，同时果洛柯贝简科照准安德烈背上用刀背给了轻轻的一击，大伙儿立刻拨转马头，一溜烟地溜掉了。安德烈是多么激怒啊！青春的血液怎样在他血管里奔涌着啊！他用锋利的马刺把马一夹，用全副速度往那些哥萨克背后追上去，也不掉头回顾一下，不知道后面跟得上他的只有二十个人。这时候，哥萨克们飞驰着，一直遁入森林里去了。安德烈拍马起来，差一点就要赶上果洛柯贝简科，忽然谁的一只强有力的手抓住了他的马缰绳。安德烈回头一看：站在他面前的是塔拉斯！他浑身战栗着，忽然脸色变成惨白……

他像是一个小学生，不留神惹怒了一个同学，被同学用戒尺在额上打了一下，便像一团烈火似的发作起来，疯狂地从凳子上跳过去，追赶那个惊骇万状的同学，要把同学撕成碎块才痛快，却不料老师忽然走进教室里来，撞了个满怀：刹那间疯狂的冲动平息了，徒劳无益的愤怒也消失了。安德烈和这小学生一样，刹那间怒火也消失了，仿佛从来不曾发作过一样。他在自己面前只看见一个年老的父亲。

"好呀，现在咱们该怎么办？"塔拉斯说，直对他的眼睛望着。

可是，安德烈一句话也回答不出，只是站着，眼睛望着地上。

"怎么样，儿子，你那波兰主子给你便宜占了没有？"

安德烈没有回答。

"你就这样甘心出卖？出卖信仰？出卖自己人？站住，滚下马来！"

他像小孩一般恭顺地从马上滚下来，半死不活地站在塔拉斯面前。

"站住，不许动！我生了你，我也要打死你！"塔拉斯说，往后倒退一步，从肩上取下枪来。

安德烈惨白得像一块布帛一样，可以看到，他的嘴唇轻轻地抖动着，他在呼唤谁的名字；但这不是祖国或者母亲或者哥哥的名字，——这是一个美丽的波兰女子的名字。塔拉斯开枪了。

像是被镰刀刈割的谷穗，又像是心窝被致命的铁刃刺了一下的羔羊，他垂倒了头，终于一句话也没有说，滚倒在草地上了。

杀死儿子的人站在那儿，长久地凝视着停止呼吸的尸体。他即使死了也还是漂亮的：不久以前还充满着力量，并且对于女人具有不可遏制的魅力的他那张英俊的脸，直到现在还是呈现出动人的美丽；乌黑的眉毛像丧服上的黑天鹅绒似的，衬托着他的惨白的面容。

"他凭哪一点不会是一个哥萨克呢?"塔拉斯说,"高高的身体,乌黑的眉毛,脸像贵族,打起仗来有万夫不当之勇!他完了,毫不光彩地完了,像一条下贱的狗一样!"

"爹,你干了什么事情呀?是你打死他的吗?"这时候奥斯达普骑马跑过来说。

塔拉斯摇了摇头。

奥斯达普仔细凝视死者的眼睛。他觉得弟弟怪可怜,就说:

"爹,咱们把他体体面面盛殓起来吧,别让敌人侮辱他,别让凶猛的禽鸟撕裂他的身体。"

"我们不埋他,别人也会来埋他的!"塔拉斯说,"会有女人来哭悼他,安慰他!"

他想了一两分钟,琢磨是扔下他不管,让贪得无厌的野狼啃食他呢,还是怜惜他骑士式的勇武气概,只要有这种气概,一个勇敢的人总应该英雄惜英雄,对他加以尊敬。正在这当口,却看见果洛柯贝简科骑马向他跑来了:

"糟啦,联队长,波兰人增强了,牛力军来支援他们了!……"

果洛柯贝简科还没有说完,伏符土旬科又飞马赶到:

"糟啦,联队长,生力军又拥到了……"

伏符土旬科还没有说完，贝萨连科连马也没有骑，徒步奔来了：

"你在哪儿哪，老爹？哥萨克们正在找你。支营队长聂维雷奇基阵亡了，查陀罗日尼阵亡了，车烈维倩科阵亡了。可是，哥萨克还是继续抵抗，不见你一面不愿意死去；希望你在他们死前的一刻能去看一看他们。"

"上马，奥斯达普！"塔拉斯说，风驰电掣般拍马赶去，为了能再见到哥萨克们，能再看他们一眼，让他们能在临终之前见着自己的联队长。

可是，他们还没有跑出森林，敌军已经从四面八方把森林包围起来，在树木之间到处都可以发现手持马刀和长矛的骑兵。"奥斯达普！……奥斯达普，别后退！……"塔拉斯喊道，他自己拔刀出鞘，不管碰到什么人，只顾一个劲儿地斫上去。忽然有六个人向奥斯达普猛扑过来，可是，显然他们来的不是吉利的时辰：第一个人的脑袋不翼而飞；第二个人往后倒退几步，翻倒了；第三个人肋骨上挨了一长矛；第四个人最勇敢，他一低头，让过了飞来的子弹，火热的子弹打中了马的胸脯，——疯狂的马前蹄直立起来，咕咚一声摔倒在地上，把骑兵压死在下面了。"打得好，儿子！……打得好，奥斯达普！……"塔拉斯喊道,"我跟在你后面呢!……"一边喊,一边不断地击退着袭来的敌人。塔拉斯斫着,杀着,对准一个个敌人的头上打过去,眼睛却总是望着前面的奥斯达普,只见至少有八个敌人跟奥斯达普扭作一团,打起来了。"奥斯达普!……奥斯达普,别后退!……"可是,敌人已经把奥斯达普打败了;一个人把套索抛在他的脖子上,把奥斯达普捆起来,带走了。"唉,奥斯达普,奥斯达普!……"塔拉斯喊道,向他那边冲过去,像切白菜似的,把迎上来的和胆敢阻拦的人杀了个落花流水。"唉,奥斯达普,奥斯达普!……"可是,就在这一刹那,一块沉重的大石头似的东西把他压倒了。一切都在他眼前旋转和翻腾起来。顷刻间,人头呀,长矛呀,硝烟呀,火光呀,带叶子的树枝呀,这一切都混成一堆,在他面前闪亮,照耀着他的眼睛。于是他像一棵被伐断的橡树一样,咕咚一声栽倒在地上。一层迷雾遮住了他的眼睛。

十

"我睡得真长久呀!"塔拉斯说,像做了一场恼人的醉梦之后醒过来一样,竭力想辨认周围的事物。极度的虚弱使他感到四肢无力。一个陌生房间的墙壁和角落,在他眼前隐约闪动。最后,他注意到托符卡奇坐在他面前,并且似乎是在倾听他的每一下呼吸。

"是呀,"托符卡奇自己寻思,"你也许会一辈子睡过去呢!"可是,他一句话也没有说,只摇了摇手指,示意叫他别开口。

"可是,你倒是告诉我,我这会儿是在什么地方呀?"塔拉斯又问,他鼓足全副精神,竭力要记起过去的事情。

"别作声!"伙伴厉声地呵斥他,"你还想知道些什么呢?难道你没有看见全身都是刀伤吗?我带着你一口气也不喘地骑着马跑,你一直发高烧,嘴里说胡话,到现在已经有两个星期了。刚才是你第一次睡了个安稳觉。你要是不想给自己添麻烦,你就别作声吧。"

可是,塔拉斯总还是竭力集中精神,要回想过去的事情。

"波兰人不是已经把我抓住了,把我完全包围起来了吗?我不是没有任何可能冲出重围了吗?"

"叫你别作声呀,鬼东西!"托符卡奇气愤地喊,正像是一个保姆再也忍受不住了一个吵闹不休的淘气孩子,叫道,"你要知道怎样突围有什么好处呢?突围出来了,这就够了。有这么一些人,他们没有出卖你,——你知道这一点就够了!

我们还有不少夜晚得在一起骑着马跑哩。你以为你可以冒充一个普通的哥萨克吗？不行呀，人家悬赏两千金币要你的脑袋呢。"

"奥斯达普呢？"塔拉斯忽然叫起来，憋足劲要抬起身子来，却突然想起敌人当他的面把奥斯达普抓住了，捆起来了，他现在已经落在波兰人的手里。

一阵悲痛袭上了老年人的心。他把伤口上所有的绷带都扯开，撕下来，把它们抛得远远的，想说什么话，可是没有说出来，却发了呓语；他又发烧了，昏迷不醒，说了许多无意义的不连贯的疯话。

这时候，忠实的伙伴站在他面前，责骂着，对他说了许多埋怨的话和严厉的责难。最后，抓住他的手和脚，像给小孩包襁褓似的把他包起来，整好所有的绷带，裹在一张牛皮里，捆上夹板，再用绳子把他挂在马鞍上，于是又带着他一起奔驰上路了。

"即使你死了，我也要把你送回去！不能让波兰人侮辱你哥萨克的身体，把你的尸骸撕成一块块，扔进水里。就算鹰要从你额上啄食你的眼睛，那鹰也得是咱们草原上的鹰，而不是波兰的，不是从波兰国土飞来的鹰。即使你死了，我也要把你送回乌克兰去！"

忠实的伙伴这样说了。日日夜夜不停休地奔驰,终于把失去知觉的塔拉斯带到了查波罗什的谢奇。到了那儿,他不知疲倦地开始用药草和温湿疗法给他治病;找来了一个有经验的犹太女人,她给他喝了一个月各种各样的药水,塔拉斯终于好起来了。不知道这是药的效能呢,还是他的钢铁般坚强的体力发生了作用,总之过了一个半月之后他就能下床了;伤处收口了,只有几处刀痕还显示这个老哥萨克曾经受过多么重的伤。然而,他变得明显地忧郁和阴沉起来了。三道深刻的皱纹犁刻在他的额上,从此再也不肯消失。他现在环顾了一下周围:谢奇里面一切都是新的,所有的老伙伴都相继亡故了。那些曾经为正义的事业、为信仰和友爱而奋斗过的人,一个也没有了。就是那些跟着团长出发去追赶鞑靼人的战士,也都早已不活在世上了。所有的人都送掉了性命,所有的人都毁灭了,有的在战斗中壮烈牺牲,有的在克里米亚盐沼地上饥渴而亡,有的被俘之后由于忍受不住侮辱而自戕身亡;从前的那位团长也早已亡故了,老伙伴们一个也没活在世上了;从前哥萨克力量沸腾过的人早已被青草掩埋了。他觉得好像是举行了一次宴会,一次热闹的、喧阗的宴会:所有的器皿被砸得粉碎;到处连一滴酒也不剩，宾客和仆人把所有贵重的杯碗都偷走了，——惶惑不知所措的主人呆立着，想道："还是不举行这一次宴会好些。"人们给他排遣愁闷，陪他寻求快乐，结果都是徒然；长髯白发的多弦琴乐师们三三两两走过，歌颂他的哥萨克功勋，结果也是徒然。他严峻地、冷漠地眺望着一切，在他的不动声色的脸上流露出难以抑制的悲哀，他悄悄地低垂着头，说："我的儿子！我的奥斯达普！"

查波罗什人准备发起一次海上的远征。两百只舢板船放到德聂泊河里去，接着小亚细亚人就看到剃光头蓄留长额发的查波罗什人，把百花盛开的沿岸一带交给了剑与火；就看到穆罕默德的子民们的包头布，像无数花朵似的，抛撒在被血浸湿的田野上，漂浮在岸边。这地方的人看到了不少沾满焦油的查波罗什灯笼裤和紧握黑皮鞭的筋肉发达的手。查波罗什人吃光了和糟蹋了整个葡萄园；在异教教堂里遗下许多堆大粪；把贵重的波斯围巾当裤带，拿来束肮脏的长褂。许久以后还有人在这些地方找到查波罗什人的短烟斗。他们高高兴兴地返航了；一艘装有十门大炮的土耳其兵船从后面赶上来，船上所有的武器一齐发弹，像赶鸟似的，把他们这些不坚固的舢板船一下子都赶散了。三分之一的舢板船沉没在大海的深处，可是其余的却又重新聚到一处，载着满满十二桶金币，驶进了德聂泊河口。可是，这一切都已经不能使塔拉斯感兴趣。他走到牧场和草原上，好像是去打猎，可是他带去的子弹一颗也没有发射。他放下步枪，充满着忧愁，在海边坐下来。他在那儿坐了许久，垂倒头，总是说："我的奥斯达普！我的奥斯达普！"黑海在他面前闪耀着，展延着；海鸥在远处芦苇丛里啭鸣着；他的白胡子耀着银辉，眼泪扑簌簌地滚下来。

塔拉斯终于忍耐不住了。"我无论如何也要去探听一下他的下落：他活着吗？还是进了坟墓？还是连坟墓里也已经找不到他了？我无论如何要去探听个明白！"过了一星期之后，他在乌曼城出现了，全身武装，骑着马，拿着长矛、马刀，旅行水壶挂在马鞍上，带着一只盛满谷粉粥的行军食器，一些弹药筒、绊马绳以及别的配备。他一直走近一幢肮脏的沾满污迹的小房子，那房子的小小的窗户不知被什么东西熏脏了，很难看得清楚；烟囱是用破布堵塞住的，满是窟窿的房顶整个儿被麻雀遮住了。一大堆垃圾堆积在门口。一个戴着镶有变色的珍珠头饰的犹太女人从窗户里探出头来。

"你丈夫在家吗？"布尔巴问，翻身下了马，把马缰绳缚在门前的铁钩上。

"在家。"犹太女人说，赶紧舀了一勺小麦出来喂马，给骑士送上一大杯啤酒。

"你那犹太男人在哪儿？"

"他在另外一间屋子里，在祷告。"犹太女人说，当布尔巴把酒杯举到唇边时，她行了礼，祝了他健康。

"你留在这儿，喂我的马，给它饮水，我去跟他单独谈一谈。我找他有点事情。"

这犹太人就是人所共知的杨凯尔。他在这儿已经成了一个土地经租人和酒店老板；他渐渐把附近一带所有的波兰地主和绅士都抓在自己的手掌心里，渐渐吸干了几乎全部的金钱，使这一带的人都强烈地感觉到这犹太人的影响。在周围三俄里的范围内，不再剩下一所完整无恙的茅舍：全都倒塌了，毁坏了，喝酒喝光了，剩下的只是贫穷和褴褛；像遭了火灾或者瘟疫一样，整个地区连根铲光了。如果杨凯尔再在这儿待上十年，他大概会把整个总督管辖区都铲得精光的。塔拉斯走进屋子里去。犹太人蒙着自己那件污迹斑驳的白罩袍正在祷告，刚刚转过身，按照他那种信仰的规矩，要吐最后一口唾沫，他的眼睛却忽然碰上了站在他背后的布尔巴。首先扑进犹太人眼帘里来的是悬赏取他首级的那两千块金币；可是，他对自己的贪欲感到羞愧，竭力要把爱好黄金的欲念压下去,这种欲念像蛆虫似的盘绕着犹太人的灵魂。

"听着,杨凯尔!"塔拉斯对犹太人说,犹太人对他鞠躬行礼,小心翼翼地关上门,以防人家看见他们,"我救过你的性命,否则查波罗什人会把你像一条狗似的撕掉的,现在轮到你了,现在你给我帮个忙吧!"

犹太人的脸有些打皱了。

"帮什么忙?要是我可以做到的,我为什么不帮忙呢?"

"什么话你也不要说。带我到华沙去。"

"到华沙去?什么,到华沙去?"杨凯尔说,吃惊得把眉毛和肩膀都向上耸起了。

"什么话也不要对我说。带我到华沙去。无论如何,我想再见他一面,只要跟他再讲一句话。"

"跟谁讲?"

"跟他讲,跟奥斯达普,我的儿子讲。"

"难道您老爷没有听说,他们……"

"我知道,一切都知道:他们出了两千块金币赏格要我的脑袋。那些混蛋,他们知道它的价值!我要给你五千。现在这儿先给你两千,"布尔巴从一只草制钱包里倒出两千块金币来,

"其余的，等我回来再给。"

犹太人立刻抓起一条手巾，把金币盖上了。

"哎呀，好钱！哎呀，真是顶好的钱！"他说，把一块金币放在手里摩挲着，又放在牙齿缝里咬了几下，"我想，那个人被老爷夺去了这么好的金币，在这个世界上一定连一个钟头也活不下去，他失掉了这些顶好的金币，一定立刻跑到河边，跳下去淹死了。"

"我可以不来求教你。我也许自己可以找到去华沙的道路；可是那些该死的波兰人好歹会把我认出来，把我抓住的，因为我不会玩花样。你们犹太人可是天生会玩这一套的。你们连鬼都欺骗，你们懂得所有的把戏；这便是我来求教你的原因！再说，我一个人就算到了华沙，也是一点结果也不会得到的。立刻套上车，带我走！"

"老爷以为，只要牵来一匹骒马，套上车子，说：'吁，走吧，灰黄马！'这就行了吗？老爷以为，就照这个样子，不把老爷藏起来，就能把您运走吗？"

"好，那么，把我藏起来吧，你知道该怎么藏就把我怎么藏起来吧！藏在空酒桶里怎么样？"

"哎呀，哎呀！老爷以为可以把人藏在酒桶里吗？老爷难道不知道每一个人都会觉得桶里装的是酒？"

"好嘛，让他觉得是酒好了。"

"什么？让他觉得是酒好了？"犹太人说，用双手抓自己的辫子，然后双手向上举起。

"嗐，你为什么这么慌里慌张的？"

"难道老爷不知道上帝创造酒是为了叫大家喝的吗？那儿全是些馋嘴子，贪吃的人：一个波兰绅士为了一桶酒会跑上五俄里地，如果凑巧被他凿穿一个洞，看见里面没有酒流出来，他就会说：'犹太人不会运一只空酒桶的；这里面一定闹什么鬼。抓住犹太人，把犹太人绑起来，没收犹太人所有的钱，把犹太人送去坐班房！'因为不管什么坏事总要推在犹太人身上；因为大家把犹太人看作狗；因为大家想，如果是犹太人，那就不是人。"

"那么，把我放在装鱼的车上吧！"

"不行，老爷；真的，不行。全波兰的人现在都像野狗似的在挨饿：他们来偷鱼吃，就会把老爷找到了。"

"那么，叫魔鬼运我走也行，只要把我运走！"

"听着，听着，老爷！"犹太人说，卷起袖口，叉开两只手，走到他跟前去，"这便是我们要做的。现在各处都在建筑要塞和城堡；从德意志国①来了一些法国工程师，因此沿路都在搬运许多砖瓦和石头。老爷可以躺在货车的下层，我给您上面盖上一些砖瓦。从外貌看来，老爷是强壮、结实的，因此，如果分量重一点，也是不会觉得什么的；我再在货车底下凿一个窟窿，好喂老爷东西吃。"

"由你做吧，只要把我运走！"

过了一个钟头，一辆套着两匹驽马的运载砖瓦的货车从乌曼城出发了。高大的杨凯尔骑在其中的一匹马上，当他那像路旁里程标一样高大的身子在马上跃动的时候，他的长长的鬈曲的辫子便也跟着在犹太式的毡帽下面飘动起来。

十一

在我们描写的事件发生的时候，边境地带还没有任何税吏和巡逻兵这种对于企业人士的可怕的威胁。因此，每一个人都可以运载他所想运载的任何东西。如果有人来搜索和检查，大部分也只是为了他自己高兴才这么做，尤其是如果车上载着引

---

① 果戈理故意把"德国"写成"德意志国"，借以表示犹太人说的不是正规的俄语。

诱他眼睛的东西，或者他的胳膊具有很可观的力量的话。可是，砖瓦却找不到爱好的人，所以就毫无阻碍地走进了正城门。布尔巴在那块狭小的安身之所只能听见喧哗声，驭者们的吆喝声，此外再也听不见别的什么了。杨凯尔在那匹矮小的涂满尘垢的千里马背上跃动着，转了几个弯，踅入了一条黑暗而且狭窄的街道，这条街名叫"污秽街"，又叫"犹太街"，因为实际上，几乎来自整个华沙的犹太人全在这儿居住。这条街很像一个翻掘得臭气熏天的后院的内部。太阳似乎压根儿没有射到这儿来过。一些有无数木杆伸出窗外的乌黑的木头房子，更把黑暗加深了。这些木头房子中间偶或有一垛红墙，可是就连这红墙，也有许多地方完全变黑了。有时，仅仅顶上抹过灰泥的一小块墙，被阳光照亮着，闪出耀眼欲眩的白光。这儿尽是些乱七八糟的东西：烟囱，破布，皮壳，被丢弃的破桶。随便什么人有什么不用的东西，都掷在街上，让过路人有借这废物唤起自己的一切感情的方便。骑在马上的人差一点用手就可以碰到横过街心从一幢房子搭到另一幢房子的那些木杆，那些木杆上挂着犹太人的袜子、短裤和一只熏鹅。有时，一个犹太女人的用发黑的玻璃珠装饰着的俏丽的小脸蛋，从破旧的小窗户里露出来。一群涂满污垢、衣着褴褛、生着鬈曲的头发的犹太孩子，喊着，在泥泞里打滚。一个红头发的犹太人满脸生着雀斑,使脸变得像一枚雀蛋似的,从窗户里向外张望,立刻用难解的方言跟杨凯尔攀谈起来,杨凯尔立刻把车子开进一个院子里去了。另外一个犹太人在街上走过,停下来,也参加了谈话,当布尔巴最后从砖瓦下面爬出来的时候,他看见三个犹太人正在起劲地谈论着。

杨凯尔转过身来,对他说,一切可能做的事都会设法给他做到,他的奥斯达普被关在城内监狱里,虽然很难买通看守,可是希望能够给他安排一次会面的机会。

布尔巴和三个犹太人一同走进屋里。

几个犹太人彼此又用他们的别人听不懂的语言谈起来了。塔拉斯端详他们每一个人。有一种什么东西似乎深深地打动了他:在他粗鲁而冷淡的脸上燃起了希望的强烈的火焰,这是一种有时在极度绝望之中会来到一个人心里的希望;他的老年的心开始像青年人的心一样剧烈地跳动起来。

"听着,犹太人!"他说,他的声音流露出热狂的心情,"你们能做世上一切的事情,甚至能从海底挖掘出东西来。俗话说得好,犹太人打定主意想偷,连他自己也能偷走的。把我的奥斯达普给我救出来吧!给他个机会,让他从恶魔手里逃出来吧。

我答应过给这个人一万二千金币,我现在再加一万二千。我所有的一切东西,贵重的金杯和埋在地底的金子,房屋和最后一件衣服,我都要卖去,我还要和你们订一个终身合同,把我在战争中获得的一切东西和你们对半平分。"

"噢,不行,亲爱的老爷,不行!"杨凯尔叹口气说。

"不,不行!"另外一个犹太人说。

三个犹太人都面面相觑。

"试一试怎么样?"第三个犹太人怯生生地望着另外两个说,"也许上帝会帮忙。"

三个犹太人都说起德国话来了。布尔巴不管怎么尖起耳朵听,还是一点也听不懂;他听见常常说的一个词"马尔多海",此外再也听不出别的什么。

"听着,老爷!"杨凯尔说,"必须跟一位世界上还从来不曾有过的人物商议一下。噢,噢!这个人像所罗门①一样智慧,他要是没有办法,那么,世界上无论是谁,都没有办法啦。坐在这儿;这是钥匙,谁都别放进来!"

三个犹太人走到街上去了。

---

① 所罗门(公元前960—前935),古代的智者。

塔拉斯锁了门，从小窗户里眺望这条肮脏的犹太人的街道。三个犹太人在街中心停下来，非常兴奋地谈论起来；第四个人很快地也加入了，最后又增添了第五个人。他又听见屡次重复的一个词："马尔多海，马尔多海。"犹太人们不住地往街的一头探望；最后，在街的尽头，从一幢东倒西歪的旧房子里露出了一只穿着犹太鞋子的脚，长褂的后襟缓缓曳动。"啊，马尔多海，马尔多海！"所有的犹太人都一齐喊起来。一个枯瘦的犹太人，比杨凯尔稍微矮些，但脸上比他有着更多的皱纹，还有一片特别厚的上嘴唇，向焦急不耐烦的人群走了过来，于是所有的犹太人都争先恐后地跑上去讲给他听，这时候马尔多海向小窗户这边望了好几次，塔拉斯猜想一定是在谈到他。马尔多海打着手势，倾听着，打断着谈话，常常向一旁吐唾沫，又撩起长褂的后襟，伸手到口袋里去摸一些叮当发响的小玩意儿，同时就把令人恶心的裤子露了出来。最后，所有的犹太人发出了这样大的喊声，使那个站在另外一头望风的犹太人不得不打了个暗号叫他们静默。塔拉斯开始为自己的安全担起心来，可是随即想到犹太人有一种习惯，非在街上商量事情不可，并且他们的语言连魔鬼也不会听懂，所以又觉得安心了。

过了两分钟，几个犹太人一起走进他的房间里来。马尔多海走到塔拉斯跟前，拍拍他的肩膀，说："当我们和上帝想动手办一件事情的时候，一定会如愿以偿的。"

塔拉斯瞧了瞧这个世界上还不曾有过的所罗门，得到了几分希望。的确，他的外貌能够使人感到一些信赖：他的上嘴唇简直可怕之极；那肥厚的程度无疑是由于外来的原因而增大了。这所罗门的胡子只有十五根，并且都生在左边。所罗门的脸上留有这么多由于勇敢而得到的殴打的痕迹，他无疑早已无法数计，并且习惯于把它们认为是与生俱来的胎记了。

马尔多海和那几个对他的智慧敬佩得五体投地的伙伴一同走出去了。布尔巴一个人留了下来。他处于一种古怪的、从来没有经历过的境遇中：他有生以来第一次感觉到了不安。他的灵魂处在热病的状态中。他不是以前那个不屈不挠、坚定不移、像橡树般坚强的人了，他胆怯起来，他现在变得软弱了。听见一些风吹草动的声音，每次看到一个新的犹太人的姿影在街的尽头出现，他就要直打哆嗦。他终于在这种状态中度过了一整天；不吃、不喝。他的眼睛连一分钟也没有离开过那扇向街的小窗户。最后，直等到很迟的夜晚，马尔多海和杨凯尔才回来了。塔拉斯的心脏突然几乎停止了跳动。

"怎么样？成功了吗？"他怀着像野马般急不可耐的心情

问他们。

可是,在这些犹太人还没有提起精神来作答的时候,塔拉斯注意到马尔多海头上已经没有那最后的一束头发了,那一束头发虽然很不干净,刚才却还是卷成一圈圈挂在他的毡帽下面的。显然他想说些什么,可是结果他却唠唠叨叨说了这么许多废话,简直叫塔拉斯一点也无法听懂。就连杨凯尔也常常把手按到嘴上,像是患了感冒似的。

"噢,亲爱的老爷!"杨凯尔说,"现在完全不行了!真的,完全不行了!这帮人坏透了,简直应该往他们脑袋上啐唾沫。马尔多海也会这样说的。马尔多海做了世界上还从来没有一个人做过的事情;可是,上帝不肯帮忙也是枉然。三千名兵丁驻扎在那儿,明天要把他们全部处死。"

塔拉斯直对这两个犹太人的眼睛望着,但他已经没有那种焦躁和愤怒了。

"老爷要是愿意去见一次面,那么明天必须一大早,太阳还没有出来就去。我已经跟哨兵们说妥了,警卫队长也答应了。这帮人死后到了阴间也还是要受折磨的,唉,畏米尔[①]!真是

---

① 德语感叹语(weh mir)。

一些多么贪心不足的人呀！我们这一伙里可找不到这样的人：我给了他们每人五十块金币，而那个警卫队长……"

"好。领我到他那儿去！"塔拉斯斩钉截铁地说，全部刚毅之气又在他的灵魂里苏醒过来了。他同意了杨凯尔的建议，乔装一个来自德国的外国伯爵，并且深谋远虑的犹太人为了这一着早已把服装都给他预备好了。已经是深夜了。屋主人，那个人所共知的生雀斑的红头发犹太人，取出一床蒙着一层草席的薄薄的褥垫，给布尔巴铺在长凳上。杨凯尔也铺上同样的褥垫，躺在地上。红头发犹太人喝干一小杯醇酒，脱了长褂，只穿袜子和鞋子，有几分像小鸡雏似的，跟自己的犹太女人一起钻进一个形同橱柜的东西里面去了。两个犹太孩子像两只家犬似的，蜷卧在橱柜旁边的地板上。可是，塔拉斯没有睡。他一动也不动地坐着，用手轻轻地敲着桌子；他把烟斗衔在嘴里，喷着烟，使犹太人在睡梦中打喷嚏，拉上被头把鼻子盖了起来。天空刚刚露出一抹苍白的曙光，他已经用脚去把杨凯尔推醒了。

"起来，犹太人，把你那身伯爵的衣服给我。"

他在一分钟内穿着好了；涂黑了胡子、眉毛，脑门上扣了一顶小小的黑帽子，这样一来，就连最和他接近的哥萨克也没有一个能够把他认出来。照外貌看，他似乎至多只有三十五岁。

健康的红晕浮泛在他的双颊上，连那几块伤痕也给增添了威严。绣金的衣服很合他的身。

街道还在酣睡着。还没有任何一个买卖人手提着篮子在城市里出现。布尔巴和杨凯尔走到了一座形似蹲着的苍鹭的建筑物前面。它是低矮的，宽广的，巨大的，黑黝黝的，它的一边耸立着一座仙鹤颈似的长而细的尖塔，尖塔顶上突出着一块房顶。这座建筑物扮演着许多各种各样的角色：又是兵营，又是监狱，又是刑事法庭。这两个人进了大门，就置身在一间宽广的大厅里，或者不如说是一个有屋顶的院子里。大约有一千个人在一起睡觉。正面有一道矮门，门前坐着两个哨兵，在做一种互相用两只手指打对方的手掌的游戏。他们很少注意走过来的人，直等到杨凯尔对他们说出下面一番话的时候，他们才转过头来：

"这是我们。听着，老爷，这是我们。"

"去吧！"他们中间的一个人说，一只手拉开了门，同时把另外一只手伸给自己的伙伴去挨他那一下打。

他们走进了一条狭窄而黑暗的走廊，这条走廊又把他们引到一间同样的上端有一些小窗户的大厅里去。

"谁呀？"好几个声音喊起来，于是塔拉斯看见数目可观的全身武装的轻装兵,"上面吩咐不准放随便什么人过去。"

"这是我们!"杨凯尔喊道,"真的,我们,尊贵的老爷们。"

可是,没有一个人肯听。幸亏这时候走来了一个胖子,从一切形迹上看来,他似乎是一位长官,因为他撒野骂街比谁都厉害。

"老爷,这是我们呀,您已经认得我们了,伯爵老爷还要重重地谢您呢。"

"放他们过去吧,去他妈的!以后可别再放什么人过去了。不准把马刀随地乱扔,也不准吵架……"

声色俱厉的命令的下半段他们俩已经听不见了。

"这是我们……这是我……这是自己人!"杨凯尔碰见每一个人都这样说。

"怎么样,现在行么?"当他们最后走到走廊尽头的时候,他问一个哨兵。

"行;不过我不知道他们放不放你们到监狱里去。现在杨不在,另外一个人代替他在值班。"哨兵答道。

"哎呀,哎呀!"犹太人轻声地说,"这可糟透了,亲爱的老爷!"

"领我去!"塔拉斯固执地说。

犹太人只得唯命是从。

在地下室的上端尖细的门旁边，站着一个蓄有三层胡髭的轻装兵。第一层胡髭向后翘，第二层向前突，第三层向下拖，这副模样使他活像一只猫。

犹太人把身子弯得低低的，几乎是侧身而进，走到他的跟前：

"大人，尊贵的大人！"

"喂，犹太人，你是跟我说话吗？"

"是回禀您的话，大人！"

"哼……可是我不过是一名轻装兵！"三层胡髭的家伙眼睛里闪着快乐的光，说。

"说真的，我还以为您就是总督本人呢。哎呀，哎呀，哎呀……"说到这儿，犹太人摇着头，叉开指头，"嘿，好气派，说实在的，您像是一位联队长，简直是一位联队长！只要再高升一步，准就是一位联队长啦！您老爷应该骑上一匹快得像一阵风似的好马，去指挥一个联队！"

轻装兵理了理第二层胡髭，同时他的眼睛闪耀着欢乐的光辉。

"军人真是了不起啊！"犹太人继续说下去，"唉，畏米尔，真是多么好的人啊！金丝线，小铁片……它们金光闪闪的，像太阳在发亮；姑娘们只要一看见军人，那是……哎呀，哎呀！……"

犹太人又摇起头来。

轻装兵一只手捻着第一层胡髭，从牙齿缝里发出一种有些类似马嘶的声音。

"请老爷帮个忙！"犹太人说，"这位侯爷从外国来，想看一看哥萨克。他有生以来还从来没有见识过哥萨克是什么样的人哩。"

外国伯爵和男爵的出现，在波兰是一件非常普通的事情。他们常常只是被好奇心吸引着，来到这儿，想看看几乎带有一半亚洲味道的这欧洲一角：他们认为莫斯科和乌克兰已经位于亚洲版图以内。因此，轻装兵深施了一礼，觉得自己再来酬答几句是很得体的。

"大人，"他说，"我不知道您为什么要见他们。这是一群狗，不是人。他们的信仰是谁都不敬重的。"

"你胡说，鬼杂种！"布尔巴说，"你自己是狗！你怎么敢说我们的信仰没有人敬重？人家对你们邪教的信仰才不敬重呢！"

"啊哈！"轻装兵说，"我知道了，朋友，你是谁：你就是关在这儿的那帮人中间的一个。等着，我去叫咱们的人来。"

塔拉斯发觉了自己的疏忽，可是执拗和愤怒妨碍他把漏洞补救过来。幸亏杨凯尔在这一刹那间赶快插嘴。

"大人！一位伯爵怎么能够又是一个哥萨克呢？他要是一个哥萨克，那么，他哪儿来的这身衣服，怎么会有这一副伯爵的仪表呢？"

"这些话你去说给自己听吧！……"轻装兵已经张开大嘴要喊起来了。

"大人阁下，别作声，别作声，看上帝的分上！"杨凯尔叫起来，"别作声！我们为了这个要给您许多钱，您从来还没有见过这么大的数目呢：我们要给您两块金币。"

"啊哈！两块金币！两块金币在我算得了什么：理发师给我只剃掉一半胡子，我就赏他两块金币。给我一百块金币吧，犹太人！"说到这儿，轻装兵捻着上面的胡髭，"你要是不给一百块金币，我这就要叫人！"

"为什么要这么许多呢！"犹太人脸色发白，一边解开他的皮钱包，一边悲哀地说；可是，侥幸的是，他的钱袋里没有更多的钱，轻装兵不可能数出超过一百以上的金币。"老爷，老爷！快走吧！您瞧，这是多么坏的人呀！"杨凯尔看见轻装兵把钱放在手上拨弄，好像后悔没有再多要些似的，就急忙说。

"你这是怎么啦，鬼轻装兵，"布尔巴说，"拿了钱，却不领我们去看人？不，你应该领我们去看人。你拿了人家的钱，现在就没有权利拒绝了。"

"滚开，滚到魔鬼那儿去！再闹，我这就给你们厉害瞧，当场就叫你们……拔起腿走吧，我对你们说，快点！"

"老爷！老爷！走吧！真的，我们走吧！该天杀的！叫他尽做噩梦，梦见些令人恶心得要啐唾沫的东西。"可怜的杨凯尔喊。

布尔巴垂着头，慢慢地转过身，向后面走去，杨凯尔尽在背后唠叨不休，他一想起白白丢掉的金币，一阵悲伤就把他包围住了。

"为什么要惹翻他呢？让那狗杂种去骂街好了！他是那样一种人，不骂街是不行的！唉，畏米尔，老天爷给人带来多么好的运气啊！奉送他一百块金币，结果只是把咱们赶走！可是咱们的弟兄们呢，就是扯断他的辫子，把他的脸打得稀烂，也没有人给他一百块金币。噢，我的上帝！慈悲的上帝啊！"

可是，这次失败给布尔巴的影响更要大得多；这一点从那闪烁在他眼睛里的吞噬人的火焰上可以看出来。

"咱们走！"他忽然说，好像鼓起了精神，"咱们到广场上去。我要看看他们怎样折磨他。"

"哎呀，老爷！为什么要去呢？那对我们不会有好处。"

"咱们走！"布尔巴顽固地说。于是犹太人像个保姆似的，叹着气，跟在他后面走去了。

派定执行死刑的广场，是很容易找到的：人们从四面八方蜂拥到那儿去。在当时那个野蛮的时代，这不但对于平民，并且对于上层阶级，也是一种最吸引人的景象。许多虔诚的老太婆，许多胆小的大姑娘和小媳妇，以后整夜会梦见血淋淋的尸体，睡梦中吓得直叫唤，只有喝醉酒的骠骑兵才会喊得那么响，可是她们还是不肯放过满足好奇心的机会。"唉，什么样的痛苦啊！"她们中间许多人掩着眼睛，转过脸去，带着歇斯底里的热狂叫道。不过，有时却还是在那儿站了许久。也有人张着嘴，向前伸直胳膊，仿佛想跳到大家头上去看个仔细。一个屠户，从一堆狭窄的、瘦小的和普通的脑袋中间钻出他的胖脸蛋来，带着一副行家的神气观察着全部经过，用简短的字句跟一个枪械制造匠交谈着，他把那人唤作"干亲家"，因为他们在一个节日曾经在小酒馆里一起喝过酒。有些人热烈地议论着，另外一些甚至还打赌；可是，大部分是这样的一些人，他们是惯于用手指挖着鼻孔看整个世界和世上所发生的一切事情的。在最前方，就在组成城市卫队的一群胡子兵旁边，站着一个穿军服的年轻波兰绅士，或者宁可说是一个貌似绅士的人，他绝对是把所有的衣服都已经穿在身上，因此在他的寓所里就只剩下一件破衬衫和一双旧皮靴了。两根链条，一根叠一根地挂在他的脖子上，上面串着一枚古钱。他跟他的女友尤素霞站在一起，不断地左顾右盼，以防有人弄脏她的绸衣裳。他把一切都向她解释得清清楚楚，因此绝对再也不能补充什么。"喏，尤素霞宝贝，"他说，"您所看到的这些人，都是来看怎样处死犯人的。喏，宝贝，您瞧，那个人，手里握着长柄斧头和别的工具的，那就是刽子手，回头他要来行刑。当他用车裂之刑，又用别的刑法折磨犯人的时候，犯人还活着；可是，一斫掉脑袋，那么，宝贝，他立刻就呜呼哀哉了。先还要叫唤和挣扎，可是只要一斫掉脑袋，他就既不能叫唤，也不能吃，也不能喝了，因为，宝贝，他不再有一颗脑袋了。"尤素霞怀着恐惧和好奇倾听着这一切。屋顶上布满了人。一些胡子蓬乱的奇形怪状的脸和戴着睡帽似的东西的脸，从天窗里探露出来。贵族阶级坐在露台上，帐篷下面。一位笑容可掬的像白糖般辉耀发亮的小姐，伸出一只美丽的纤手来，扶在栏杆上。一些身体结实的显贵的老爷们，威仪凛然地眺望着。一个服饰华丽的、袖子往后翻转的仆役，忙着递送各种各样的饮料和食品。一个黑眼睛的顽皮女孩，常常用她光滑的小手，抓起点心和果子，向人群中间扔去。一群饥饿的骑士纷纷举起自己的帽子去接，某一个穿着用发黑的金丝线绲边的褪色红外衣的高个儿绅士，从人堆里探出头来，靠着他的胳膊长，第一个抢到了，他在抢到的胜利品上印了许多吻，把它按在心上，然后再放进嘴里。挂在露台下面金丝笼子里的一只鹰也是观众之一：它歪着鼻子，举起一只爪，也兀自在一旁仔细地谛视着人们。可是，群众忽然骚乱起来了，四面八方传来了声音："带来啦……带来啦！……哥萨克们！……"

他们走过来，光着头，蓄着额发，胡子留得长长的。他们不畏缩，不阴郁，却带着一种平静的傲气向前走去；他们的用贵重呢绒裁制成的衣服破烂了，变成了丝丝褴褛挂在他们身上。他们对人不理睬，也不行礼。走在最前面的是奥斯达普。

当塔拉斯看到他的奥斯达普的时候，他是怎样感觉的呢？那时候他心头是怎样的一股滋味？他从人群里望着他，不漏掉他的任何一个动作。他们已经走近了刑场。奥斯达普站住了。

首先轮到他喝干这苦杯。他看了看自己人，向上举起一只手，高声地说：

"老天爷，不要叫所有站在这儿的邪教徒们，这些不信神的家伙，听到基督徒痛苦的呻吟！我们中间的任何一个都不要哼一声！"

说完，他走近了断头台。

"好哇，儿子，好哇！"布尔巴轻轻地说，把白发苍苍的头向下垂倒。

刽子手把他的褴褛的破衣剥下了；有人过来把他的手和脚捆在特设的木架上，接着……我们不打算用地狱般的痛苦景象来搅扰读者的心，他们看到这些景象是会毛骨悚然的。这些景象是当时那个野蛮的残酷的时代的产物，在那个时代里，人们还过着专门宣扬战功的血腥气的生活，精神上习惯于这种生活而无暇顾念到人道。极少数的人是这个时代的例外，他们徒然反对着这种可怕的刑罚。国王以及许多头脑清醒、灵魂开明的骑士们徒然认为这种残暴的刑罚结果只会给哥萨克民族的复仇之念火上添油。可是，国王和有识之士的权威，跟公卿们的放纵行为和横蛮意志相形之下，就一点也不起作用，这些公卿们轻举妄动，极端缺乏远见，具有幼稚的虚荣心和无谓的骄傲，把议会变成了政府的讽刺画。奥斯达普像巨人似的忍受着折磨和酷刑。一声叫唤,一声呻吟也听不见,甚至当折断他的手脚的骨头的时候,当骨头的可怕的折裂声通过死一般的人群连最远的看客也听到的时候,当妇女们转过她们的眼睛的时候,没有丝毫类似呻吟的声音从他的嘴里透露出来,他的脸连颤动都没有颤动一下。塔拉斯站在人群里,低着头,同时骄傲地抬起眼睛,赞许地只是说:"好哇,儿子,好哇!"

可是,当他受到最后的死的痛苦的时候,他的力量好像开始衰竭了。他扫视了一下周围:天哪,全是一些不认识的人,陌生的脸!在他临死时只要有一个亲人在旁边就好了啊!他不想听软弱的母亲的哭泣和悲叹,或是撕着头发、捶着白净的胸脯的妻子的疯狂的号啕;他现在想看见一个坚强的男子,用贤智的话使他精神健旺,在临终时使他得到安慰。接着,他的力量消逝了,在一种灵魂衰弱的状态中喊道:

"爹!你在哪儿?你听见了没有?"

"我听着呢!"在普遍的寂静中发出了这一声喊叫,成千上万的群众顿时都战栗了起来。

一部分骑兵赶过来仔细地检查群众。杨凯尔的脸像死一样地发白,当骑兵跑得离开他远些的时候,他心惊胆战地转过身去望望塔拉斯；可是塔拉斯已经不在他的身边：他已经消失得影踪全无了。

十二

塔拉斯的下落被人找到了。十二万哥萨克军队出现在乌克兰的边境上。这已经不是出发去掠夺战利品或是驱逐鞑靼人的小部队或分遣队了。不，整个民族起来了，因为人民的忍耐到了尽头，他们起来复仇，是因为他们的权利被蹂躏，他们的人格遭到可耻的贬损，祖先的信仰和神圣的旧习被凌辱，教堂被亵渎，异邦老爷们横行霸道，压迫日甚一日，实行宗教合并，犹太人在基督教的国土上令人发指地占着支配权，并且也是为了远古以来累积和加重哥萨克们的刻骨仇恨的一切原因。一个年轻的但意志坚强的统帅，奥斯特兰尼察，率领着这全部浩浩荡荡人数众多的军队。在他身旁，可以看到他的一个年迈的、经验丰富的战友和顾问，古尼亚。八个联队长率领着各包括一万二千人兵力的联队。两个总副官和一个总令杖官①骑马走

---

① 旧时哥萨克统帅有令杖以标志其职权，杖上缚有一缕马尾，执掌这种令杖的官，姑译为"令杖官"，而这一类官员中的最高负责人，则译为"总令杖官"。

在统帅的后面。总旗官掌着主旗；许多别的军旗和旗帜在远处迎风飘展；令杖官们掌着令杖。此外还有许多别的将官：辎重官们、骑兵中尉们、联队书记们，他们后面还有步兵和骑兵的队伍；志愿兵和义勇兵几乎跟有军籍的正规兵募集得一样多。各处的哥萨克都起来了！有来自契吉林的，有来自彼烈雅斯拉夫的，有来自巴十林的，有来自格鲁霍夫的，有来自下德聂泊地区的，有来自德聂泊河的整个上游地区及其他附近岛屿的。数不清的马匹和无数的车辆蜿蜒不绝地布列在原野上。在哥萨克军中间，在这八个联队中间，最精锐的联队就是塔拉斯·布尔巴所率领的联队。一切都使他在别人面前占着优势：无论是讲到他的高龄，充足的经验，调兵遣将的本领，还是比所有的人都更强烈的对敌人的憎恨。他的无情的凶暴和残忍，甚至在哥萨克们看来也显得过分。他的白发苍苍的头脑里只想到火焚和绞刑台，他在军事会议中所发表的意见，总离不了歼灭这两个字。

这儿不必记述哥萨克们建立功勋的全部战役，更不必记述逐步展开的全部战况：这一切都被载入编年史的篇页了。大家知道，在俄罗斯国土上，为信仰执戈奋起的战争是一种什么样的战争：再没有比信仰更强大的力量了。它森严可畏而又不可战胜,像澎湃汹涌瞬息万变的大海中的出于鬼斧神工的一座巨岩一样。它把一整块石头筑成的一垛不可摧毁的墙壁,从海底深处顶起,一直顶到天空。到处都可以望见它,它一直眺望着从身边奔涌过去的万丈怒涛。船要是碰上去,那可就倒霉啦!船上的无力的缆索片片飞散,船上的一切都毁成灰烬,沉没在海底,受难者们的悲惨的叫声回响在四周震荡的空气里。

编年史详细描写了波兰警备队怎样从被解放的城市里仓皇逃走;不法的犹太土地经租人怎样被吊死;波兰皇家统帅尼古拉·波托茨基率领无数大军和这不可战胜的力量对垒作战是多么软弱无力;他被打败和追击之后,怎样把他一部分最精锐的军队淹死在一条小河里;凶悍的哥萨克联队怎样在一个小镇波隆内包围了他们;以及波兰统帅怎样被逼得走投无路,只得宣誓承认,国王和政府公卿答应完全赔偿一切损失,并归还一切从前获得的权利和特权。可是,哥萨克们不是这样容易善罢甘休的人:他们早就知道波兰人的誓约是什么东西。如果不是住在小镇上的俄罗斯牧师们救了他的命,波托茨基就不能再骑在那匹价值六千卢布的喀尔巴阡产的高头大马上耀武扬威,吸引贵妇们的垂青和贵族们的嫉妒,也不能再大设筵席招待元老院议员们,在议会中显露头角了。当所有披着金色灿烂的袈裟的牧师们捧着圣像和十字架，戴着法冠的主教走在最前面，手里也捧着十字架，一同迎上前来的时候，哥萨克们都低下了头，脱掉了帽子。他们在这时候不会尊敬任何人，甚至连国王也不会尊敬，可是他们不敢反对自己的基督教教会，并且对自己的牧师总是要表示敬意的。统帅和联队长们同意释放波托茨基，取得了他的誓约，要他保证让一切基督教教会自由行使职权，忘掉旧恨新仇，对哥萨克军人不加任何侮辱。只有一个联队长不同意这样的媾和。这个人就是塔拉斯。他从头上揪掉一绺头发，叫道：

"喂，统帅和联队长们！像娘儿们那么软绵绵可不成呀！别相信波兰人的话，那些狗会出卖我们的！"

当联队书记拿出和约来，统帅伸出赋有权力的手在上面签字的时候，他从身上解下一把纯钢的刀，用上等钢打成的贵重的土耳其马刀，把钢刀像芦茎似的一折两段，远远地分开抛在两边，说道：

"永别了！伙伴们，像这把刀的两端不能拼在一起做成一把马刀一样，我们今生今世再也不能相见了。记住我的临别赠言（说到这句话时，他的声音壮大了，提得更高了，增添了一种不可思议的力量，大家都因为这种带着预言性的话而感到骚动不安起来）：你们会在自己临终之前想起我的！你们以为买得了安静与和平，你们以为就要享享清福了？你们要享的是另外一种福：统帅呀，人家要剥掉你脑袋上的皮，用荞麦糠填满你的脑壳，把你的脑袋长久地展览在各处市集上！老乡们，你们也保全不了自己的脑袋！即使不把你们像绵羊似的活活地放在锅子里煮，你们也会倒毙在四面砌着石墙的潮湿的地牢里！

"还有你们，小伙子们！"他转过身来向着自己的部下，继续说下去，"你们有谁愿意得个好死，不是死在后灶上和娘儿们的暖炕上，也不是醉醺醺地死在酒店的围墙下面，而是像哥萨克那样光明磊落地死去，大家死在一张床上，像一对新郎和新娘一样？要不然，你们也许愿意回到家里去，改宗邪教，把波兰的天主教僧侣背在自己的背上吧？"

"跟你走，联队长老爷！跟你走！"塔拉斯联队里的人都在喊，陆续又有不少别的联队里的人跑了过来。

"要跟我，就跟我吧！"塔拉斯说，把头上的帽子往下拉了一拉，凶狠狠地对所有留下的人望了一眼，骑在马上整整好姿势，对部下喊道："谁都不可能用侮辱的言语来责备我们！好，走吧，小伙子们，咱们上天主教徒那儿去逛几天！"

说完话，他朝马屁股上抽了一鞭，向前驰去，一百辆辎重车蜿蜒不绝地跟在他后面，旁边还跟着无数哥萨克骑兵和步兵，他频频回头，凶狠狠地扫视所有留下的人，眼光里充满着愤怒。谁都不敢拦阻他们。这个联队在所有的军士前面开走了，塔拉斯还长久地频频回头，老是凶狠狠地望着。

统帅和联队长们茫然不知所措地站着，大家沉思着，静默了许久，好像被一种什么沉重的预感压迫着似的。塔拉斯的预言不是没有道理的：一切果然都像他预言的那样应验了。在卡涅夫城下发生了背信弃义的行为之后又过了一些时候，统帅的首级就和许多高级官员的首级一起高悬在柱子上了。

塔拉斯怎么样呢？塔拉斯率领着自己的联队漫游了整个波兰，烧毁了十八个小镇，将近四十座天主教礼拜堂，并且已经达到克拉科夫了。他杀死了许多各种各样的波兰绅士，劫掠了许多最富有、最漂亮的城堡；哥萨克们把小心珍藏在老爷们地窖里的一瓮瓮陈年蜜酒和佳酿打开了，淌得满地都是；把藏在储藏室里的贵重的呢绒、衣服和器具扯个稀烂，烧个精光。"什么东西都不要怜惜！"塔拉斯只是一个劲儿地重复说。哥萨克们没有敬重那些黑眉毛的妇人，白胸脯嫩脸蛋的姑娘；她们即使躲在祭坛旁边也不能幸免于难，因为塔拉斯把她们连同祭坛一起都烧了。许多双雪白的手从熊熊的火焰中举向天上，传出一阵阵凄惨的喊声,这喊声会使冷冰冰的大地震动,会使原野上的青草因为怜悯而向下低垂。可是残酷的哥萨克们毫不介意,他们在街上用长矛把她们的婴儿挑起,也扔进火焰中去和她们一块儿烧死。"邪教的波兰人呀,你们瞧,这就是给奥斯达普举行的追悼!"塔拉斯只是一个劲儿地说。于是他在每一个村里都给奥斯达普举行这样的追悼,直等到波兰政府发觉塔拉斯的行为超出寻常抢劫的范围,委派先前的那个波托茨基率领五个联队一定要把塔拉斯捕获为止。

在六天中间,哥萨克们抄着村路,逃开了所有的几次追击;马匹几乎受不住这样异乎寻常的疾驰,结果总算把哥萨克们救出了险境。可是,波托茨基这一次并没有辜负他所受的委托;他披星戴月,不知疲劳地追击他们,终于在德涅斯特尔河沿岸赶上了,布尔巴占据一座被放弃的坍塌的要塞,正在那儿稍事休息。

它耸立在德涅斯特尔河畔的一处陡崖上,露出崩坏的围墙和坍塌的墙壁的残骸。悬崖顶上满布着碎石和烂砖,好像随时都会土崩瓦解,倒下去似的。就在这儿,皇家统帅波托茨基从邻接原野的两个侧面包围了他。哥萨克们用砖头和石块打退敌人,厮杀和抵抗了四天。可是粮秣和力量耗竭了,塔拉斯决定要杀开一条血路,突围出去。哥萨克们本来已经快要冲出重围了,骏马也许再能忠实地为他们效一次劳,可是忽然,在跑着的时候,塔拉斯停住了,叫道:"等一等!装好烟草的一只烟斗掉了;我不愿意我的烟斗让邪教的波兰人拿去!"于是老联队长弯倒身去,开始在草丛里寻找那只装满烟草的烟斗,无论在海上、陆上、行军中或是在家里,那是他的一个不可须臾分离的伴侣。可是,这当口,一伙人忽然一拥而上,按住了他的强有力的肩膀。他用尽全身的力量挣扎,可是那些捉住他的轻装兵们已经不像先前似的纷纷跌倒在地上了。"唉,年纪老了,年纪老了!"他说,这个胖胖的老联队长哭了起来。可是,原因不在年纪老,原因在于寡不敌众。至少有三十个人吊住了他的手和脚。"冒失鬼落网了!"波兰人喊,"现在必须想想给这老狗表示什么样的最高的敬意。"结果,得到统帅的批准,决定当众把他活活地烧死。这儿矗立着一棵光秃秃的树,树梢被雷劈掉了。有人用铁链把他拴在树干上,用钉子钉住他的双手,把他吊得高高的,好让各处都可以望见这个哥萨克,接着又立刻在树底下堆起了柴薪。可是,塔拉斯没有望那柴堆,也没有想到人家要放火烧死他;他,这个一片赤诚的人,望着哥萨克们在进行掩护射击的那一头:他居高临下,一切都了如指掌。

"快一点,小伙子们,"他喊,"快占领树林后边的那座小山:他们不会攻上去的!"

可是,风没有把他的话传送过去。"他们完了,完了,落了一场空!"他绝望地说,往下面望了一眼,德涅斯特尔河在那儿发亮。他的眼睛里闪出了一道快乐的光辉。他看见灌木丛中露出四只船的船艄,他运足气,扯开嗓子,大声地喊道:

"到岸边去!小伙子们,到岸边去!顺着右边山脚的小道下去。岸边停靠着舢板船,把所有的船都划走,别让追兵赶上!"

这一次风从另一方面刮,他的话都被哥萨克们听见了。可是,为了这个忠告,他头上立刻受了刀背的一击,打得他眼前金星直冒。

哥萨克们飞快地顺着山脚的小道跑去;可是追兵已经逼近了。往前一看,只见山径迂回曲折,盘绕不尽,一边有许多弯道。"啊,伙伴们!咱们拼了吧!"大伙儿说,停了一刹那,接着,扬起鞭子来一挥,只听见嗖的一声,他们的鞑靼产的马就离开了地面,像蛇似的浮在天空里,飞过悬崖峭壁,扑通一声笔直地落到德涅斯特尔河里去了。只有两个人没有落到河里,从高处摔在岩石上,甚至连喊都没有喊一声,就连人带马永远毁灭在那儿了。可是哥萨克们已经和马一起在河里浮游着,解开了舢板船。波兰人在悬崖峭壁上停住了,对这种闻所未闻的哥萨克的行为感到十分惊奇,寻思着:他们要不要也纵马一跃?一个血气方刚的年轻的联队长,就是曾经迷惑过可怜的安德烈的那美丽波兰姑娘的亲哥哥,没有想许久,就骑着马,鼓足全身的力气跟着哥萨克们一起跳下去:他骑在马上,在空中连翻了三个筋斗,笔直地摔在尖利的悬崖上。尖利的岩石把坠在峭壁中间的他撕裂成一块块,他的脑浆混合着鲜血,飞溅在生长在坑洼的险岨石壁间的灌木丛上。

当塔拉斯·布尔巴被人击昏后,重新清醒过来,望了望德涅斯特尔河的时候,哥萨克们已经坐在船上,划起桨来了;上面弹如雨下,但都打不到他们的身边。老联队长的快乐的眼睛奕奕闪光了。

"永别了,伙伴们!"他从上面向他们喊,"记住我,明年春天再上这儿来,痛痛快快地逛一下!鬼波兰人,你们得到了什么?你们以为世上有什么东西能叫哥萨克害怕吗?等着瞧吧,终有一天,终有一天,你们会认识俄罗斯的正教信仰是什么东西!远远近近的人现在都已经感觉到,帝王将从俄罗斯国土上升起,世间将不会有一种力量胆敢不向他表示屈服!……"

这时候,柴薪上已经升起了熊熊的烈火,把他的双脚卷进去了，火焰笼罩了那棵树……可是，难道在世上能够找到这样一种火、痛苦和这样一种力量，能够战胜俄罗斯力量吗！

德涅斯特尔河不是一条小河，这儿有许多港湾、茂密的芦苇丛、浅滩和不见底的深渊；镜子般光洁的河面闪亮着，回响着天鹅的嘹亮的鸣声，一只骄傲的白颊凫迅速地在河面上掠过，还有许多鹬、红胸脯的流苏鹬和各种各样别的雀鸟，栖息在芦苇丛里和沿岸一带。哥萨克们飞快地驾着狭窄的双舵舢板船，齐心一致地划着桨，小心地绕过浅滩，惊起一些飞翔的雀鸟，同时谈论着自己的联队长。

维*

* "维"是民众想象的巨大的创造物。小俄罗斯人是用这个名字来称呼地神们的首领,那个眼皮一直耷拉到地面上的妖怪的。这整篇小说是一个民间传说。我丝毫也不想改动它,几乎就像我听到时那样把它朴素地复述出来。——果戈理注。

密尔格拉得

在基辅,每天清晨,只要挂在勃拉茨基修道院大门上的那口十分响亮的神学校的钟一敲响,从整个城里就有无数学生和寄宿生成群结队往这边匆忙赶来。文法生、修辞生、哲学生和神学生①们,腋下夹着练习簿,缓步走进教室。文法生年纪还很小,一边走一边推推撞撞,互相用非常尖细的最高音诟骂着;他们几乎一律都穿着褴褛的或是肮脏的衣服,口袋里永远塞满着各种各样的废物,例如趾骨②啦,用羽毛做成的哨子啦,没有吃完的馅饼啦,有时甚至还有几只小麻雀,其中一只忽然在上课时的极度寂静中啾啾地叫起来,让它的主人的两只手结结实实挨一顿板子,有时还要挨樱桃树枝的鞭打。修辞生显得庄重一些,他们的衣服常常是完整无缺的,但同时,他们脸上却

① 在当时的神学校里,按照各年级所授主要课目的不同,通常把一、二、三、四年级的学生分别称为文法生、修辞生、哲学生和神学生。前两种为低年级生,后两种为高年级生。
② 在动物的趾骨或关节骨中注入铅质,成为一块略有些重量的东西,孩子们可以抛掷它,玩种种游戏。

几乎永远像修辞学转义所谓的"开着花"：或者一只眼睛歪到额心下面去，或者嘴唇变成一个水泡，或者留下什么别的标志；他们彼此用男高音谈话和发誓。哲学生的嗓门要低一个音程；他们的口袋里除了凶辣的烟卷之外，一无所有。他们不喜欢储藏，有什么东西当场就吃得精光；他们身上有一股烟和酒的味儿，有时离很远还能闻到，害得一个过路的工匠停步下来，许久还像猎狗似的在东嗅西嗅。

这时候，市场通常只是刚刚有点活跃起来，卖面包圈、白面包、西瓜子和罂粟馅点心的女商贩们，眼尖手快地揪住一些穿细呢或棉布衣服的过路人的前襟。

"少爷！少爷！请过来！请过来！"她们从四面八方叫道，"面包圈、罂粟馅点心、麻花、喷喷香的小面包！喷喷香的！涂上蜂蜜的！自己烤的！"

另外一个女商贩举起一个长长的用面团卷成的东西，叫道：

"卖面粉卷呀！少爷，买一根面粉卷吧！"

"别买这女人的东西：瞧她那模样儿，多么叫人恶心，鼻子是歪的，手又那么脏……"

可是她们害怕招惹那些哲学生和神学生，因为哲学生和神学生总是喜欢拿一些东西尝尝，一抓就是一大把。

一走进神学校，这群学生就分散到各自的班级上去了，这些班级设在一些低矮但宽敞的房间里，有窄小的窗、宽阔的门和污秽狼藉的长凳。教室里忽然充满了声调不同纷然并作的嗡嗡声。模范生①们倾听着受他们督促的学生们温课：一个文法生的响亮的最高音正巧碰到嵌在小窗户里的玻璃上，玻璃激起回音，把几乎相同的声音送了回来；一个修辞生在犀椟角里发出低沉单调的声音，他的嘴的模样和那两片厚嘴唇令人以为至少应该是属于一个哲学生所有的，他用男低音哼着，远远地只听见：波，波，波，波……模范生一边倾听着温课，一边用一只眼睛瞟到长凳底下去，在那个受他督促的学生的口袋里露出一只白面包、一只甜馅饺子或者一包南瓜子。

当学生们到得稍微早了些，或者知道教师们要比平时来得迟一些的时候，得到大家一致的同意，就计划发动一次战斗，大家都得参加这场战斗，甚至也包括那些负有责任维持秩序并监督全体学生的操行的监察官②在内。通常由两个神学生来决定进行战争的方法：应该每一年级各自为自己作战呢，还是应

---

① 受老师的委托来督促学生们温课的高年级生，被称为"模范生"。
② 神学校的制度竭力模仿古代罗马共和国，这里也有"元老院议员""执政官""监察官"等名称，在学生中选其能力相当者担任。

该把全体分成两部分，即普通生和寄宿生。无论如何，首先发动的总是文法生，等到修辞生一插手进来，他们就跑开去，站在高处观战。后来，蓄有乌黑长须的哲学生参加进来了，最后，穿着大而无当的灯笼裤、颈脖极粗的神学生也参加进来了。通常总是这样收场：神学生把所有的人都打败了，哲学生揉着屁股，挤到教室里去，坐在长凳上缓过一口气来，休息休息。以前自己也曾经参加过这一类战斗的教师，走进教室里，从听众们发热的脸上立刻领会到这一仗打得挺热闹，于是他就用桦条抽打修辞生的手指头，而在另外一间教室里，另外一个教师也用木头铲子打哲学生的手掌心。对付神学生可就得用另外一种方法了：用神学班的教师的说法，是给他们吃大粒豌豆①，那就是说，用短短的皮鞭劈头盖脸地抽打他们。

每逢纪念日和节日，普通生和寄宿生带着傀儡戏箱挨家挨户去表演。他们有时演喜剧，在这种情况下，演得最出色的总是一个扮演希罗底②或是埃及廷臣波提乏的妻子③的身材比

---

① 加着重号文字在原著中是斜体。——编者注
② 希罗底是希律王的兄弟腓力的妻子，后来改嫁给希律王。
③ 据《旧约·创世记》第三十九章记载：约瑟被带到埃及，法老的内臣、护卫长波提乏，从以实玛利亚人手下买了他。约瑟秀雅俊美。波提乏的妻以目送情给约瑟说："你与我同寝吧。"约瑟不从。

辅钟楼①矮不了多少的神学生。他们表演所得的酬报是一块布、一袋谷子、半只煮熟的鹅等等。

这群学生，包括彼此怀着一向沿袭下来的敌意的普通生和寄宿生，他们糊口乏术，同时又非常贪吃，要计算他们晚饭时每一个人吃掉多少汤团是绝对办不到的；因此，富裕财主们的慷慨施舍仍旧无法满足他们。于是哲学生和神学生所组成的元老院，就打发文法生和修辞生，由一个哲学生率领着，有时他们自己也亲自出马，肩上背着袋子，去蹂躏别人的菜园。这样，在神学校里，就能吃到南瓜粥了。元老院议员们吃了这么许多西瓜和香瓜，第二天模范生听他们温课，竟听到他们发出了不止一种声音：一种声音从嘴里发出，另外一种声音在元老院议员们的肚子里咕噜咕噜作响。寄宿生和普通生穿着长长的类似大礼服的衣服，这些衣服好像在扫地，这是一个专门术语，意思就是说拖到脚后跟。

对于学生们说来，最重大的事件是放暑假。从六月起，寄宿生们通常都回家了。那时候，文法生们、哲学生们和神学生们密密匝匝布满了整条大道。无家可归的学生就到某一个同学

---

① 基辅索菲亚大教堂的钟楼，乌克兰巴洛克风格，基辅城市象征和乌克兰民族象征，始建于1699年，原有三层，1951年加盖第四层，高76米。——编者注

家里去盘桓一阵。哲学生和神学生出发去教家馆,也就是说,去教富家子弟的书,或者帮他们准备功课,为这种工作每年能够赚到一双新长统靴,有时还能赚到做一身大礼服的钱。这一大群学生像流浪人的野营似的,成群结队缓缓行进:自己动手煮粥吃,露宿在野外。每人背着一个袋子,里面装有一件衬衫和一双裹脚布。神学生们是特别节俭而且慎重的:为了不把长统靴穿坏起见,情愿把它们脱下来,挂在手杖上,放在肩上挑着走,在遇到泥泞的时候就更不用说了。那时他们把灯笼裤卷到膝盖上,双脚勇敢地踩在水洼里,踩得泥浆四下里飞溅。一望见旁边有一个农庄,立刻就离开大路,走近一幢比别家造得更加精致一些的农家,大家排成一排,站在窗前,扯直嗓门高唱起赞美歌来。这农家的主人,一个年老的哥萨克农民,两手支着下巴颏,听了许久,后来非常悲痛地哭了,对他的老婆说:"孩子的妈!这些学生唱的该是一支很有意思的歌;给他们点猪油,家里还有些什么吃的,也给他们拿一点去!"于是一大钵甜馅饺子就给倒进口袋里去了。一大片猪油,几只小面包,有时还有一只捆得紧紧的老母鸡,都一起装了进去。得到接济之后,来了劲儿,文法生们、修辞生们、哲学生们和神学生们又继续上路了。不过,越往前走去,人数就越是减少。差不多所有的人都各自回到家里去了,剩下来的只是那些家住得比别人更远一些的人。

有一次,在这样赶路的时候,三个寄宿生从大路上踅到了旁边一条小路上去,打算碰到第一个农庄,就在那儿设法储藏些干粮,因为他们的袋子都早已是空空的了。这三个人是:神学生哈里雅瓦、哲学生霍马·布鲁特和修辞生季别利·戈罗贝茨。

神学生是一个身高肩阔的汉子,有一种非常古怪的脾气:随便什么东西放在他手边,他一定要把它偷走。在别的时候,他的性格又是非常阴沉的,当他喝醉的时候,他就躲到杂草堆里去,同学们必须花很大工夫才能够在那儿找到他。

哲学生霍马·布鲁特是一个具有快乐天性的人。他非常喜欢躺着抽烟斗。喝了点酒,就一定要雇乐师来,跳特罗巴克舞。他常常饱尝大粒豌豆,可是他绝对抱着哲学家的冷静态度去忍受,说:在劫难逃。

修辞生季别利·戈罗贝茨还没有权利蓄须、饮酒和抽烟斗。他还只留起了长额发,因此他的性格在这时候还是没有十分定型的,可是,按照他来上课时常常额上鼓起一个人肿块推断起来,是不难预测他将来会成为一个好战士的。神学生哈里雅瓦和哲学生霍马常常揪他的长额发,以示照顾之意,并且把他当作使者来差遣。

当他们离开大路的时候，已经是傍晚了。太阳刚刚落山，白天的暖气还残留在空气中。神学生和哲学生抽着烟斗，默默地走着；修辞生季别利·戈罗贝茨用手杖把丛生在道旁的野蓟的绒球敲打下来。这条岔道在遮蔽牧场的一簇簇疏密相间的橡树和胡桃树的缝隙中间延伸开去。斜坡和葱绿的像圆屋顶一样滚圆的山丘，有时穿插在平原中间。两块长满成熟的庄稼的田垄，说明不久村庄就要出现在眼前。可是他们走过麦田以后，已经过了一个多钟头，却还没有遇到一家人家。暮色已经完全把天空笼罩了，只有在西边闪着红日的余晖。

"真是见鬼！"哲学生霍马·布鲁特说，"我还以为立刻就要找到一个农庄了呢。"

神学生默不作声，向四下里望了一望，接着又把烟斗塞在嘴里，仍旧继续上路。

"真是的！"哲学生又停下来说，"连个鬼影也瞅不见。"

"再走远些，会碰到一个农庄也说不定。"神学生没有把烟斗放下，说。可是这当口已经是夜晚了，并且是一个十分昏黑的夜晚。几小块乌云更增加了阴暗，从所有的迹象上看起来，星星和月亮是没有希望露脸的了。寄宿生们发觉他们迷失了道路，已经有许久不顺着正路走了。

哲学生伸腿到四下里去探索，最后断断续续地说：

"路在哪儿呀！"

神学生沉默了一会儿，好像琢磨出什么道理来似的，附和着说：

"是呀，夜晚可真黑。"

修辞生走到一边去，匍匐在地上，把手伸出去摸路，可是他的手每次总是伸进了狐狸洞里去。到处是一片茫茫的草原，仿佛从来不曾有过人的踪迹。旅人们耐着性子又往前走了一阵，可是到处仍旧是同样的荒郊野地。哲学生试着要叫喊，可是他的声音在四周的黑暗中消失了，没有得到任何回答。过了一会儿，传来了一声狼叫似的微弱的呻吟。

"哎呀，这可怎么办？"哲学生说。

"有什么怎么办？只有留下来，在野外宿一宵啦！"神学生说，伸手到口袋里去摸火镰，又打算抽烟斗了。可是，哲学生不赞成这样办。他一向有一种习惯，临睡前总得吞下半普特面包和四俄磅猪油，这一次又感觉到肚子里有一种难以忍受的空寂之苦。并且，哲学生虽然有着快乐的天性，却不免有点惧怕狼。

"不，哈里雅瓦，这可不行，"他说，"怎么能够不吃点东西提提神，就这样伸直身体躺在地上，像条野狗一样？我们再往前走走试试；没准儿，我们会找到一家人家，临睡前即使弄到一杯烧酒喝也不坏呀。"

一听见"烧酒"两个字，神学生往旁边吐了一口唾沫，补充说：

"那自然，在野外过夜是说不过去的。"

寄宿生们往前走去，喜出望外的是，在远方居然听到了犬吠。他们听了听声音从哪一面传来，就精神抖擞地一直走去，走不多远，就望见了火光。

"一个庄子！真的，一个庄子！"哲学生说。

他的推测没有落空：过了一些时候，他们果然看见了一个小小的农庄，只有两户人家，位置在同一个院子里。窗户里灯影闪耀。十来棵李树耸立在栅篱旁边。寄宿生们透过有缝的板门往里面一望，只看见院子里停放着几辆单帮客人的货车。这时候，星星在天空里眨着眼睛。

"可别错过了机会呀，弟兄们！无论如何，也得在这儿住上一宵！"三个读书人同时敲着大门，叫道："开门！"

一家人家的门呀的一声开了，过了一会儿，寄宿生们看见一个身穿光板羊皮袄的老太婆站在他们面前。

"这是谁呀？"她干咳着，叫道。

"老太太，让我们在这儿过一夜吧。我们迷失路了。在野外过夜，是跟饿肚子一样不好受的啊。"

"你们是干什么的？"

"都是些安分守己的人：神学生哈里雅瓦、哲学生霍马·布鲁特和修辞生戈罗贝茨。"

"不行，"老太婆嘟哝道，"咱院子里住满了人，屋子里旮旮旯旯都挤满了。我能把你们安置在什么地方？再说，你们全是些又高又大的男子汉！我要是留你们住下，咱房子都要挤塌了。我知道这些哲学生和神学生。你要是让这些醉鬼进了门，不久连院子也会给拆掉的。走吧！走吧！这儿没有你们住的地方。"

"行行好吧，老太太！怎么能让几个基督徒跑了半天，结果落一场空呢？随便您把我们安置在什么地方好了。我们要是那个，要是干出些什么不体面的事来，就让我们的手不能动弹，让我们遭到天知道什么样的惩罚。这还不行吗？"

老太婆似乎有些心软了。

"好吧，"她说，好像还在盘算着，"我准许你们进来；不过我要把你们安置在不同的地方，因为你们要是睡在一起，我心里是不会踏实的。"

"随您的便;我们没有意见。"寄宿生们答道。

大门打开了,他们走进院子里去。

"可怎么好,老太太,"哲学生紧跟在老太婆后面,说,"正像俗话所说……真的,像有车轮在肚子里碾过。打一清早起,连一片木屑也没有沾过嘴唇。"

"瞧你又在出什么主意了!"老太婆说,"我这儿可没有预备一点吃的东西,今儿连炉灶都还没有生呢。"

"我们不白吃东西,"哲学生继续说,"明天会规规矩矩付清账目的——付现款。是的!"他接着低声地说:"做你的梦!你要能得到一个镚子才怪哪。"

"走吧,走吧!让你们在这儿过夜,你们也就该满意了。魔鬼给我带来了几位多么温文有礼的少爷啊。"

哲学生听到这些话,陷入了沮丧绝望的心境中。可是他的鼻子忽然嗅到了一股干鱼味儿。他一瞧并排走的神学生的灯笼裤,就看见他的裤子袋里耷着一条极大的鱼尾巴。神学生已经人不知鬼不觉地从货车上把一条鲫鱼偷到手里了。因为他这样做并不是出于什么贪欲,却完全是由于习惯,并且早已把这条鲫鱼忘记了,已经又在打主意能偷些别的什么,甚至也不肯错过一只毁坏的车轮,所以哲学生霍马伸手到他的裤子袋里非常容易,就像摸自己的口袋一样,结果就把那条鲫鱼摸走了。

老太婆把寄宿生们安置好了:让修辞生睡在屋里,把神学生关在一间空的储藏室里,把哲学生也领到了一处空的羊圈里。

等到剩下哲学生一个人的时候,他立刻把鲫鱼吃得精光,打量了一下羊圈的用篱笆编成的墙,往隔壁畜栏里醒过来好奇地昂起了头的一只猪的头上踩了一脚,然后翻过身去,想酣睡一觉。忽然低矮的门打开了,老太婆弯腰走进羊圈里来。

"什么事,老太太,你要什么?"哲学生说。可是老太婆伸开双臂向他直奔过来。

"啊哈,哈!"哲学生想道,"不过,敬谢不敏了,宝贝!你老啦。"他往后倒退了几步,可是老太婆肆无忌惮地又向他逼过来。

"听我说,老太太!"哲学生说,"现在是斋戒期;我是这样一种人,就是给我一千块金币,我也不肯开荤的。"

可是老太婆叉开双臂,一言不发地来捕捉他。

哲学生心里害怕起来,特别是当他看见她的眼睛里闪烁着一种异乎寻常的光辉的时候。

"老太太!你怎么啦?上帝保佑,你快走开吧,走开吧!"

他喊了起来。

可是老太婆一句话也不说，用两只手抓住了他。

他跳起身来，打算往外逃，可是老太婆拦住门口，用发亮的眼睛凝视着他，又向他逼近来了。

哲学生想用手推开她，可是奇怪的是，他发觉手抬不起来了，脚也动弹不得了，更使他吃惊的是，甚至嘴也发不出声音了：言辞默默无声地在他的嘴唇上颤动着。他只听见他的心在跳动；他看见老太婆向他走近来，把他的双手交叠在一起，使他的头俯倒，像猫一般迅速地跳上他的背脊，用扫帚往他的腰眼里打，于是他就像一匹骏马似的，把她负在肩上跳了起来。这一切发生得这么快，哲学生好容易才清醒过来，双手抱住自己的膝盖，想把两条腿按住；可是使他大吃一惊的是，两条腿竟不听使唤，腾空跃起，比契尔克斯产的骏马跑得还要快。直等到他们已经驰过了农庄，在他们面前展开一片广阔的凹地，一边绵延着黑黝黝的炭一般的森林的时候，他才自思自忖道："噢，这是个妖精哪。"

双角往下倒挂的镰刀形的下弦月在天空里闪耀。微弱的深夜的光辉像透明的面纱一样轻轻地笼罩着大地，烟雾袅袅升起。森林、牧场、天空、溪谷——一切都好像是睁着眼睛睡着了。

随便什么地方连一丝儿风也没有。飒爽的夜气令人感到潮湿而又温暖。树木和灌木丛的黑影,像彗星一样,形成尖锐的楔形,投射在倾斜的平原上。当哲学生霍马·布鲁特背上驮着一个不可理解的骑者在飞驰的时候,就是在这样的一个夜晚。他感觉到一种令人苦恼的、不愉快的,同时又是甜美的感情涌上他的心头。他低下头去一看,本来几乎就在他脚边的青草,似乎是隔开很远,生长在很深的地方,上面流着透明的山泉一样的水,而青草就像是生长在明净的清澈见底的海底似的;至少,他清清楚楚看到,他和骑在他背上的老太婆的姿影一起倒映在海里。他看到没有月亮,却有一轮旭日在那边辉耀着;他听见蓝色的风轮草低着头,被风吹得簌簌作响。他看见一个女落水鬼从香蒲后面游出来,隐约现出丰满的、富有弹性的、颤巍巍并且发着光辉的背脊和大腿。她向他这边转过来,她的脸上闪耀着一双清澄的、亮晶晶的、敏锐的、含情脉脉地直透入灵魂的眼睛,靠近过来了,已经浮到水面上来了,接着,咯咯一笑,又游远去了,——她一翻身,仰面朝天游着,两只云朵似的、像未施釉彩的瓷器般暗无光泽的乳房,在阳光下露出白皙的柔韧有力的轮廓。水气凝成小小的泡沫,像珍珠一般,撒在它们上面。她在水里浑身颤抖着,笑着……

他看到了还是没有看到这幅景象？醒着呢还是在做梦？但那是什么？是风还是音乐：响着，响着，回旋着，迫近过来，发出一种叫人不堪忍受的颤音，刺入你的灵魂……

"这是怎么回事？"哲学生霍马一边往下面看，向前疾驰，一边想。汗珠像雨点似的从他身上冒出来。他感觉到一种恶魔般甜美的快感，感觉到一种蚀骨的、恼人而且可怕的快乐。他常常觉得，仿佛他的心已经完全想不起了，他提心吊胆地用手去按住它。他精疲力尽，茫然失措，开始想起了所有他所知道的祈祷文。他念着所有驱魔伏邪的咒语，忽然产生了一种清新爽快之感；感觉到他的脚步放慢了，妖精抱住他的背脊的那股劲儿也有点松缓下来了。茂密的青草碰触着他，他已经不觉得青草有什么异样了。镰刀形的皎洁的新月在天空里闪耀。

"这可好啦！"哲学生霍马在心里想，几乎大声地念起咒语来。最后，他闪电般迅速地从老太婆下面跳出来，反而跳到她的背脊上去了。老太婆用碎步跑得这么快，使骑在上面的人几乎喘不过气来。大地在他的脚下一闪而过。虽然不是满月，但在月光下，一切都清清楚楚。溪谷是平坦的，可是因为疾驰，所以一切都模糊而又混乱地在他眼前闪过。他拾起路上的一根劈柴，憋足了劲儿，鞭打着老太婆。她发出粗野的号泣，起初这声音是愤激的，来势汹汹的，后来变得软弱些，悦耳些，清脆些，后来静下来了，只是变成轻盈的银铃似的声音，一声声透入他的灵魂深处；他不由自主地产生了一个疑念：这真是一个老太婆吗？"唉，我再也走不动了！"她疲惫不堪地说，接着就倒在地上。

他站定了，直对她的眼睛望着：天际露出了一抹曙色，基辅一些教堂的金顶在远方辉耀着。他面前躺着一个美女，有蓬松的浓密的辫发和长长的、箭一样的睫毛。她麻木不仁地把雪白的赤裸的双臂投向两边，把充满眼泪的眼睛向上翻着，呻吟着。

霍马像树叶一般瑟瑟发抖：怜悯心、一种连他自己也难以理解的激动和畏怯，侵袭了他；他开始拼命地往前奔去。一路上他的心不安地跳动着，他无论如何也琢磨不透一种什么奇怪的新的感情占有了他。他不想回农庄了，径自急急忙忙奔向基辅，一路上默想着这桩不可理解的事件。

城里几乎连一个寄宿生也没有了：大家都到各处农庄去了，有的去教家馆，有的干脆不教什么馆，因为在小俄罗斯农庄里是可以不花一文钱就吃到汤团、干酪、酸奶油和帽子般大小的甜馅饺子的。在那幢作为寄宿舍之用而现在已经人去楼空的大房子里，绝对是空无一物，哲学生搜查了所有的角角落落，甚至也摸过了所有的罅隙和屋顶上的夹缝，可是随便什么地方也找不到一片猪油，或者至少是一块照例会被寄宿生们藏起来的陈宿的油煎点心。

不过，哲学生很快就找到了补救不幸的方法：他吹着口哨，在市场上走了三次，在尽头处跟一个贩卖缎带、子弹和车轮的戴黄头巾的年轻寡妇眉来眼去，就在这一天，他饱尝了小麦做的甜馅饺子，鸡……总之，在樱桃园当中，在那间小土屋里，给他在食桌上预备了些什么珍馐佳味，是无法一一数计的。当天夜晚，有人看见哲学生在小酒馆里出现了：他按照惯例抽着烟斗，躺在长凳上，当着大家的面扔给了犹太酒店老板一枚金币。他面前放着一只大酒杯。他用冷漠而满足的眼睛眺望着进进出出的人，已经完全想不起自己所遭遇的异乎寻常的事故了。

这当口，到处有人传说，在距离基辅五十俄里的一个农庄里，一个最富裕的百人长的女儿有一天散步回来，浑身被打伤了，几乎没有力气走回家里，她眼看就要死去了，临终前表达了一个愿望，要请基辅神学校的一个学生霍马·布鲁特，在她死后三天之内给她念安魂词和作祷告。关于这件事，哲学生是从校长嘴里听到的，校长特地把他叫到办公室里，限令他一刻也不要耽搁，即刻赶快上路，并且显贵的百人长已经特地派了人和车辆来迎接他了。

哲学生由于一种连他自己也无法解释的出于本能的感觉，打了一下冷战。黑暗的预感告诉他，有一种什么不祥的东西在前面等待着他。他自己也不明白为什么，竟是直截了当地声明了他不去。

"听我说，霍马先生①霍马！"校长说（他有时对晚辈说话是很客气的），"没有谁来问你，你想去呢还是不想去。我只是告诉你，你要是再大胆妄为或者自作聪明，我就要叫人用嫩白桦条鞭打你的背脊和别的地方，让你再也用不着上澡堂去洗澡。②"

哲学生搔了搔耳朵背，一句也不说，走了出去，想一遇到适当的机会就把希望寄托在两条腿上。他沉思着，从那引向四周遍植白杨树的院子的陡直的台阶走下去，听到校长的十分清晰的声音，立定了一会儿，只听见校长在吩咐他的管家和另外一个人，大概是百人长派来迎接他的人中间的一个。

"替我谢谢老爷送来的谷子和鸡蛋，"校长说，"告诉他，他信上提到的那些书，只要一准备好，我立刻就给他送过去。

---

① 原著中是拉丁文（domine）。
② 洗俄国式的蒸浴时，照例要用白桦条在身上拍打，借以促进血液的运行。

我已经交给缮写员去抄写了。还有,别忘了,我的朋友!再对老爷说,我知道在他的农庄里有的是好鲜鱼,特别是鲟鱼,请他得便给我捎几条来:这儿菜市上的鱼又不好吃,价钱又贵。你,雅甫土赫,给小伙子们每人倒一杯白酒喝。再把哲学生给我捆起来,要不然,他准会跑掉的。"

"好呀,鬼杂种!"哲学生心里想,"被他察觉出来了,这鬼泥鳅!"

他走下去,看见一辆篷车,起初是把它当作装着轮子的烘谷子的设备看待的。它简直有烧制砖瓦的炉灶那么深。这是一辆普通的克拉科夫①式的马车,犹太人只要一嗅出哪儿有市集,就五十来个人一起结着帮,载着货物,坐那种马车出发到各处城市去做买卖。六个壮健结实的、上了几岁年纪的哥萨克在等候他。带有穗子的薄呢长褂表示出他们是一位著名而富裕的庄园主所雇用的。小小的伤疤说明他们打过仗,并且不是没有立下战功的。

"怎么办?在劫难逃呀!"哲学生心里想,接着转过去对哥萨克们大声地说:"你们好,老乡们!"

---

① 波兰一城市。

"你好，哲学生先生！"有几个哥萨克答道。

"咱们一块儿就坐这辆马车去吗？车子倒是蛮漂亮！"他一边爬进车厢去，一边继续说，"只要雇几个乐师来，简直可以在里面跳舞呢。"

"是呀：一辆挺合用的马车！"一个哥萨克跟车夫并排坐在驭者台上，说。那车夫把帽子押在酒店里了，所以他不戴帽子，却用一块抹布缠着头。另外五个人跟哲学生一起爬进车厢，坐在装满从城里买到的各种货物的麻袋上。

"我想请问，"哲学生说，"要是这辆马车载满某种货物，假定说是盐或者铁轮子，那么需要驾上几匹马才能够拉得动呢？"

"那呀，"坐在驭者台上的哥萨克沉默了一会儿，说，"那可就得驾上许多匹马啦。"

哥萨克做出了这样令人满意的答复之后，就认为有权一路上不发一言了。

哲学生很想探问得更详细些：百人长是个什么样的人，他的性情怎样，关于他的女儿（她这样出人意外地回到家里，濒于死亡，她的经历现在又跟他自己的经历牵扯在一起）有些什么传闻，他们家里是怎样一种情况，发生了一些什么事情？他对他们提出了许多问题；可是哥萨克们大概也都是一些哲学家，因为用来回答这些问题的是：默默无语和躺在麻袋上抽烟斗。其中只有一个人对坐在驭者台上的车夫作了简短的嘱咐："留神，奥威尔科，你这老笨蛋；一走到楚赫拉依洛夫街的酒店前面，别忘了把车子停下来，叫醒我和别的小伙子们，要是碰巧有人睡着了的话。"嘱咐完毕之后，他就鼾声大作地睡去了。不过，这些训令完全是不必要的，因为庞然大物的马车刚刚走近楚赫拉依洛夫街上的酒店，大家就一齐喊起来："停车！"并且，奥威尔科的几匹马已经养成了习惯，自然而然会在每一家酒店前面停下来。尽管是炎热的七月天气，大家都下了马车，走进一间低矮的污迹狼藉的屋子，犹太酒店老板满脸堆着笑，赶上来迎接熟客。犹太人用衣襟遮掩着拿来了一些猪灌肠，往桌上一放，立刻就从这被犹太教经典所排斥的禁果旁边躲了开去。大家围绕桌子坐下。每位客人面前放着一只黏土制的酒杯。哲学生霍马也不得不跟大伙儿一起参加了这场宴会。小俄罗斯人喝醉时一定要互相接吻或者放声哭泣，所以整个茅屋不久就充满了接吻的声音。"喂，斯皮利德，咱们亲一亲吧！""这儿来，陀罗希，我要拥抱你！"

一个比别人都年长的白胡子的哥萨克，用一只手支着腮帮，无限辛酸地号啕大哭起来，诉说他无父无母，只有一个人孤苦伶仃地留在世上。另外一个人是个了不起的议论家，不断地安慰他说："别哭，真的，别哭啊！这有什么办法……上帝知道事情是怎么安排的。"一个名字叫陀罗希的人变得非常好奇起来，往哲学生霍马这边转过身来，不住地问他：

"我想知道，你们神学校里教些什么；跟教会执事在教堂里读的书完全一样，还是另外一种？"

"别问吧！"议论家慢条斯理地说，"随便那边教什么好了。上帝知道应该教什么；上帝知道一切。"

"不，我想知道，"陀罗希说，"那边书上写些什么。也许跟教会执事读的完全不同吧。"

"噢，我的天，我的天！"这位可敬的教诲家说，"你在说些什么呀？上帝的意志这样安排定了。上帝既然安排定了，那就再也无法改变了。"

"我想知道书上所写的一切。我要去进神学校，真的，我要去！你以为我读不成书吗？我要学会一切，一切！"

"噢，我的天，我的天！……"安慰者说，把脑袋垂倒在桌子上，因为已经完全没有力气再把它支持在肩膀上了。

其余的哥萨克谈论着老爷们的事情以及月亮为什么在天空

里发亮的原因。

哲学生霍马看到脑袋往下垂倒的这种情况，就决定要觑准机会溜走了。他首先转向那个思念故世的父母的白发苍苍的哥萨克：

"叔叔，你哭什么，"他说，"我也是个孤儿啊！老乡们，放我走吧！我对于你们有什么用处呢？"

"咱们放他走吧！"有些人应答着，"他是个孤儿哪。他爱上哪儿，就让他上哪儿去吧。"

"噢，我的天，我的天！"安慰者抬起头，说，"把他放掉吧！让他走吧！"

哥萨克们已经打算亲自把他送到荒漠的旷野上去了。可是那个好奇心特别重的人拦住了他们，说：

"别碰他，我想跟他聊聊神学校里的事呢。我也要进神学校……"

不过，这次逃亡是很难成功的，因为当哲学生想从桌子旁边站起来的时候，他的两条腿变得像木棒一样不能动弹，他觉得房间里有这么许多扇门，简直分辨不出哪一扇是真的门了。

直到傍晚，这一伙人才想起应该继续上路了。他们钻进马车，一边驱马前进，哼着词句和意义都未必能懂的歌谣，一边随身横倒了。车子迷失了道路，不断地从本来记得烂熟的路上岔开去，迂回地走了大半夜，最后从陡峭的山岭降落到溪谷里，于是哲学生看到了两旁绵延不绝地点缀着栅栏或者篱笆，夹杂着矮树木，屋顶从树丛背后露出来。这是百人长所辖有的一个大村庄。时间已经是后半夜了；天上一片漆黑，小小的星星在什么地方闪烁着。随便哪一幢农家里都看不见一点灯光。伴随着犬吠声，他们进了院子。两旁可以看到用稻草覆盖着的杂物房和小屋。其中正巧坐落在院子当中，大门对过的一幢，比别的屋子大一些，看来是百人长住的屋子。马车在一幢小小的像杂物房似的屋子前面停下，旅人们就进去睡觉去了。哲学生还想从外面稍微打量一下老爷的府邸，可是不管他怎样干瞪眼，还是什么都瞧不清楚：他没有看见房子，却看到了一只熊；烟囱变成了校长的模样。哲学生只得挥一挥手，睡觉去了。

当哲学生醒来的时候，全家都骚然了：小姐在前一夜死掉了。仆人们慌慌张张地来回奔跑。有些老太婆啼哭着。好奇的群众扒着篱笆缝往老爷的宅子里张望，好像能够看见什么似的。

哲学生空下来就开始打量他在夜晚无法瞧清楚的那些地方。老爷的屋子，是旧时小俄罗斯通常惯于建造的那种低矮的、小小的建筑物。它覆盖着稻草。又小、又尖、又高的山墙嵌着向上翻的眼睛似的小窗户，涂满蓝色、黄色的花纹和红色的月牙。它用橡木柱子顶着，上半截柱子是圆的，下半截是六角形的，上端雕刻着繁复的花纹。在这三角墙前面，有一个小台阶，两边放着几条长凳。屋子两侧都有遮檐，也是用同样的柱子顶着，有些地方柱子是螺旋形的。树梢作金字塔状的、树叶簌簌抖动的高大的梨树，在屋子前面摇曳着绿影。几间谷仓分成两排坐落在院子当中，形成一条通向正屋的广阔的道路。谷仓后面，紧挨大门，两间也是覆盖着稻草的酒窖，遥遥相对而立，形成个三角形。每间酒窖的三角墙上各装有一扇矮门，墙上画着各种图画。一垛墙上画着一个哥萨克坐在酒桶上，把酒杯举过头顶，酒杯上写着几个字：要喝干它。另外一垛墙上画着几只圆酒瓶，在那旁边，为了美观起见，还添了一匹四脚朝天的马，一只烟斗，几面小鼓，也有一行字：酒是哥萨克的消遣。一面鼓和几只铜喇叭，从一间杂物房的顶楼里，通过巨大的采光窗，向外面窥望着。大门口设着两尊炮。一切都表明屋主人是喜欢作乐的，院子里经常腾响着酒宴的欢笑声。门外有两架风磨。屋后是花园，穿过树梢，只能望见隐藏在绿色屋顶丛中的许多熏黑的烟囱帽。整个村庄坐落在广阔平坦的山坳里。北面一带完全被险峻的山岭阻断了，山麓一直展延到这宅子的门口才算尽头。从下面望上去，这座山显得格外险峻，高峰上疏疏落落耸出着枯草的参差不齐的茎秆，在晴朗的天空里投出暗影。它的赤裸的黏土质的外表给人一种忧郁之感。经过雨水冲洗之后，这座山到处布满了许多凹凸的坑洼和沟道。在它的陡峭的山坡上，两处地方耸立着两幢小屋；一棵枝叶茂密的苹果树把枝丫伸展到其中一幢上面，树根上撒着泥土，旁边用一些小小的桩子撑着。被风吹落的苹果一直滚到老爷院子里去。山上有一条道路，迂回曲折地绕过全山，穿过院子旁边，直通到村庄里去。哲学生测量着山岭的险峻的地势，再想起昨夜的旅程，就断定老爷一定饲养着一些聪明过人的马匹，否则哥萨克一定有着十分坚强的头脑，所以在喝得烂醉如泥的时候，不致跟那无与伦比的马车以及箱笼等物一起来个倒插葱，从山顶上倒栽下去。哲学生站在院子的高处，回过头去往相反的方向一望，又看到了另外一种景色。村庄带着斜度，渐次向平原那边展延过去。一望无际的牧场展开在辽远的空间；越远去，鲜艳的青草就越变得暗沉起来，一排排村庄在远处显出一片蓝色，虽然相隔有二十俄里以上。山脉绵延在牧场的右边，德聂泊河像一条隐约可见的带子，在远处明灭闪耀。

"啊，这地方多么好啊！"哲学生说，"我巴不得能在这儿住上一辈子，在德聂泊河和附近一带池塘里摸摸鱼，带着捕兽网和步枪去捕野雁和麻鹬！我想，牧场上鸨鸟也不会少吧。采下来的果子呢，可以晒干了卖到城里去，再不然，顶好用它们来熬酒；因为果子熬的酒，那股味儿是随便什么烈性火酒都比不上的。话可又说回来，顶好还是先来想想怎样从这儿逃出去吧。"

他看到篱笆外面有一条完全被茂密的杂草掩盖起来的小路。他机械地把脚伸到小路上去，起初只是打算散散步，然后往一幢幢小屋中间一溜，飞快地往原野那边跑掉，可是他蓦地感觉到有一只十分坚强有力的手抓住了自己的肩膀。

在他背后，站着昨天曾经悲痛地哀悼过父母的丧亡和自己的孤独的那个老哥萨克。

"哲学生先生，你想逃出农庄是办不到的！"他说，"这儿从来还没有人逃走过呢。再说，这条路对于步行人也是很难通得过的；你还是见老爷去吧。他早就在上房里等着你啦。"

"走吧！有什么办法……我奉陪。"哲学生说，就跟那个哥萨克走回去了。

百人长年纪已经很老了，蓄着白胡子，脸上有着愁云密布的忧愁的表情，他用双手支着脑袋，坐在上房的桌子前面。他约莫五十岁；可是笼罩在他脸上的深深的忧郁和一种苍白憔悴的颜色，却说明他的灵魂忽然在一刹那间破碎了，毁坏了，整个从前的欢乐和热闹的生活永远一去不复返了。当霍马和老哥萨克一起走近来的时候，他放下了一只手，对他们低低的鞠躬微微地点了一下头。

霍马和哥萨克恭恭敬敬地站立在门口。

"你是谁，打哪儿来，什么身份，好小伙子？"百人长既不亲热也不严厉地说。

"从神学校来，哲学生霍马·布鲁特。"

"你的父亲是谁？"

"我不知道，尊贵的老爷。"

"你的母亲呢？"

"我也不知道我的母亲。根据正常的判断，当然，母亲是有的；叮是她是谁，哪儿的人，什么时候活在世上，说实话，恩人，我可不知道。"

百人长不说话，似乎沉思了一会儿。

"你怎么会跟我的女儿认识的？"

"不认识，尊贵的老爷，真的，不认识。我还从来没有跟小姐们打过交道。不去提她们吧，要不然，我可管不住自己，要说出不好听的来了。"

"可她为什么不指定别人，单单指定要你念祈祷文呢？"

哲学生耸耸肩膀：

"这只有上帝才说得明白啦。大家都知道，贵人们设想的事情有时连饱学之士也琢磨不透；俗话说，'贵人一声令，低头谨从命！'"

"你不撒谎吗？哲学生先生？"

"我要是撒谎，让天雷当场把我劈死。"

"只要你再能多活一分钟就好了啊，"百人长悲伤地说，"我就能把一切都探听清楚了。'别叫随便什么人给我念祈祷文，爸爸，你立刻派人到基辅神学校去把寄宿生霍马·布鲁特找来。请他给我罪孽深重的灵魂祷告三个夜晚。他知道……'下面说些什么，我就没有听见了。我那宝贝女儿只说了这几句话就死掉了。你，好小伙子，大概因为你所过的圣洁的生活和适合神意的行为，早已闻名于世了，她也许常常听见人家谈起你。"

"谁？我？"寄宿生说，惊奇得往后倒退了几步，"我过的是圣洁的生活？"他直望着百人长的眼睛说，"上帝保佑您，老爷！您这说的是什么呀！我——虽然说出来是很不体面的——在复活节前的礼拜四，曾经到卖面包的女摊贩那儿去过。"

"噢……不过指定你大概总不会没有原因的。你打今天起就应该开始执行职务了。"

"回您的话……当然,每一个粗通经书的人都能够按照不同的程度……不过,您办这件事应该请一个补祭,至少也应该请一个教会执事。他们是一些聪明有才学的人,知道一切手续应该怎样办理;可是我……再说,我的嗓子也不行,鬼知道我是个什么人物。我一点风度也没有。"

"随便你怎么说好了,我遵奉我女儿的嘱咐,一切在所不惜。你要是从今天起给她好好地念上三个夜晚祈祷文,我会酬劳你;要不然的话,就是魔鬼,我也劝他别来惹我生气。"

百人长把最后的几句话说得这样斩钉截铁,所以哲学生完全明白了它们的意义。

"跟我来!"他说。

他们走进门厅。百人长扌开了通向另外一间房间的门,这间房间正对着刚才的一间。哲学生在门厅里停下擤了一会儿鼻涕,然后怀着一种无端的恐惧跨过门槛去。整个地板上铺着红布。在屋椅角里,圣像下面,一只高高的桌子上停放着死人的尸体,尸体躺在绣金边和带有穗子的蓝天鹅绒的被子上面。缠着白球花的长蜡烛,放在脚畔和头旁边,投射出朦胧的、消失在日光中的光线。死者的脸部被痛苦得无法宽解的父亲挡住了，他坐在她跟前，把背脊朝向房门。下面的一番话把哲学生吓坏了：

"我所痛惜的，我的最亲爱的女儿，不是你在青春的年龄，没有能活到寿命终尽的一天，就弃世长逝，使我遗恨无穷。我所痛惜的是，我的宝贝，我不知道谁是我的残暴的敌人，你致死的原因。如果我知道，只要谁敢侮辱你一下，或者说一句你的坏话，那么，我凭上帝起誓，他要是像我一样老，他就再也看不见自己的孩子；他要是还在壮年，他就再也看不见自己的父亲，母亲，并且连他的尸体也要被抛掷给草原上的禽鸟和猛兽去吞吃。可是使我痛心的是，我的小野金盏花，我的小鹌鹑，我的小宝贝，我将用衣襟揩拭老眼里流出的断断续续的眼泪，毫无乐趣地度过残生，而我的敌人却将寻欢作乐，暗地里嘲笑我这病弱的老人。"

他停住不说了，因为碎心的悲痛使他再也说不下去，眼泪像洪水决堤般流了出来。

哲学生被这无法宽解的愁伤感动了。他咳嗽，发出喑哑的干咳声，想嗽一下喉咙。

百人长回过头来，指点给他死人头旁边，上面放着几本书的读经台前面的一个地方。

"设法对付过三个夜晚再说,"哲学生想道,"这么一来,老爷会给我的两只口袋里装满亮晃晃的金币。"

他走上前去,又咳嗽了几声,不向旁边望一眼,也不想谛视死者的脸,开始念起祈祷文来。极度的寂静笼罩着四周。他觉察到百人长走出去了。他慢慢地扭过头来,想谛视一下死者,接着……

一阵冷战透过了他的全身;他面前躺着一个世上不曾有过的美女。似乎从来还没有一个人的容貌被刻画得这样鲜明而又谐和的美丽。她像活人一样躺着。优美的、像雪、像银子一般柔和的前额,仿佛在思索;纤细齐整的眉毛——阳光明媚的白昼中的黑夜——骄傲地微微扬起在闭着的眼睛上面;箭似的睫毛俯伏在被秘密的欲望燃烧得发红的双颊上;红玉似的嘴唇就要绽出微笑……可是,他在这容貌上也看到了一种咄咄逼人的东西。他感觉到他的灵魂开始有点病态地发痛,好像有人在欢乐的旋风和狂舞的人群中间蓦地唱出一支关于被压迫的人们的歌一样。她的红玉般的嘴唇仿佛使血液沸腾了起来,直往心窝里冲。忽然有一种可怕而熟识的东西浮现在她的脸上。

"妖精!"他用不像是本人的声音叫起来,眼睛斜到一边去,整个脸发白，赶紧不住地念祈祷文。

这就是那个被他杀死的妖精。

太阳落山的时候，人们把死者抬到教堂里去。哲学生用一只肩膀抬着黑色的灵柩，感觉到肩膀上像被冰一般冷的东西压着似的。百人长在头里走，一只手扶着死者睡的棺材的右侧。日久而变成黑色的、被青苔覆蔽着的、有三座圆锥形尖塔的木造教堂，差不多悄然耸立在村庄的边缘上。显然，这教堂里已经许久没有做过礼拜了。几乎在每一幅圣像前面都点燃着蜡烛。人们把棺材停放在正对着祭坛的教堂中央。老百人长又吻了死者一次，俯伏拜过，然后跟抬棺材的人们一同出去，临行前吩咐要好好地款待哲学生，晚饭后再领他到教堂里来。所有抬棺材的人一来到厨房里，都把手放到炉灶上去烘烘，小俄罗斯人看见死人后通常总是要这样做的。

哲学生在这时开始感觉到的饥饿，使他暂时把死者完全忘怀了。不久，所有的仆人都陆陆续续聚集到厨房里来了。百人长宅子里的厨房有点像俱乐部，所有住在这宅子里的人都上这儿来聚会，连摇着尾巴跑到门前来乞讨骨头和剩羹残肴的狗也包括在内。不管奉什么差遣，上哪儿去干点什么事情，一个人总得先上厨房里来跑跑，即使在长凳上歇一会儿，抽几口烟也好。这宅子里所有的单身汉，穿着漂亮的哥萨克长褂，几乎整天都在这儿，躺在长凳上，长凳底下，炉灶上，总之，只要能够找到适宜的躺卧之所的随便什么地方。并且，每一个人总是常常把帽子啦、打狗的鞭子啦或者诸如此类的东西忘记在厨房里。可是，人聚集得更多的是在吃晚饭的时候，把马赶到马圈里去的牧马人，挤牛奶的牧牛人，和那些白天见不到影踪的人，这时候都赶来了。在吃晚饭的时候，连那些最沉默寡言的人也都闲扯起来。这儿通常是什么话都要谈到的：谁添置了一条新裤子，地里藏着些什么，谁瞧见了狼等等。这儿有许多巧于辞令的人，这一类人在小俄罗斯人中间是颇不缺乏的。

哲学生跟别人一起围成一圈，坐在厨房门前的空地上。不久，一个戴红头巾的农妇，双手捧着盛有汤团的热气腾腾的瓦钵，把它放在这群准备吃晚饭的人中间。每人从自己的口袋里摸出一只木头汤匙，没有这东西的人就使用木头签子。一等到嘴张动得慢了些，大伙儿的狼似的饥饿平静了些的时候，许多人就聊起天来。谈话自然而然就转到了死者的身上。

"我不是背地里说她的坏话，"一个年轻的牧羊人说，他在拴烟斗的皮带上挂了这么许多纽扣和铜片，简直像开了一家小杂货铺，"据说小姐跟魔鬼有交情，这是不是真的？"

"谁？小姐？"早就被我们的哲学生熟识了的陀罗希说，"她是一个十足的妖精！我发誓，她是一个妖精！"

"够啦，够啦，陀罗希，"另外一个人说，他一路上是尽过极大的安慰之劳的，"这种事情咱们管不了；随便上帝去处置吧。这种事情没有什么可说的。"

可是，陀罗希完全不打算闭住他的嘴。不多久以前他有什么公事跟管家一块儿到酒窖里去过，他在两三只酒桶上弯了两次腰，因此从那儿出来的时候心情非常欢畅，喋喋不休地说个不停。

"你想怎么着？要我不说话？"他说，"我都被她骑过呢。真的，被她骑过。"

"告诉我，叔叔，"有许多纽扣的年轻的牧羊人说，"能够根据一些特征把妖精认出来吗？"

"不行，"陀罗希答道，"那是你怎么也认不出来的；就算读遍所有的经书，你也认不出来。"

"认得出，认得出，陀罗希。你别这么说，"先前的那个安慰者又插嘴了，"上帝不是平白无故赋予每一种生物一种特殊的本性的。据博学之士说，妖精有一条小尾巴。"

"女人老了，就是妖精。"白头发的哥萨克冷冷地说。

"你们可还要好哩！"正在这时把刚煮好的汤团倒进空钵里去的婆娘接茬儿说，"都是些肥头胖耳的猪。"

真名叫雅甫土赫，绰号叫柯甫通的老哥萨克，看到他的话触痛了老太婆，嘴边就浮起了满足的微笑；同时，牧牛人发出这样低沉的笑声，像两头公牛面对着面，一齐吼叫起来一样。

这场谈话激起了哲学生难以抑制的愿望和好奇心，想详细地探听一下有关百人长死去的女儿的种种事情。因此，他想把谈话引回刚才的题目上去，就对邻座的人说：

"请问，为什么坐在这儿吃晚饭的人都说小姐是妖精呢？难道她曾经祸弄过什么人，或是害死过什么人吗？"

"什么怪事都曾经发生过。"同座者中间一个有一张平滑的像把铲子似的脸的人答道。

"谁不记得管猎狗的米基塔或者那……"

"管猎狗的米基塔怎么样？"哲学生问。

"等一等！我来讲给你听管猎狗的米基塔。"陀罗希说。

"我来讲米基塔，"牧马人回答，"因为他是我的干亲家。"

"我来讲米基塔。"斯皮利德说。

"让他讲，让斯皮利德讲！"大伙儿叫起来。

斯皮利德开始讲了：

"你,哲学生霍马先生,不知道米基塔这个人:哎呀,他是一个多么少有的好人啊。他熟悉每一条狗,像熟悉自己的亲爸爸一样。现在管猎狗的米柯拉,就是从我这边数过去的第三位,连做他的鞋底都不配哩。虽然他也很在行,可是比起米基塔来,那就差远啦。"

"你讲得好,好!"陀罗希赞许地点了点头,说。

斯皮利德继续讲下去:

"他能够一下子就把兔子找到,比你擦掉鼻子上的鼻烟还来得快。他常常吹一下口哨:'喂,强盗①!喂,飞毛腿②!'自己就骑着马飞似也的往前跑去,你简直无法断定谁跑得更快:他赶上狗呢,还是狗赶上他?他能够一口气吞下一公升白酒,不当一回事。真是一个了不起的管猎狗的行家!不过,不久以前,他两眼发直地对小姐身上瞟起来了。不知道他是自己神魂颠倒地爱上她的呢,还是她把他迷成这样的,反正这个人是毁了,把一点丈夫气概断送了个干净;他变成了鬼知道的什么东西。呸!提起来也是怪恶心的。"

"好。"陀罗希说。

---

①② 均系猎狗的名字。

"只要小姐瞧他一眼,缰绳就从他手里松开了。他错把强盗叫成卷毛儿,走道儿跌跌撞撞的,简直不知道干什么好了。有一次小姐到马厩里来,他正在那儿洗马。她说:'米基塔,让我把一只脚放在你身上。'他,这傻瓜,才巴不得消受这份艳福哩;他说:'别说一只脚,就是你整个人骑在我身上,我也愿意呀。'小姐抬起了她的脚,他一瞧见这只赤裸的、滚圆的、白嫩的脚,据说,一股妖气就使他觉得迷迷糊糊起来。他,这傻瓜,弯下腰,双手抓住她的两只赤裸的脚,像一匹马似的沿着整个田野飞跑起来,他们到过些什么地方,他竟一点也说不上来;回来的时候,人已经奄奄一息,从那时候起,他就变得形容枯槁,骨瘦如柴了。有一次人们跑到马厩里去,找不到他的人影,只看见剩下了一堆灰烬和一只空的桶:完全烧毁了;自然而然地烧毁了。这样出色的管猎狗的,你走遍全世界也找不出第二个。"

当斯皮利德讲完他的故事的时候,大家都纷纷谈论起死去的管猎狗的人的品德来。

"你没有听说过谢普契哈吗?"陀罗希转过来对霍马说。

"没有。"

"啊哈,哈,哈!敢情神学校里也没有教给你们什么了不起的学问呀。那么，听我告诉你：咱们村里有一个哥萨克名字叫谢普通。一个好哥萨克！他有时喜欢顺手牵羊拿走点什么，毫无必要地撒几句谎。可是……他是一个好哥萨克。他的家离这儿不远。就在我们这会儿坐下来吃晚饭的工夫，谢普通和他的老婆吃完了晚饭，躺下睡觉了，因为天气好，所以谢普契哈躺在院子里，谢普通躺在屋里长凳上；或者不，谢普契哈躺在屋里长凳上，谢普通躺在院子里……"

"谢普契哈不是躺在长凳上，是躺在地板上。"婆娘站在门口，一只手托着腮帮，接茬儿说。

陀罗希瞪了她一眼，然后低头瞧瞧，然后又瞧瞧她，沉默了一会儿，说：

"别惹我生气，当着大家把你的衬衣剥下来，那时候就叫你出乖露丑了。"

这个警告产生了效果。老太婆闭上了嘴，再也不敢打断他的话头了。

陀罗希继续讲下去：

"在挂在屋子当中的摇篮里，躺着一个周岁的婴儿，不知道是男孩还是女孩。谢普契哈躺着，后来听见有一条狗在外面搔门，叫得人再也不能在屋里待下去。这可把她吓坏了：因为娘儿们都是愚蠢的人，你只要在傍晚时分从门外向她伸伸舌头，她就魂不附体了。不过她想：我还是出去把该死的狗打一顿吧，也许它就停止吠叫了。她拿起火钳子，走出去开门。她刚把门打开了一点，那条狗就一溜烟从她的两条腿中间钻过去，直奔到摇篮那边去了。谢普契哈看见钻过去的已经不是狗，却是小姐。要是小姐像她往日看见的样子，也还罢了；可是情况是这样：她浑身发青，两只眼睛像炭火似的燃烧着。她把婴儿抢过来，咬破他的咽喉，开始吸他的血。谢普契哈只喊得一声：'哎呀，糟啦！'就从屋里跑出去了。可是她在大门道里看见外面的门都锁上了。愚蠢的婆娘跑到阁楼上去，坐着，吓得瑟瑟发抖；后来看见小姐到阁楼上找她来了；小姐往她身上扑过来，开始咬她。第二天早晨，谢普通把老婆从那儿拖出来，已经浑身被咬得稀烂并且发紫了。过了一天，愚蠢的婆娘就死了。妖精往往就是安排这样的圈套来作祟，勾引人的，虽然是名门之女，可是妖精到底是妖精呀。"

讲完这段故事之后，陀罗希洋洋得意地扫视了一下周围，把指头伸进烟斗里去塞烟草。妖精成了永无穷竭的话题。每一个人轮到自己，都要讲上一大堆故事。有一个人看见妖精化作一束干草，一直走到一家人家的大门口；另外一个人被她偷掉了帽子或是烟斗；村里许多姑娘的辫发被她剪掉；还有另外一些人被她喝掉几桶鲜血。

最后，大伙儿醒悟过来，发觉扯得太久了，因为外面已经完全被黑夜笼罩了。大家各自回去睡觉，有的在厨房里，有的在杂物房里，有的在院子当中。

"喂，霍马·布鲁特先生，现在咱们该到死者那边去了。"白头发的哥萨克转过身来对哲学生说，于是全部四个人，包括斯皮利德和陀罗希，用鞭子打着狗，出发往教堂去了，这些狗在街上聚了一大群，恶狠狠地咬他们的手杖。

哲学生虽然喝过一大杯白酒提了提神，可是当他们走近灯火辉煌的教堂的时候，他暗地里却感到越来越胆怯了。他所听到的一些故事和奇怪的经历更加有助于促进他的幻想。篱笆和树木投射的暗影稀疏起来；前后左右变得光秃秃的了。他们最后穿过教堂的倾颓的围墙，走进一个小小的院子，在这院子后面，没有一棵树木，只看得见一片空旷的原野和被夜的黑暗所吞没的牧场。三个哥萨克和霍马·布鲁特一起，顺着陡直的阶梯走上了台阶，然后走进教堂里去。他们把哲学生留下在这儿，祝他能够顺顺当当地执行他的职务，接着，按照老爷的嘱咐，把门倒锁了。

哲学生一个人留下来了。他先打了个哈欠，然后伸了个懒腰，然后把两只手按在嘴上嘘了一口气，最后往四下里打量起来。当中停放着黑色的棺材。几支蜡烛在暗黑的圣像面前朦胧地发着幽光。烛光仅仅照亮了圣壁，并且稍微照亮一点教堂的中部。至于教堂入口处的一些遥远的角落，是被黑暗包围住的。高高的旧式的圣壁已经残旧不堪；它的玲珑透剔的镀金的花纹只有一星半点在闪亮着。金箔在一块地方剥落了，在另外一块地方完全发黑了；圣徒们的黑黝黝的脸显得有些阴沉。哲学生又向四下里打量了一番。

"这有什么，"他说，"我害怕什么？外面的人进不来，对付死人和阴间的厉鬼我有祈祷文，只要一念祈祷文，它们就连手指头也不敢碰我一碰了。不要紧！"他挥了挥手，重复说，"现在来念祈祷文吧。"

他走近唱诗席，看见那儿有几束蜡烛。

"这倒不错，"哲学生想，"应该把整个教堂点亮起来，看来像白天一般。唉！可惜在上帝的殿堂里不能抽烟斗！"

于是他毫不怜惜地动手把蜡烛一支支插在所有的门楣上、读经台上和圣像前面，不久，整个教堂就充满了光亮。只有在高处，黑暗仿佛变得更加浓些，几幅阴沉的圣像从那些有一星半点金箔闪着亮的、旧式的、雕刻的画框里忧郁地向外窥探着。他走到棺材前面，对死者脸上怯生生地望了一眼，他突然一哆嗦，不得不眯细了眼睛。

是这样一种可怕的、耀眼欲眩的美丽啊！

他背过身去，打算走开；可是，由于奇怪的好奇心，由于特别在害怕时不肯放松的一种奇怪的、不由自主的感情，他在临走时还是忍不住对她望了一眼，然后感觉到一阵同样的战栗，又对她望了一眼。这死者的凄艳的美丽实在是可怕的。如果她的容貌稍微丑陋一些，也许倒还不至于引起这样一种令人毛骨悚然的恐怖哩。可是她的容貌上并没有丝毫阴惨的、晦暗的、死气沉沉的东西。她的容貌栩栩如生，并且哲学生觉得她是用闭着的眼睛在望他。他甚至觉得她右边一只眼睛的睫毛下面滚动着一颗眼泪，当它停留在颊上的时候，他就清清楚楚察觉出这是一滴殷红的鲜血。

他急急忙忙走到唱诗席上去，把书打开，为了振作精神起见，开始用最响亮的声音念起来。他的声音震动了长久沉默和聋哑了的教堂的木墙。然而，这低沉的男低音却毫无反响地消失在死一般的寂静中，甚至使念祈祷文的人自己听来也兴起一种异样的感觉。

"害怕什么？"他心里想，"要知道，她是不会从棺材里爬起来的，因为她畏惧上帝的言辞。让她在那儿躺着吧！再说，我要是碰到这么一点小事情就害怕，我还算是个什么哥萨克呢？是呀，多喝了一杯酒，所以我有点疑神疑鬼了。闻点鼻烟吧！哎呀，真是好鼻烟！名贵的鼻烟！上等的鼻烟！"可是，他每翻过一页，总要斜眼瞟一下棺材，一种不由自主的感情仿佛对他嘟哝说："就要站起来啦！就要竖起来啦，就要从棺材里往外望啦！"

可是周围是死样的寂静。棺材静止不动地停放着。蜡烛发出灿烂的光波。夜间灯火通明的教堂里停放着一具死尸，此外一个人影也没有，这番光景真是可怕啊！

他提高嗓子，开始用各种各样的声音念祈祷文，希望把残余的恐惧给扑灭下去。可是，每过一分钟，总要斜过眼睛去瞟一下棺材，好像提出一个不由自主的问题："她要是竖起来，站起来，可怎么办？"

可是棺材一动也不动。没有一点声音，没有一个生物，连墙角落里都没有一只蟋蟀鸣叫……只听见远处一支蜡烛的微弱的爆音或是掉落在地板上的一滴烛泪的轻微的滴答声。

"要是竖起来可怎么办？……"

她微微抬起了一下头……

他慌张地望着，擦了擦眼睛。可是她真的已经不再躺着，而是坐在棺材里了。他把视线移开去，接着又恐惧地把视线移回棺材上。她站起来了……闭着眼睛在教堂里跑，不住地伸直两臂，像要捕捉什么人似的。

她一直向他走过来。他心惊胆战地在自己周围画了个圆圈。他专诚致志地念祈祷文，也念了咒语，这些咒语是一个一生中遇见过许多妖精和魔鬼的修道僧教给他的。

她几乎就站在圆圈的界线上；可是她显然无法跨过界线，她浑身发青，像一个死去多日的人似的。霍马没有勇气对她望一眼。她的模样真是可怕。她的牙齿互相磕碰着，睁开死气沉沉的眼睛。可是她什么也看不见，带着疯狂的神情——这种神情表露在她的颤动的脸上——扑到另外一边去，叉开胳膊，碰到每一根柱子都要抱一下，碰到每一个角落都要搜寻一下，千方百计要捉住霍马。最后她站定了，用手指作着威胁的姿势，躺到棺材里去了。

哲学生惊魂未定，抬起头来对妖精的狭窄住所怯生生地望了一眼。最后棺材突然从它的原先的位置上离开了，嘘的一声，开始绕着教堂满屋子飞舞，在空中横七竖八地窜来窜去。哲学生看见它几乎就在自己的头顶上旋转,可是同时又看到它不能触碰他画的那个圆圈,于是他就加紧念起咒语来。棺材轰然一声落在教堂当中,就此停住不动了。一块青一块紫的死尸又从棺材里爬起来。可是这时传来了远处的鸡啼。死尸往棺材里倒下去,棺材盖砰的一声盖上了。

哲学生的一颗心跳动着,汗珠像雨点似的冒出来;可是,他听到鸡啼,又鼓起了勇气,于是格外迅速地把早就应该念完的经文补念完毕。在晨光熹微的时候,一个教堂差役和这次充当教堂领班的白头发的雅甫土赫来接替他了。

哲学生回到离开很远的宿处,许久都无法入睡,可是疲倦终于战胜了他,他一直睡到了午饭时分。当他醒来的时候,昨晚发生的全部故事,在他看来都恍然如在梦中。为了提提他的精神,人家给了他一公升白酒。在吃午饭的时候,他很快又谈笑自若了,不管人家谈什么,他都要凑上去帮衬几句,他几乎一口气吃掉了一只大乳猪;可是,由于一种连他自己也无法理解的感情,他打定主意绝口不提教堂里发生的事情,对于好奇者的问题他答道:"是呀,什么怪事儿我都经历过啦。"哲学生是这样一种人,一吃饱肚子,就会显露出一种异乎寻常的仁爱之心来。他嘴里叼着烟斗,用异常娇美可爱的眼睛望着所有的人，不住地往旁边吐唾沫。

午饭后，哲学生兴致完全好起来了。他走遍全村，差不多跟所有的人都相熟了；甚至有两家人家把他赶了出来，当他走近一个美貌的姑娘身边，打算动手动脚，摸摸她的衬衣和裙子用什么料子做成的时候，这姑娘结结实实往他脊梁上给了一铲子。可是，时间越近夜晚，哲学生就越变得凝重起来。在晚饭前一个钟头，差不多所有的仆人都聚在一块儿玩"一锅粥"或者"甩木棒"，这是一种九柱戏①，不过不用球，却用长长的棒来代替罢了，得胜的人有权骑在别人的背上。这种游戏在旁观的人看来是非常有趣的，像煎饼那么宽阔的牧牛人，常常爬到孱弱、矮小、像一团皱皮似的牧猪人的背上去。又有一次，牧牛人把背弯下来让人骑，陀罗希一下跳了上去，总是说："好结实的一头牛啊！"坐在厨房门口的是更为庄重一些的人。即使当年轻人听到牧牛人或者斯皮利德说出机智横溢的警句而捧腹大笑的时候，他们也还是抽着短烟斗，神气非常严肃。霍马设法要去参加游戏，结果却还是徒然：一种阴暗的念头，像钉子一样牢牢地钉在他的头脑里。在吃晚饭的时候，尽管他竭力

---

① 九柱戏是一种当时很流行的游戏：立九柱于地上而用球击倒之，击倒者为胜。

要使自己消愁解闷，可是随着黑暗散布在天空，一阵恐怖之感又在他的心里涌起了。

"好啦，咱们到时候了，寄宿生先生！"那个熟识的白头发的哥萨克跟陀罗希一起从座位上站起来，对他说："咱们去干正经事吧。"

人们又是同样地把霍马领到教堂里；又把他一个人留下，锁上了门。等到剩下他一个人的时候，畏怯又开始在他的心里蠢动了。他又看见黑黝黝的圣像，闪闪发光的框子和在咄咄逼人的寂静中一动不动地停放在教堂当中的那具熟识的黑色的棺材。

"这有什么，"他说，"现在这种奇迹在我看来是不足为奇的了。不过第一次显得可怕罢了。是呀！只有第一次才有点可怕，后来就不可怕了；一点也不可怕了。"

他急急忙忙站到唱诗席上，在自己周围画了个圆圈，念了几遍咒语，然后决定不把眼睛从书本上抬起来，也不对随便什么东西望一眼，开始大声地念祈祷文。他已经念了将近一个钟头，开始有些疲乏，咳嗽起来了。他从口袋里摸出一只角形鼻烟匣来，在还没有把鼻烟送到鼻子前面去之前，先怯生生地对棺材望了一眼。他的心凉了半截。

死尸紧挨着圆圈的界线，已经兀自站在他的面前，用一双死气沉沉的发绿的眼睛凝视着他。寄宿生吓得直打哆嗦，一阵冷战很快地透过了他的全身。他把视线俯伏在书本上，更大声地念起祈祷文和咒语来，只听见死尸又在磕碰牙齿，舞动双手，要来捉他。可是，他稍微斜过一只眼睛去一瞧，却看见死尸没有到他站着的地方来捉他，大概是看不见他。她含糊不清地喃喃低语，张动僵死的嘴唇，说出一些可怕的字眼；这些字眼是嘶哑地、呜呜咽咽地说出来的，像树脂沸腾时发出的咻咻声一般。这些字眼是什么意思他说不上来，可是里面总隐藏着一种什么可怕的东西，哲学生懂得她是在念咒语，心里感到栗然。

一念这咒语，教堂里就满屋子刮起了一阵风，只听得一片噪音，仿佛有许多翅膀在飞舞扑击似的。他听见翅膀打着教堂窗户的玻璃和铁格子，爪子抓着铁板，吱吱直响，一股数计不清的妖魔在门上乱撞，想闯进门里来。他的心一直剧烈地跳动着；他眯缝着眼睛，一心一意念着咒语和祈祷文。最后，忽然远远地传来了一阵啼鸣；这是远处的鸡啼。疲惫不堪的哲学生停住不念了，舒了一口气。

进来接替他的人发现他仿佛已经奄奄一息。他背靠在墙上，瞪着眼睛，一动也不动地望着前来招呼他的哥萨克们。人家几乎是架着他出去的,一路上还得搀扶着他。一走进老爷的院子,他抖擞了一下精神,叫人给他拿来一公升白酒。喝完酒之后,他抚抚头顶上的头发,说:

"世上常常有各种各样怪事。可是发生这样骇人听闻的奇迹,——嘿……"说到这儿,哲学生挥了挥手。

围绕他身边的一圈人听到这些话,都低下了头。连一遇到扫除马厩或者挑水时所有仆人都认为有权差遣他的那个瘦小的顽童,都出神地张开了嘴。

这时候,一个年纪还不算很老的婆娘从旁边走过,围裙绷得紧紧的,更衬托出她的浑圆而结实的身材,她是老女厨子的帮手,一个搔首弄姿的风骚女人,她总喜欢找些什么东西来戴在自己的头巾上:一条缎带,一朵丁香,要是找不到别的,那就甚至是一张纸条也行。

"你好,霍马!"她一看见哲学生就说,"啊呀,啊呀!你这是怎么啦?"她双手拍着膝盖,叫起来。

"什么怎么啦,愚蠢的婆娘?"

"唉,我的天!你头发全白啦!"

"噢!她说的是真话!"斯皮利德仔细把他谛视了一番,说,"你真的头发白了,变得跟咱们老雅甫土赫一样了。"

哲学生听了这一番话，急忙赶到厨房里去，他看见那儿有一面撒满苍蝇屎的三角形的镜子碎片挂在墙上，镜子前面插着毋忘侬草，雁来红，甚至还有金盏花做成的花环，说明这面镜子是给浓妆艳抹的风骚女人化妆用的。他心惊胆战地看出了他们的话是符合实情的：他的头发的确一半已经变白了。

霍马·布鲁特垂下头，陷于沉思中了。

"我要去见老爷，"他最后说，"我要把一切都告诉他，声明我不打算再念下去了。让他立刻把我送回基辅去。"

他作着这样的打算，往老爷住的上房走去。

百人长几乎一动也不动地坐在自己的屋子里。上次在他脸上看到的那同样的绝望的悲哀，一直保持到现在。不过他的双颊比先前更加凹陷了。显然，他很少进食，也许甚至一点东西也没有沾过嘴唇。极度的苍白给他增添了一种顽石样静止不动的神气。

"你好，小可怜，"他看见霍马手里拿着帽子站在门口，就对他说，"怎么样？你情况还好吧？一切都顺当吧？"

"顺当是顺当。可是屋子里直闹鬼，简直叫你没法再待下去，只能拿起帽子，撒开腿就往外跑。"

"怎么回事？"

"那是，老爷，您的女儿……照常理判断，她当然是名门闺秀，这是谁都不会怀疑的；不过，您可别见怪，但愿上帝超度她的灵魂……"

"我的女儿怎么样？"

"她叫魔鬼给缠上了。鬼闹得可厉害啦，无论念什么经文，都没有用。"

"念吧，念吧！她不会平白无故请你来的。她，我的宝贝女儿，担心着自己的灵魂，想念念祈祷文，把一切邪念驱除掉。"

"那随您便，老爷；真的，这事我可办不了！"

"念吧，念吧！"百人长还是用同样的谆谆训诫的口气继续说，"现在只剩一个夜晚了。您要是能完成基督徒的任务，我一定要酬谢你。"

"不管多么重的酬报……随便您怎么说，我可不能再念了！"哲学生斩钉截铁地回答。

"听我说，哲学生！"百人长说，他的声音变得坚强而严厉起来，"我不喜欢听你捏造这些无踪无影的话来蒙哄人。你在你们神学校里可以这么做。在我家里可不行。我打起来可不像你们校长。你知道一顿结结实实的皮鞭子是什么滋味吗？"

"怎么不知道呢！"哲学生压低了嗓子说，"大家都知道皮鞭是什么滋味：劈头盖脸打起来，那是受不了的。"

"是呀。不过你还不知道我那些仆人打起人来多么带劲儿哩！"百人长站起来，厉声地说，他的脸上现出专横而凶狠的表情，他的整个暂时被悲伤抑制着的放荡不羁的性格完全暴露出来了，"我这儿的规矩是：先打，然后喷酒，然后再打。去吧，去吧！去执行你的职务吧！你不执行，我打得你死去活来；执行，给你一千块金币！"

"哎呀，碰着一个倔脾气的家伙，"哲学生一边往外走，一边想，"把他惹翻了可不是玩的。等着瞧吧，朋友：我要脚底下抹油，你就是带了狗来追，也追我不上。"

于是霍马拿定主意非逃跑不可了。他一心一意只等待午后的那一刻，所有的仆人都有一种习惯，到了那时候就要钻到杂物房附近的干草里去，张开嘴，呼噜呼噜发出这么大的鼾声，叫人觉得老爷的院子简直变成了一家工厂。这时刻终于来到了。连雅甫土赫也在太阳底下展肢而卧，眯缝着眼睛。哲学生提心吊胆，直打哆嗦，偷偷地走到老爷的花园里去，他觉得打那儿跑到原野上去更方便些，更不容易被人发觉。这个花园一向是荒芜不堪的，对于一切秘密活动很有促进的功效。除了一条因为事务上的需要践踏出来的小径以外，一切其余的地方都被苍郁茂密的樱桃树、接骨木和把带有黏质粉红色球果的高高的茎秆伸到高处的牛蒡掩盖起来了。蛇麻草像网似的遮蔽在所有这些五光十色的树和灌木林的上面，形成一个房顶似的东西，搭在篱笆上，并且跟野生的风轮草一起，像蟠卷的蛇似的从篱笆上挂下来。在构成花园边界的篱笆后面，是一大片杂草，似乎谁都没有兴趣对它望一眼，倘要割伐那些粗硬的茎秆，镰刀也准保会碰得粉碎。

当哲学生想跨过篱笆的时候，他的牙齿震颤作响，心跳得这么厉害，连他自己也吃了一惊。他的宽长衣的前襟似乎是粘在地上了，好像谁用钉子把它钉紧似的。当他跨过篱笆的时候，他觉得有一个震耳欲聋的声音在他耳朵旁边叫道："哪儿去，哪儿去？"哲学生一下子溜进杂草里去，撒开腿就跑，不断地绊跌在老树根上，踩着了田鼠。他认为他只要走出杂草丛，跑过田野，到了那边浓密的荆棘形成黑黝黝一片的地方，就可以安全了，并且按照他的推测，他认为走过了那一带地方，就可以找到一条道路直通基辅。他一口气跑过田野，钻到浓密的荆棘里去了。他从荆棘中间爬过去，好像留下买路钱一样，在每一根尖刺上都留下一块衣服的碎片，接着他就出现在一块小小的凹地上了。一棵柳树的蔓延的枝条在好几处地方几乎垂到了地面上。一道小小的泉水清冽澄净，像银子般闪亮着。哲学生第一件事就是躺一会，喝点水，因为感觉到渴得再也忍受不住。

"好水！"他擦擦嘴，说，"这儿可以歇一会儿。"

"不，还是往前跑吧：追缉的人没准儿会赶上来！"

这几句话就在他耳朵旁边发出。他回头一瞧：站在他前面的是雅甫土赫。

"鬼雅甫土赫！"哲学生生气地想，"我要抓住你，提着两条腿……用橡树桩子把你的丑脸蛋，浑身上下，打个稀烂。"

"你用不着绕这么远的路呀，"雅甫土赫继续说，"顺着我刚才来的路走，那就好得多：那是一直经过马厩的。再说你的衣服多可惜呀。挺好的料子。多少钱一俄尺？不过，咱们逛得够了！该回家啦。"

哲学生搔搔头，跟在雅甫土赫后面一步挨一步地走去。"现在该死的妖精要好好地惩治我啦！"他想，"可是，说实在的，我算是个什么人？我害怕什么？难道我不是哥萨克吗？要知道，我已经念过两个夜晚了，上帝也会保佑我第三个夜晚的。显然，该死的妖精作了这么许多孽，所以恶魔才这样卫护着她。"

当他走进老爷的院子的时候，这些想法盘踞在他的心头。他这么一想，勇气又鼓了起来，就跟那个得到管家照顾有时能进入老爷的酒窖的陀罗希商量商量，设法弄些白酒出来喝喝，接着他们哥儿俩在杂物房旁边坐下来，咕嘟咕嘟一口气几乎喝干了半桶酒，喝得哲学生醉醺醺的，忽然站起来喊道："叫乐师们来！一定叫乐师们来！"并且等不及雇乐师，就跑到院子当中打扫干净的空地上跳起特罗巴克舞来了。他一直跳到太阳偏西才停歇，像遇到这种情况时惯常有的那样，仆人们在他的周围围成了一圈，最后，吐了一口唾沫，走开去，说："这人跳得这么长久！"最后，哲学生就在那地方躺下睡着了，满满的一桶冷水才把他浇醒了去吃晚饭。晚饭时，他讲到哥萨克是一种什么人，他不应该畏惧世上的一切。

"到时候了，"雅甫土赫说，"咱们走吧。"

"火柴扎在你的舌头上，该死的阉猪！"哲学生心里想，一骨碌爬了起来，说："走吧。"

哲学生走在路上，不住地东张西望，跟几个领路人搭讪几句。可是雅甫土赫一声不响；连陀罗希也并不健谈。地狱般漆黑的夜。成群的狼在远处咆哮着。连狗叫也有点可怕。

"好像别的什么东西在吼叫：这不是狼。"陀罗希说。雅甫土赫一声不响。哲学生找不到什么话说。

他们到了教堂跟前，走到倾颓的木头拱门下面去，这些拱门说明屋主人是很少关心上帝和自己的灵魂的。雅甫土赫和陀罗希照旧走开了,剩下了哲学生一个人。一切跟先前一样。一切都仍旧显出一种熟悉的、阴森可怕的光景。他站定了一会儿。教堂当中还是静止不动地停放着可怕的妖精的那口棺材。"我不怕,真的,我不怕!"他说,照旧在自己周围画了个圆圈,开始想起他所知道的全部咒语。寂静是可怕的:蜡烛明灭闪动,照亮着整个教堂。哲学生翻过一页,又翻过一页,后来发觉他念的完全不是书上写的经文。他心惊胆战地画了个十字,唱起赞美诗来。这稍微给了他一点勇气:继续念,书页一张一张地闪过去。忽然……在万籁寂静中……棺材的铁盖噼啪一声裂开了,死人爬了起来。这死人比头一次看见的光景更可怕了。他上上下下的牙齿互相磕碰着,嘴唇痉挛地抖动着,怪声乱叫,念着咒语。教堂里刮起了一阵旋风,圣像跌落在地上,打碎的玻璃窗从上边飞下来。门从铰链上脱落下来,一股数计不清的妖魔闯进了上帝的教堂。翅膀扑击和爪子搔抓的可怕的嘈杂声充满了整个教堂。群魔飞翔着,飘舞着,到处搜索着哲学生。

最后的一点醉意从霍马的头脑里消失了。他只是画着十字,想到什么祈祷文就念什么。同时,他依稀听见一群恶魔在他的身旁东奔西窜,他们的翅膀尖和令人恶心的尾巴差点没有碰到他。他没有勇气去仔细瞧他们一眼，他只看见靠着整整一垛墙站着一个巨大的怪物，埋在他的乱纷纷的头发中间，犹如埋在森林中间一样；眉毛微微向上吊起，透过头发结成的网，两只眼睛可怕地向外张望着。在他头顶的上空，挂着一个巨大的水泡样的东西，从那水泡当中向外伸出着无数钳子和蝎子螯。一簇簇黑土挂在它们上面。大家望着他，寻觅着，却无法看到被神秘的圆圈包围住的他。

"把维找来，把维领到这儿来！"死人的声音轰响着。忽然教堂里变得一片寂静；远处传来狼的咆哮声，不多一会儿，听见一阵沉重的脚步声在教堂里响了起来；他从眼角里往那边一瞟，看见他们领来了一个矮小的、结实的、罗圈腿的人。他全身蒙着黑土。他的沾满泥土的腿和胳膊撑开着，像是多筋络的牢固的根一样。他艰难地走动着，不断地绊跌着。长长的眼皮一直耷拉到地面上。霍马看见他的脸是铁铸的，心里感到栗然。他们架着胳膊把他领来，一直把他领到霍马站着的地方。

"把我的眼皮抬起来：我看不见！"维用一种发白地底的声音说，于是那一大群妖魔都跑过来抬他的眼皮。

"别看！"一个什么内心的声音对哲学生喁喁私语。他忍耐不住，看了。

"那就是他！"维喊道，用铁铸的手指指着他。所有的妖魔大伙儿往哲学生这边扑过来。他气息奄奄地倒在地上，经过这一吓，灵魂从躯壳里飞出去了。传来了鸡啼。这已经是叫第二遍了；叫第一遍的时候，地神们没有听见。惊慌失色的妖魔们看到哪儿有窗和门就往哪儿窜，想赶快逃出去，可是已经来不及了：他们就这样挤塞在门和窗的中间，一直留在那儿了。牧师走进来时，一看到这种亵渎上帝圣殿的光景，就停步不前，不敢再在这地方举行追悼仪式。教堂的门和窗挤塞着妖魔鬼怪，就那么永远留在那儿，教堂周围长满了树木、根须、杂草、野生的荆棘，现在没有人再能找到通往那儿去的道路了。

   *   *   *

当这个消息传到基辅，神学生哈里雅瓦听到哲学生霍马最后遭到这样的命运的时候，他长久地陷于沉思中了。在这一段时期中，他发生了巨大的变化。幸福向他招手微笑：修业完毕后，人家派他当了一座最高的钟楼的撞钟人，他几乎总是把鼻子碰得稀烂，因为通往钟楼的木梯做得太马虎。

"霍马遇到的事情你听说了没有？"这时已经升做哲学生，留起了初生的胡子的季别利·戈罗贝茨，走到他跟前，问道。

"这是上帝给他安排定的呀，"撞钟人哈里雅瓦说，"咱们到酒店里去，凭吊凭吊他的灵魂吧！"

年轻的哲学生立刻就同意了，他近来一阵开始废寝忘餐地利用起自己的权利来了，因此他的灯笼裤、衣服，甚至帽子都带着一股酒精和烟卷的味儿。

"霍马是一个了不起的人！"当瘸腿的酒店老板把第三杯酒放到他面前的时候，撞钟人说，"他是一个高贵的人。可是他白白地毁啦。"

"我知道他为什么会毁掉的：因为他心里害怕。他要是不害怕，妖精对他就一点没有办法。只要画个十字，对她的尾巴啐一口唾沫，那就什么事都不会有了。这一切我早就懂得了。要知道，咱们这儿基辅所有在市场上坐着的女人，都是妖精呀。"

撞钟人对这个意见点头表示了同意。可是，他发觉自己的舌头失灵，说不出一句话来，就谨慎小心地从桌子旁边站起来，身子往两边摇摇晃晃，到杂草堆最远的地方去躲起来了。同时，没有忘记按照老习惯，偷走扔在长凳上的一只旧靴底。

伊万·伊万诺维奇和伊万·尼基福罗维奇吵架的故事

我认为有责任必须预先声明，这篇小说里所描写的事件属于一个非常古老的时代。并且，完全是向壁虚构。现在密尔格拉得已经完全不是这种情况。房屋焕然一新；城内的水洼早已干涸，所有的官员，无论是法官也罢，陪审官也罢，市长也罢，都是可敬而善意的人。

第一章　伊万·伊万诺维奇和 伊万·尼基福罗维奇

伊万·伊万诺维奇有一件顶好的皮袄！一件顶出色的！什么样的皮子啊！呸，该死的，那皮子可真油亮啊！灰蓝色里带银霜！我可以赌随便什么，谁都不会有这样的东西！看在老天爷的分上，你瞧瞧那皮子，特别是当他站着跟谁谈话的时候，你从侧面瞧上一眼：多么迷人啊！简直是笔墨所无法形容的：天鹅绒！银子！火！我的上帝！创造奇迹的尼古拉，圣徒！我为什么没有这样一件皮袄呢！他缝制这件皮袄的时候，阿加斐雅·费陀谢耶夫娜还没有上基辅去呢。你知道阿加斐雅·费陀谢耶夫娜吗？就是那个咬掉陪审官耳朵的女人。

伊万·伊万诺维奇是一个了不起的人！他在密尔格拉得有一幢什么样的房屋啊！房屋四周都是用橡木柱子支起的遮檐，遮檐下到处放着长凳。天太热的时候，伊万·伊万诺维奇脱掉皮袄和贴身衣服，只穿一件衬衫，在遮檐下歇着，眺望院子里和街上发生的事情。在他家的窗下有着什么样的苹果树和梨树啊！只要一打开窗户，树枝就钻进房里来。这都是在他房子前面的；可是，应该再来看看他的花园里有些什么！那儿什么东西没有啊？李子，樱桃，西洋樱，各种蔬菜，向日葵，黄瓜，香瓜，豌豆，甚至还有粮仓和锻铁场。

伊万·伊万诺维奇是一个了不起的人！他很喜欢吃香瓜。这是他嗜爱的食物。一吃完午饭，他穿着一件衬衫走到遮檐下，立刻就吩咐加普卡搬两只香瓜来。他自己动手切瓜，把瓜子包在一张特备的小纸里，开始大嚼。然后叫加普卡把墨水壶拿来，亲自在包瓜子的纸上留字：此瓜食于某日。如果这时候有一个客人同座，就写：与某君同食。

已故的密尔格拉得法官看到伊万·伊万诺维奇的房子，总要欣赏不已。是的，这幢小巧玲珑的房子真不坏。我喜欢它周围添造了许多大大小小的门厅，所以如果从远处望过去，就只看见鳞次栉比的屋顶，像一只盛满油饼的盘子，或者说得更确当些，像长在树上的蕈菌。并且，屋顶全盖满了芦草；一棵柳树，一棵橡树和两棵苹果树枝丫婆娑地掩护着它。树丛中隐约露出附有雕刻细工的刷白的百叶窗的小窗户，甚至这些窗户还爷出到街上来。

伊万·伊万诺维奇是一个了不起的人！连波尔塔瓦的专员都认得他哩！陀罗希·塔拉索维奇·普熙伏奇卡乘车打从霍罗尔来的时候，总要登门造访他一番。还有那位住在柯里贝尔德的司祭长彼得神父，当家里聚有五个客人的时候，总是说，他不知道有谁能像伊万·伊万诺维奇这样履行基督教的责任而又生活得如此称心如意。

老天爷，日子过得多么快啊！自从他鳏居以来，已经有十多年了。他没有孩子。加普卡可有孩子，常常满院乱跑。伊万·伊万诺维奇总是给他们每人一个面包圈，一块香瓜，或者一只梨。在他家里，加普卡携带着储藏室和酒窖的钥匙；寝室里的大箱子和中间的储藏室的钥匙，伊万·伊万诺维奇自己保管着，他是不喜欢放随便什么人上那些地方去的。加普卡是一个身体结实的女仆,穿一条前幅,有着红嫩的腿肚和双颊。

伊万·伊万诺维奇又是一个多么敬神的人!每逢星期天,他总穿上皮袄,上教堂去。走进教堂,伊万·伊万诺维奇向各方面行过礼之后,通常总是在唱诗席上就座,用男低音很动听地伴唱着。祈祷式完毕的时候,伊万·伊万诺维奇无论怎样也熬不住不去巡视一下所有的乞丐。如果不是淳厚的天性驱使他,他也许不会想到去干这样枯燥无味的事的。

"你好,可怜虫!"他找到一个穿着褴褛的打补丁的衣服的残废得不成样子的村妇,通常总是这样说,"你从哪儿来,可怜虫?"

"老爷,我从村子里来。已经三天没有喝,没有吃的了,是我亲生的孩子们把我赶出来的。"

"可怜的老人家,你上这儿来干什么呢?"

"是来乞求布施的呀,老爷,看看有没有人赏我钱买个面包吃。"

"哼!怎么,你想要面包吗?"伊万·伊万诺维奇通常总是这样问。

"怎么不想呢?像野狗似的挨饿呀。"

"哼!"伊万·伊万诺维奇通常总是这样回答,"你大概也想吃肉吧?"

"老爷布施什么,我都要的。"

"哼!难道肉比面包好吃?"

"饿着肚子还挑选什么呢?您赏赐的,什么都好。"说到这儿,老太婆总是伸出了手。

"得啦,去吧,上帝保佑你,"伊万·伊万诺维奇说,"你站在这儿干什么?我又不打你!"接着,又用同样的问话去问第二个,第三个,最后回到家里去,或者路过邻人伊万·尼基福罗维奇家里喝一杯伏特加酒,或者去找法官,或者去找市长。

伊万·伊万诺维奇很喜欢有人送给他礼物或是土产。这是他非常乐意的。

伊万·尼基福罗维奇也是一个极好的人。他的院子紧挨着伊万·伊万诺维奇的院子。他们是一对世上少有的好朋友。那位直到现在还穿着有蓝袖子的棕色大礼服,每逢星期天必在法官家里吃午饭的安东·普罗科菲耶维奇·普波普慈通常总是说,伊万·尼基福罗维奇和伊万·伊万诺维奇是魔鬼用绳子把他们捆在一起的。一个到哪儿,另外一个也跟到哪儿。

伊万·尼基福罗维奇从来没有结过婚。虽然有人说他结过婚,但这完全是撒谎。我很清楚伊万·尼基福罗维奇,我可以说他连结婚的意思都不曾有过。所有这些流言蜚语是从哪儿来的呢？同样，还有人传说伊万·尼基福罗维奇是后面带着一条尾巴生下来的。可是，这种捕风捉影之谈荒谬已极，同时又是卑劣而下流的，我甚至认为用不着在开明的读者面前加以反驳，毫无疑问，读者一定知道，只有妖精，并且还是极少数的妖精，后面才会有尾巴，而妖精总都是女性，却不会是男性的。

尽管他们情谊深厚，可是这两位稀有的好朋友彼此却是很不相似的。最好是通过对照来认识他们的性格：伊万·伊万诺维奇具有说话娓娓动听的非凡的天赋。老天爷，他是多么会说话啊！只有给你梳理头发或是轻轻地搔你的脚后跟的时候，那种通体舒畅的味道才能够跟这种感觉相比。你听着，听着，——头就低垂下去了。舒服！舒服透了！好像洗完澡睡一觉一样。相反，伊万·尼基福罗维奇却是沉默寡言的，可是只要他来上那么一两句，那你就得留神：比快的剃刀还要锋利！伊万·伊万诺维奇瘦瘦的，高个子；伊万·尼基福罗维奇稍微矮些，但却向横里扩展。伊万·伊万诺维奇的脑袋像一只尖端向下的萝卜；伊万·尼基福罗维奇的脑袋像一只尖端向上的萝卜。伊万·伊万诺维奇只有在午饭后穿一件衬衫躺在遮檐下；傍晚就穿上皮袄，上什么地方去遛个弯，或是到他供售面粉的城里那家商店里去，或是到野外去捕鹌鹑。伊万·尼基福罗维奇却整天在台阶上躺着；如果天气不太热，通常总是把背脊向着太阳，什么地方都不想去。如果早上忽然心血来潮，那么，就到院子里走走，料理料理家务，然后又回来歇着。从前，他常到伊万·伊万诺维奇家里去串门。伊万·伊万诺维奇是一个特别精细的人，说话循规蹈矩，从来不带出一个脏字眼，他要是听到了脏字眼立刻就要生气。伊万·尼基福罗维奇有时说话不大留神；那时候伊万·伊万诺维奇通常总是蓦地离座而起，说："够啦，够啦，伊万·尼基福罗维奇；与其说这些背神的脏话，还不如出去晒晒太阳。"如果在甜菜汤里发现了一只苍蝇，伊万·伊万诺维奇是会非常生气的：那时候他就大发雷霆，抓起碟子就扔，叫主人下不了台。伊万·尼基福罗维奇非常喜欢洗澡，当他齐脖子坐在水里的时候，叫人把桌子和茶炊也放在水里，他非常喜欢在这样清凉的环境中喝茶。伊万·伊万诺维奇一星期剃两次胡子；伊万·尼基福罗维奇剃一次。伊万诺维奇的好奇心特别厉害。如果你跟他讲一件什么事情而不把话讲完，那就犯了他的大忌！他要是有什么不满意，立刻就会形于颜色。从伊万·尼基福罗维奇的外貌上可就很难辨别出他是满意还是在生气；他即使心里挺高兴，脸上也不表示出来。伊万·伊万诺维奇具有略带几分拘谨的性格；相反，伊万·尼基福罗维奇却穿着褶襞这样大的灯笼裤，如果把裤子吹鼓起来，可以把整个院子，外带谷仓和房屋，都一起装下去。伊万·伊万诺维奇有一双大大的、富于表情的、暗褐色的眼睛，嘴有点像字母"γ"[①]；伊万·尼基福罗维奇的眼睛是小小的，略带黄色，完全消失在浓密的眉毛和胖鼓鼓的双颊中间，鼻子像一颗熟透的李子。伊万·伊万诺维奇要是向你敬鼻烟，总是先用舌头舔一舔鼻烟匣的盖子，再用手指弹一弹它，然后才给你送过来，如果你跟他是认识的，就说："先生，可以请您赏个脸吗？"如果不认识，就说："虽然没有荣幸知道您的官衔、名字和父名，先生，可以请您赏个脸吗？"伊万·尼基福罗维奇直截了当地把他的角形鼻烟匣递在你的手里，只添上一句："请吧！"伊万·伊万诺维奇和伊万·尼基福罗维奇都非常讨厌跳蚤；因此，不管是伊万·伊万诺维奇或是伊万·尼基福罗维奇，不向贩卖货物的犹太人买些装在各种瓶子里的杀灭这种虫类的药剂，是绝不肯放过他的，虽然事先总要把他大骂一顿，因为他信奉犹太教。

尽管有一些不同，伊万·伊万诺维奇和伊万·尼基福罗维

[①] 这是古俄语字母表中的末一个字母，现已废弃不用，发音类似于英文字母"e"。

奇都是了不起的人。

第二章　从这一章里可以知道，伊万·伊万诺维奇想要什么，伊万·伊万诺维奇和伊万·尼基福罗维奇之间的谈话讲了什么以及谈话怎么结束

一个七月的早晨，伊万·伊万诺维奇在遮檐下躺着。天很热，空气干燥，一阵阵像波浪一样袭来。伊万·伊万诺维奇已经到城外去看过一些割草人和到村子里去过了，已经问过碰到的农夫和农妇们，他们从哪儿来，上哪儿去，干什么去；他走累了，回家来躺下歇一歇。他一边躺着，一边长久地望着贮藏室、院子、杂物房、在院子里跑来跑去的公鸡，心里想："主啊，我的上帝，我是一个多么富裕的主人啊！什么东西我没有呢？家禽、房屋、谷仓、一切我所嗜好的东西、蒸馏过的醇酒；花园里有梨、李子；菜园里有罂粟、白菜、豌豆……我还缺什么？……我倒想知道知道，我还缺少什么呢？"

伊万·伊万诺维奇给自己提出了这样一个意味深长的问题之后，沉思了起来；同时，他的眼睛搜寻着新的目标，越过栅栏，

望到伊万·尼基福罗维奇的院子里去，不由自主地就被一种奇异的景象吸引住了。一个瘦瘦的婆子把久藏发霉的衣服一件件拿出来，晾在一根横穿过去的绳子上吹吹风。不久，一件袖口已经磨破的旧制服在空中撑出了它的两只袖子，抱住了一件织锦缎的女袄，紧跟在后面出现的是一件缝有纹章纽扣的、领子被虫蛀坏的朝服，还有一条染有斑点的白色毛织裤子，这东西曾经套上过伊万·尼基福罗维奇的腿，现在却连他的一只脚趾头也套不进去了。紧跟着，不久又挂出了别的一些作字母"Л"①状的东西②。然后是一件蓝色哥萨克棉袄，那是伊万·尼基福罗维奇在二十年前他准备参加民警、要想留须的时候，给自己缝制的。一样一样挂出来，最后出现了一把剑，活像是一座耸立在空中的尖塔。然后，一件草绿色的、缝有五戈比铜币大小的铜扣子的类似农民长褂一类衣服的后襟随风飘荡起来。在那件衣服的后襟下面，露出了一件镶金花边的、领圈放得很大的背心。故世的祖母的一条旧裙子不久又把背心遮住了，这条裙上的几只口袋都可以装下一只西瓜。这一切混杂在一起，给伊万·伊万诺维奇构成了一片非常有趣的景象，这当口，阳光斑

---

① 发音类似英文字母"l"。——编者注
② 意指裤子。

驳地投射在蓝色或者绿色的袖子上、红色的翻袖上，或者金色的织锦缎的一部分上，或是在尖塔形状的剑锋上闪耀，使它显得变幻莫测，像是走江湖的流浪汉带着走遍各个村子的傀儡戏箱一样。特别令人想起那种光景：许多人紧紧地挤在一堆，来看戴金冠的希律王或者牵羊的安东；在傀儡戏箱的后面，提琴咿唔发响；一个茨冈人代替打鼓，用两只手打着嘴唇；太阳落山了，南方之夜飒爽的薄寒更有力地贴紧了丰满的村妇们鲜艳的双肩和胸脯。

老太婆不久从贮藏室里走出来，呼哧呼哧地把一副古老的马鞍，连同破烂的马镫、磨破的皮手枪套、曾经是红色的绣金而且镶铜片的鞍褥，一起拖了出来。

"瞧这个蠢婆子！"伊万·伊万诺维奇想道，"她还要把伊万·尼基福罗维奇也拖出来吹吹风呢！"

果然，伊万·伊万诺维奇没有完全猜错。过了五分钟，伊万·尼基福罗维奇的一条土布灯笼裤挂了起来，占据了几乎半个院子。这以后，她又拿出来一顶帽子和一支步枪。

"这是怎么回事？"伊万·伊万诺维奇想道，"我可从来没有看见伊万·尼基福罗维奇有过步枪呀。他这算是什么？放又不会放，枪倒藏着一支！枪对于他有什么用呢？家伙倒是挺好的！我早就想给自己弄到这样的一支了。我很想得到这支枪；我喜欢玩枪。"

"喂，婆子，婆子！"伊万·伊万诺维奇招着手，喊。

老太婆走到栅栏前面。

"老婆婆，你那是拿的什么呀？"

"您看见的，一支枪。"

"什么样的枪？"

"谁知道它是什么样的！要是我的枪，那我也许会知道它是用什么东西做成的。可它是老爷的呀。"

伊万·伊万诺维奇站了起来，开始从四面八方打量这支步枪，却忘记斥责老太婆不应该把它和剑一起挂出来吹风了。

"我想它该是铁打的吧。"老太婆继续说。

"哼！铁打的。它为什么是铁打的？"伊万·伊万诺维奇自言自语道，"它在老爷家里有许多日子了吗？"

"恐怕有许久了。"

"家伙真漂亮！"伊万·伊万诺维奇继续说，"我要去求他让给我。他留着它有什么用处呢！或者我用什么东西跟他调换也成。怎么样，老婆婆，老爷在家吗？"

"在家。"

"他在干什么？躺着？"

"躺着。"

"那好吧；我去看他。"

伊万·伊万诺维奇穿上衣服，把多枝节的打狗棒拿在手里，就往外走去，因为在密尔格拉得的街上可以遇到的狗比人多得多。

伊万·尼基福罗维奇的院子虽然紧挨在伊万·伊万诺维奇的院子旁边，本来是可以越过栅栏从这一边跨到那一边去的，可是伊万·伊万诺维奇却还是从街上走。从这条街必须暨入一条胡同，这条胡同是这样狭窄，如果正赶上两辆单马货车在这儿相遇，那么，它们就不能交错开过去，都得停留在那种状态里，直等到扳住后轮，把它们朝相反的方向推到大街上为止。步行人就得靠边走，像生长在两边围墙下的花朵、牛蒡一样。面向着这条胡同，一边是伊万·伊万诺维奇的杂物房，另外一边是伊万·尼基福罗维奇的谷仓、大门和鸽棚。

伊万·伊万诺维奇走到大门前面，摇了摇门闩：里面掀起了一片犬吠声；可是，一群毛色不同的狗看到这是一个熟客，立刻摇着尾巴跑回去了。伊万·伊万诺维奇穿过院子走过去，那儿五光十色地展呈着：伊万·尼基福罗维奇亲手喂养的印度种鸽子、西瓜和香瓜的皮、蔬菜、毁坏的车轮、桶箍、一个穿着肮脏衬衫在地上打滚的顽童——这是一幅画家所喜爱的图画！挂着的衣服的阴影几乎遮蔽了整个院子，给他带来一阵阴凉。那婆子迎上来向他施礼，打了个哈欠，就老站在一个地方不动了。房子前面突出着小台阶，上面搭着用两根橡木柱子支起的遮檐，这是一种可靠的防御太阳的设备，在这种时候小俄罗斯的太阳可不是闹着玩的，它用热汗把行人从头到脚冲洗着。从这上面可以看出，伊万·伊万诺维奇想获得那件必要的物件的欲望是多么强烈，他竟决定在这种时候出门，甚至把他平时只在黄昏时分出外溜达的惯例也改变了。

伊万·伊万诺维奇走进去的那间房间十分黑暗，因为板窗都关着，阳光穿过板窗上挖的洞眼，现出虹彩般的颜色，射在对面墙上，画成一幅由茅草屋顶、树木和挂在院子里的衣服所组成的杂色斑驳的风景画，不过一切都颠倒着罢了。因此，整个房间里笼罩着一种奇妙的微光。

"上帝保佑您！"伊万·伊万诺维奇说。

"啊！您好，伊万·伊万诺维奇！"一个声音从屋犄角里回答。这时候伊万·伊万诺维奇才看到伊万·尼基福罗维奇躺在一张铺在地板上的毯子上。"请原谅，我在您面前赤身露体。"

伊万·尼基福罗维奇躺着,什么也没有穿,甚至连一件衬衫也没有穿。

"不要紧,您今天睡过午觉没有,伊万·尼基福罗维奇?"

"睡过了。您也睡过了吗,伊万·伊万诺维奇?"

"睡过了。"

"那么,您这会儿刚起来?"

"我这会儿刚起来?基督保佑您,伊万·尼基福罗维奇!怎么能够睡到这么晚呢?我是坐车刚从村子里回来。一路上麦子长得真美呀!才叫饱满呢!干草长得又高,又柔软,又茂盛!"

"高尔皮娜!"伊万·尼基福罗维奇喊道,"给伊万·伊万诺维奇拿伏特加酒来,还有涂酸奶油的馅饼。"

"今天天气可真好。"

"别夸赞吧,伊万·伊万诺维奇。见它的鬼!热得简直没处躲啦。"

"瞧,您就这么喜欢提到鬼。喂,伊万·尼基福罗维奇!等到您想起我的劝告,那就已经太晚了:您尽说这些背神的话,到阴间去会受罚的。"

"我怎么得罪您了,伊万·伊万诺维奇?我没有触犯您的父亲，也没有触犯您的母亲。我不知道我怎么得罪您了。"

"够了，够了，伊万·尼基福罗维奇！"

"真的，我没有得罪您，伊万·伊万诺维奇！"

"奇怪，怎么吹了一阵芦笛，鹌鹑还不飞来呢？"

"随便您怎么想好了，反正我没有得罪您。"

"不知道鹌鹑为什么还不飞来，"伊万·伊万诺维奇说，好像没有听见伊万·尼基福罗维奇说话似的，"恐怕季节还没有到吧？不过，季节好像是到了呀。"

"您说麦子长得挺好。"

"麦子饱满极了，饱满极了！"

接着是一片沉默。

"伊万·尼基福罗维奇，您干吗把衣服挂出来呀？"伊万·伊万诺维奇终于说了。

"该死的婆子把漂亮的、几乎全新的衣服都给弄得发霉了。现在挂出来吹吹风，呢子又细致又漂亮，只要翻个面，就又可以穿了。"

"我在那儿看中了一件东西，伊万·尼基福罗维奇。"

"什么东西？"

"请告诉我，您跟衣服一块拿出来吹风的那支步枪，您要它有什么用呢？"说时，伊万·伊万诺维奇把鼻烟递过来，"可以请您赏个脸吗？"

"别客气，请吧！我闻我自己的！"说着，伊万·尼基福罗维奇在身边一阵乱摸，摸出了一只角形鼻烟盒，"这蠢婆子，她把步枪也挂出去啦！这上好的鼻烟是索罗庆采的犹太人做的。我不知道他把什么作料加进去了，喷喷香！有点像苦艾。您拿去，放一点在嘴里嚼嚼。是不是像苦艾？拿去，请用呀！"

"请告诉我，伊万·尼基福罗维奇，我还是要讲到那支步枪，您要它干吗？它对您没有用处。"

"怎么没有用处？碰巧我要出外打打猎。"

"算了吧，伊万·尼基福罗维奇，您多咱才会去打猎呢？除非要等来世了。据我知道，别人也都记得，您连一只鸭子都还没有打死过，老天爷就没有把您造成爱好打猎的天性。您有庄重的姿势和体态。您怎么能够在沼泽地里乱跑呢？现在您就已经肉痛得不得了，把那些说出口来很不好听的衣服拿到外面来晾着，到了那时候您还疼得过来吗？不，您需要的是安静，休息。（前面交代过，当须要开导什么人的时候，伊万·伊万诺维奇说起话来非常动听。他是多么能说会道呀！老天爷，他是多么能说会道呀！）是的，您应该老成持重。听我说，您把它给了我吧！"

"这怎么行！这是一支贵重的步枪。这样好的步枪您现在哪儿找去？这还是我准备当民警的时候向一个土耳其人买来的呢。现在却要把它随便送人！怎么行？这是一件必不可少的东西。"

"为什么是必不可少的东西？"

"什么为什么？要是强盗闯进屋里来呢……还能说不是必不可少的吗？谢谢上帝！这下子我可安心了，再也不害怕什么人了。为什么？因为我知道我的储藏室里有一支步枪。"

"真是一支好枪！可是，伊万·尼基福罗维奇，枪机坏了。"

"枪机坏了又算得了什么？可以修理好的。抹上点大麻籽油，让它不生锈就成了。"

"从您说的话里面，伊万·尼基福罗维奇，我无论如何也看不出您对我有什么友爱的情意。您一点也不想对我作些友谊的表示。"

"您说什么？伊万·伊万诺维奇，怎么说我对您不表示任何一点友谊呢？您真不害臊！您的牛群在我的草原上吃草，我可一次也没有干涉过。您上波尔塔瓦去的时候，总要借用我的车子，可是怎么样？难道我拒绝过吗？您的孩子们翻过篱笆，爬到我的院子里来，跟我的狗玩，我一句话也没有说，让他们玩好了，只要不碰东西就成！让他们玩好了！"

"既然不肯送，咱们就用东西来交换吧。"

"您拿什么东西换它？"这时候，伊万·尼基福罗维奇用手托着下巴颏，望着伊万·伊万诺维奇。

"我给您一头棕色猪换它，就是我在猪圈里喂大的那一头。一头顶好的猪！您瞧，它明年不给您生一窝小猪出来才怪呢。"

"我不知道您，伊万·伊万诺维奇，怎么可以这样说。您的猪对我有什么用？除非是拿来供鬼。"

"又来啦！您不提鬼就不过瘾！罪过，真是罪过啊，伊万·尼基福罗维奇！"

"说真格的，伊万·伊万诺维奇，您怎么能用鬼知道的什么东西，猪，来换一支枪呢？"

"为什么它是鬼知道的什么东西，伊万·尼基福罗维奇？"

"这有什么不好懂的？您自己看得很清楚。这到底是一支枪，一件名物；可是您那方面，却拿鬼知道的什么东西来换：一头猪。要是说话的不是您，我会把这当作对我的莫大的污辱。"

"您觉得猪有什么不好呢？"

"真是的，您把我当成什么人了？叫我把一头猪……"

"坐下，坐下！我再也不……让您留着您的枪好了，让它搁在贮藏室的角落里，烂掉，锈掉，——我不再提它了。"

接着是一片沉默。

"我听人说，"伊万·伊万诺维奇又说开了，"三个国王向咱们沙皇宣战了。"

"是呀，彼得·费多罗维奇告诉过我；这是什么战争？为的是什么？"

"我可不能确切地向您说明，伊万·尼基福罗维奇，这是一场什么战争。我猜想那些国王是要我们大伙儿接受土耳其的信仰。"

"这些坏蛋，他们没有存着好心眼儿啊！"伊万·尼基福罗维奇稍微抬了抬头，说。

"所以您瞧，咱们沙皇为了这件事才对他们宣战的呀。他说，不，你们自己接受基督的信仰吧！"

"怎么？我们打得赢他们吧，伊万·伊万诺维奇？"

"打得赢。那么，伊万·尼基福罗维奇，您不想交换那支步枪吗？"

"我很奇怪，伊万·伊万诺维奇，您似乎是一个饱学之士，可是说起话来倒像个孩子。简直把我当傻瓜……"

"坐下,坐下。随它去吧!让它自己坏掉;我再也不提它!"

这时候,点心端上来了。

伊万·伊万诺维奇喝了一杯酒,吃了一块涂酸奶油的馅饼。

"听着,伊万·尼基福罗维奇。除了猪,我再给您两袋燕麦,您原是不种燕麦的。反正一样,今年您总得买一点燕麦。"

"真是的,伊万·伊万诺维奇,得吃饱了豆子才能有精神跟您说话呢。(这还不算什么,伊万·尼基福罗维奇还不止说这些话哩。)哪儿见过有人把一支枪换两袋燕麦的?恐怕您还要添上您那件皮袄。"

"可是您忘了,伊万·尼基福罗维奇,我还给您一头猪呢。"

"什么!两袋燕麦和一头猪换一支步枪?"

"怎么,还嫌少吗?"

"换一支步枪?"

"当然是换一支步枪。"

"两口袋换一支枪?"

"两口袋可不是空的,里面装着燕麦;并且,您把猪忘了吗?"

"跟您的猪去亲嘴吧,要是您不愿意,那就跟鬼去亲嘴!"

"噢!您简直是惹不起的!您瞧吧:尽说这些亵渎上帝的

话，死后到了阴间，会用烧红的尖针刺您的舌头的。跟您谈过话之后，必须焚香沐浴，才能赶掉这阵臭气。"

"对不起，伊万·伊万诺维奇；步枪是一件高贵的东西，最有趣的玩物，并且是房间里赏心悦目的装饰品……"

"您，伊万·尼基福罗维奇，您看待您的步枪，就跟傻子守着锦袋①一样。"伊万·伊万诺维奇愤愤地说，因为他实在忍不住生起气来了。

"可是您，伊万·伊万诺维奇，是一只真正的公鹅。"

伊万·尼基福罗维奇要是不说这句话，那么，他们争执了一番，就会像往常一样，和好如初地散场；可是，现在情况完全不同了。伊万·伊万诺维奇简直是恼火了。

"您说什么来着，伊万·尼基福罗维奇？"他提高了声音问道。

"我说您像只公鹅，伊万·伊万诺维奇！"

"您，先生，怎么忘掉了礼貌和对于一个人的官衔和姓氏的尊敬，胆敢用这样下流的名字来侮辱我？"

"这有什么下流呢？说真格的，您干吗这样挥动着胳膊，

---

① 这是一句俗谚，意谓傻子把锦袋当作宝贝，而锦袋其实是一无用处的废物。

伊万·伊万诺维奇!"

"我再说一遍,您怎么敢违背一切礼法,管我叫公鹅?"

"我才不在乎您哪,伊万·伊万诺维奇!您干吗这么鬼哭神嚎地乱嚷嚷?"

伊万·伊万诺维奇再也管不住自己了:他的嘴唇颤动着,嘴改了平时字母"γ"的形状,却变得像字母"O"了;他不住地挤动眼睛,那副模样简直可怕。这种情况在伊万·伊万诺维奇是非常少有的。只有把他惹急了,生了天大的气,才会这样。

"那么实话告诉您,"伊万·伊万诺维奇说,"我不再认您做朋友了。"

"多大的不幸!真的,我不会为这件事掉眼泪的!"伊万·尼基福罗维奇答道。

撒谎,撒谎,真是撒谎呀!其实,这件事使他非常懊丧。

"我再也不跨进您的大门。"

"嘿,嘿!"伊万·尼基福罗维奇说,气得都不知道怎么办好了,一反平时的习惯,站了起来,"喂,婆子,小厮!"随着叫唤声,门口出现了那个瘦瘦的婆子和一个身材矮小的裹在一件又宽又大的礼服里的孩子,"架起伊万·伊万诺维奇的胳膊,把他轰出去!"

"什么！轰一位贵族？"伊万·伊万诺维奇带着威严和愤怒的感觉喊道，"只要你们敢！来呀！我要把你们和你们愚蠢的老爷一起消灭！连乌鸦也找不到你们暴尸的地方！"（当灵魂受到震动时，伊万·伊万诺维奇说话是特别气势汹汹的。）

这一群人构成了一幅鲜明的图画：伊万·尼基福罗维奇裸露着父母遗留的天体，毫无装饰地站在房间中央！婆子张着嘴，脸上显出麻木不仁的充满着恐惧的表情！伊万·伊万诺维奇举起一只手，活像是罗马的护民官！这是千载难逢的一瞬间！精彩绝伦的一幕戏！然而，观众只有一个：就是那个安静地站在一旁，用手指挖鼻子的穿着大而无当的礼服的孩子。

最后，伊万·伊万诺维奇拿起了自己的帽子。

"您对待我好呀，伊万·尼基福罗维奇！好极了！我终有一天要报复您。"

"走吧，伊万·伊万诺维奇，走吧！小心别碰在我手里，我要把您，伊万·伊万诺维奇，打得个满脸开花！"

"给您瞧这个，伊万·尼基福罗维奇！"伊万·伊万诺维奇答道，把大拇指插在食指和中指的中间①，扬了一扬拳头，

---

① 俄俗，表示侮辱对方。

砰的一声把门关上，随即那门吱啦一声，重又弹开了。

伊万·尼基福罗维奇走到门口，想找补几句，可是伊万·伊万诺维奇已经头也不回，跑出院子去了。

第三章　伊万·伊万诺维奇和伊万·尼基福罗维奇吵架后发生了些什么事情？

这样，两个可尊敬的汉子，密尔格拉得的荣誉和装饰，彼此吵起架来了！为了什么？为了一点无谓的小事，为了公鹅。他们发誓不再见面，断绝了一切关系，可是大家知道，他们过去却是须臾不可分离的好朋友！往常，伊万·伊万诺维奇和伊万·尼基福罗维奇每天总要差人互相问好，常常在露台上彼此聊天，讲得这样高兴，叫人听了会心花怒放。往常每逢星期天，伊万·伊万诺维奇穿着绸面子的皮袄，伊万·尼基福罗维奇穿着棕黄色的棉布宽上衣，几乎总是手挽手一同上教堂里去。如果眼睛非常锐敏的伊万·伊万诺维奇首先发现当街有一个水洼或者别的什么脏东西（这在密尔格拉得是常有的），那么，他总要对伊万·尼基福罗维奇说："您留神，别踩着了，这儿不好走。"至于伊万·尼基福罗维奇那方面呢，也作出令人感动的友好的表示，不管站得多么远，总要把一只拿着角形鼻烟盒的手伸到伊万·伊万诺维奇面前，再找补上一句："请吧！"再说，他们俩各有一份多么好的产业啊！……可是这两个好朋友……当我听到这消息的时候，好像一个闷雷打在我头上！我很久都不能相信自己的耳朵：公正的上帝啊！伊万·伊万诺维奇跟伊万·尼基福罗维奇吵架了！这样两个体面人物！现在这世上还有什么靠得住的东西呢？

伊万·伊万诺维奇回到家里，许久还是处在强烈的激动中。往常，他先要到马厩里去瞧瞧，那匹骒马（伊万·伊万诺维奇有一匹脑门上有一块小白斑的淡黄色的骒马。这是一匹很好的马）是不是在吃草；其次，伸出手去给母火鸡和小猪喂食；然后才走进屋里去，或者做木器（他的手很灵巧，会用木头制作各种器皿，不比旋工差），或者念一本刘比、迦里和鲍波夫出版的书（伊万·伊万诺维奇不记得书名，因为女仆早就把标题页的上面半张撕掉去哄孩子了），再不然就是在遮檐下休息。现在，他可没有兴致去做这些习以为常的课业中的任何一件。和往常不同，他一见加普卡就骂起街来，怪她为什么尽晃悠，不干活儿，虽然事实上她正把谷粒搬到厨房里去；一只公鸡走到台阶前面来乞讨照例的施舍，他把手杖扔过去打它；当一个穿破衬衫的肮脏的顽童跑到他跟前，喊道"爸爸，爸爸，给个姜饼"的时候，他这样凶狠狠地对孩子瞪眼，跺脚，吓得孩子一溜烟不知跑到哪儿去了。

不过，最后，他想开了，开始忙他的日常事务。他很迟才吃饭，直到几乎傍晚才去遮檐下面躺下休息。加普卡煮的鲜美可口的鸽子甜菜汤把早晨的一场闲气完全驱散了。伊万·伊万诺维奇又开始心满意足地料理他的家务。他终于把眼睛落到隔壁的院子里，自言自语道："今天我还没有上伊万·尼基福罗维奇家去过呢。我这会儿找他去。"说完这句话，伊万·伊万诺维奇拿起手杖和帽子，走到街上去，可是刚一跨出大门，忽然想起争吵的事，啐了一口唾沫，转身就往回走。在隔壁伊万·尼基福罗维奇的院子里，几乎也发生了同样的事情。伊万·伊万诺维奇看到婆子已经把脚跨到篱笆上，打算爬到他的院子里来了，忽然听见伊万·尼基福罗维奇大喝一声："回来！回来！不用去！"这一来，伊万·伊万诺维奇心里觉得非常寂寞了。这一对体面人物很可能第二天就和好如初，如果伊万·尼基福罗维奇家里发生的一件特别事故不把一切希望扑灭，给快要熄灭的仇恨之火添油的话。

当天晚上，阿加斐雅·费陀谢耶夫娜到伊万·尼基福罗维奇家里来了。阿加斐雅·费陀谢耶夫娜不是伊万·尼基福罗维奇的亲戚，也不是他的小姨，更不是他的干亲家。她似乎根本没有理由到他家里来，再说，他本人也不太欢迎她；可是，她来了，一住就是好几个星期，有时住的日子还要长些。来了之后，她把钥匙拿着，把整个的家抓在自己手里。这使伊万·尼基福罗维奇很不乐意，不过，说也奇怪，他却像小孩一样听从她的话，虽然有时也想争辩几句，但总是阿加斐雅·费陀谢耶夫娜占上风的。

必须承认，我不知道天下的事情为什么安排成这样：女人总是能够这样巧妙地抓住我们的鼻子，像捏着茶壶柄一样？若不是她们的手是为此而创造的，那就准是我们的鼻子除此以外一无用处。尽管伊万·尼基福罗维奇的鼻子有点像李子，她还是抓住他的这个鼻子，叫他像条狗似的跟在她后边跑。在她面前，他甚至不得不改变了他平时的生活方式：在太阳底下躺得不是那么长久了，即使躺着，也不赤身裸体，却总是穿着衬衫和长裤，虽然阿加斐雅·费陀谢耶夫娜压根儿没有要求过他这样做。她不拘泥礼节，当伊万·尼基福罗维奇发疟疾的时候，她曾经亲手用松节油和醋给他从头到脚擦过。阿加斐雅·费陀谢耶夫娜头戴一顶软帽，鼻上有三颗痣，身穿一件咖啡色洒黄花的室内服。她的整个身体像一只桶,所以要看出她的腰肢是难上加难的,正像不用镜子,却要看见自己的鼻子一样。她的两条腿短短的,是按照两只枕头的式样造成的。她喜欢搬弄是非,每天早晨吃煮熟的甜菜根,骂街是她的拿手好戏,——在干这些形形色色的事情的时候,她脸上一刹那也不改变那种通常只有女人才会流露出来的表情。

她一来到,一切事情都颠倒了。

"你,伊万·尼基福罗维奇,别跟他和解,别去道歉:他想毁掉你,他就是这样的一种人!你还没有认识他呢。"

该死的女人不住地唠叨、唠叨,说到后来,伊万·尼基福罗维奇连听都不愿意听见提起伊万·伊万诺维奇了。

情况完全改变了:如果邻家的狗钻到这边院子里来,那么,人们抓到随便什么东西,就顺手给它一顿好打;爬过围墙来的孩子们,回去总是号啕大哭,衬衫向上翻起,脊梁上露出鞭打的伤痕。连那婆子,当伊万·伊万诺维奇想问她什么事情的时候,也显出那样无礼的态度,使伊万·伊万诺维奇,一个非常文雅的人,只得啐一口唾沫,找补上一句:"这个坏娘儿们!比她的老爷更坏!"

最后,这一切凌辱发挥到极致,仇深如海的邻居,笔直地对准他的屋子,在平时爬篱笆的地方,造了一个鹅棚,好像故意要加深凌辱似的。这个被伊万·伊万诺维奇衔恨入骨的鹅棚,以神出鬼没的速度,只一天工夫就造成了。

这件事在伊万·伊万诺维奇的心里唤起了恶念和报复的愿望。尽管鹅棚甚至占据了他一部分的土地,他可一点也没有露出愁闷的样子;可是,他的一颗心跳动得这样厉害,使他很难保持这外表的平静。

他这样地挨过了一天。夜晚降临了……噢,如果我是一个画家,我会把夜的全部魅力美妙地描画出来!我会描画整个密尔格拉得沉入睡乡;无数星星不动地眺望着它;普遍的静默被远近的犬吠所打破;一个热恋着的教堂下级职员躲过了野狗,以骑士的无畏精神翻过篱笆去;房屋的白墙被月光照亮着,越显得白,浓荫摇曳的树木越显得阴暗,树影落在地上,越显得黑,花和沉静的草越显得芬香扑鼻,蟋蟀,这些骚扰不停的夜的骑士,从各处角落里一齐发出爆裂般的歌声。我会描画在一间低矮的土屋里,一个浓眉毛的姑娘,年轻的胸脯起伏着,辗转在孤单的床上,梦见骠骑兵的胡子和马刺,这时候月光在她的双颊上微笑着。我会描画蹲在房屋的白烟囱上的蝙蝠的黑影在白色的大道上闪动……可是,我未必能把这一天晚上手持锯子出门的伊万·伊万诺维奇描画出来。他的脸上刻画着多少不同的表情啊！他悄悄地、悄悄地潜行着，爬到鹅棚底下去。伊万·尼基福罗维奇的狗还一点也不知道他们吵了架，所以把他当作老朋友，让他走近那个用四根橡木桩支着的鹅棚；他爬到离得最近的一根木桩旁边，把锯子贴近它，开始锯起来。锯子发出的声音使他时时刻刻掉头回顾；可是一想到侮辱，勇气就又恢复了。第一根木桩锯断了；伊万·伊万诺维奇又动手锯第二根。他的眼睛燃烧着，由于恐惧，什么都看不见了。伊万·伊万诺维奇忽然大叫一声，吓得发呆了：他仿佛看见一个死人；可是他很快就清醒过来，认出这是一只鹅，把脖颈向他伸过来。伊万·伊万诺维奇气得直啐唾沫，接着又继续加劲干。第二根木桩也锯断了：鹅棚摇晃了一下。当他动手锯第三根的时候，伊万·伊万诺维奇的心跳得这样厉害，使他有好几次停止了工作；一人半已经锯断了，忽然不牢固的鹅棚剧烈地晃动起来……伊万·伊万诺维奇好容易刚来得及躲开，它就轰然一声倒塌了。他拾起锯子，惊慌失措地奔回家去，扑倒在床上，甚至没有胆量再去望一望窗外他的可怕的工作的结果。他觉得仿佛伊万·尼基福罗维奇的全家都集合了起来：老婆子，伊万·尼基福罗维奇，穿着宽大无边的礼服的孩子,大家手里都拿着棍棒,被阿加斐雅·费陀谢耶夫娜率领着,跑来捣碎和拆毁他的房子。

第二天整整一天,伊万·伊万诺维奇好像在热病中度过。他总觉得仇深如海的邻居为了报复这件事,至少会来烧他的房子。因此,他吩咐加普卡时时刻刻到各处去察看,什么地方是否放着干的稻草。最后,为了要抢在伊万·尼基福罗维奇头里,他决定先下手为强,到密尔格拉得县法院去告他一状。呈文写些什么,在下一章里就可以知道。

第四章 在密尔格拉得县法院的法庭上发生的事情

密尔格拉得是一个美丽的城市!城里什么样的建筑物没有啊!屋顶有稻草的,有芦苇的,甚至还有木头的;右边是街,左边是街,处处都是整齐的篱笆,篱笆上面盘绕着蛇麻草,吊着青豌豆,在它的后面,向日葵昂起太阳般的脑袋,罂粟红着脸,肥胖的南瓜隐约闪露着……真是一片旖旎风光!篱笆总是被各种东西装饰着,变得更是绚烂如画:一条绷紧的裙子,一件贴身汗衫,或者一条长裤。密尔格拉得没有偷盗拐骗,因此每一个人尽可以挂他要挂的东西。如果你走近广场,那么,你一定会住步欣赏这幅景色:那儿有一个水洼,一个精妙绝伦的水洼!你所看到的最出色的水洼!它几乎占据了整个广场。一个美丽的水洼!一些远远望去像是草堆的大大小小的房子,围绕着它,欣赏着它的美丽。

可是,我觉得,没有一幢房子比县法院更好。它是橡木的,还是桦木的,这不关我的事;可是,诸位,它有八个窗户哪!一排八个窗户,直对着广场,推开窗户就是那一大片我已经讲过而被市长唤作湖的水洼!只有这一幢房子漆成花岗石的颜色:密尔格拉得的一切其他房屋都只是刷刷白就算完事的。它的屋顶全部是木头做的,如果办事员们不是仿佛故意破坏规矩似的,偏偏在斋戒期蘸着葱把为此而准备的油吃掉的话,甚至还会漆成红颜色呢。可是从此以后,屋顶就搁下没有漆了。台阶突出在广场上,一些母鸡常常在上面跑来跑去,因为台阶上几乎永远撒满着谷粒或者什么可吃的东西,不过,不是故意撒的,却完全是由于诉讼者们的疏忽大意。这幢房子分为两部分:一边是法庭,另外一边是拘留所。在法庭的那一边,有两间干净的、粉刷过的房间:一间是给诉讼者们预备的候审室;另外一间里摆着一张点缀着墨水污迹的桌子。桌上放着正义标①。屋里有四把高背的橡木椅子；靠墙有几只铁皮箱，里面保存着本县的流言蜚语的案卷。那时候，在其中一只箱子上，放着一双擦得锃光瓦亮的皮靴。法庭里打一清早起就开审了。法官是一个相当胖的人，虽然比伊万·尼基福罗维奇略显得单薄些，他有一张慈祥的脸，穿一件油迹斑斑的长袍，拿着烟斗和茶杯，正在跟书记官聊天。法官的嘴唇紧紧地挨在鼻子下面，因此他的鼻子能够爱把上嘴唇嗅多少次就嗅上多少次。这上嘴唇给他代替了鼻烟匣之用，因为送给鼻子的鼻烟几乎总要撒在它上面。且说法官正在跟书记官聊天。一个赤脚的女仆在一旁端着茶盘。

在桌子的一端，录事正在念判决书，他用这样一种单调的无精打采的声调念着，连被告听着也会昏昏入睡的。法官无疑会比所有的人都先睡去，如果这当口他不是被一段怪有趣的谈话所吸引的话。

"我老是在琢磨，"法官从已经凉了的杯子里啜了一口茶，说，"想知道它们怎么会唱得这么好听。两年前我有过一只出色的画眉。您猜怎么着？忽然一下子，就完蛋了。上帝才知道

---

① 这是一面三棱镜，上刻皇室纹章，并录有彼得一世的敕令，供在法庭的案头，作为公正廉直的象征。

它唱出多么难听的调子来了。越唱越坏，越唱越糟！舌头卷了，声音哑了，我都想把它扔掉了！其实，原因很简单！敢情是这么一回事：咽喉下面长了个比豌豆还小的肿疱。只需用针把这个肿疱戳破就好了。这是查哈尔·普罗柯菲耶维奇教给我的，那就是，如果您愿意，我就来讲给您听，那是这样的：我上他家里去……"

"请问，杰米央·杰米央诺维奇，要不要念第二件？"录事插嘴说，他已经念完有好几分钟了。

"已经念完了吗？您说，多么快呀！我一句也没有听见！判决书在哪儿？拿来，我签个字。您那儿还有些什么？"

"哥萨克鲍基季卡耕牛被窃一案。"

"好，念吧！是呀，我上他家里去……我甚至可以详详细细告诉您，他是怎样款待我的。下酒的菜有熏鲟鱼，独一无二的！这可不是我们这儿的熏鲟鱼，"说到这儿，法官弹弹舌头，微笑了，同时他的鼻子嗅了嗅自己的常备的鼻烟匣，"不是我们密尔格拉得的杂货铺里出售的那种。我不吃鲱鱼，因为您知道，它会引起胃气痛，使我的心窝下面疼得难受。可是鱼子我尝了；那才好吃呢！没有话说，太好了！后来我喝了用矢车菊浸过的桃子酒。还有用番红花浸过的酒；可是，番红花浸过的酒，您知道，我是不喝的。您瞧，这种吃法可真好：真所谓先刺激食欲，然后叫你狼吞虎咽吃个饱……啊！真是稀客呀……"

法官看见伊万·伊万诺维奇迎面走进来，忽然叫了起来。

"上帝保佑！你们好！"伊万·伊万诺维奇以他特有的谦和态度向四面施了一礼，说。我的天，他是多么会用自己的仪表迷惑所有的人啊！像他这样斯文的人，我从来都还没有看见过。他很清楚自己的长处，因此，他把大家的尊敬视为理所当然。法官亲自给伊万·伊万诺维奇端了一只椅子，他的鼻子吸尽了上嘴唇上面的全部鼻烟，这在他经常是最大的满足的表示。

"您用点什么，伊万·伊万诺维奇？"他问，"喝杯茶吧？"

"不，谢谢您。"伊万·伊万诺维奇答道，站起来施了一礼，坐下了。

"赏我脸，喝一杯吧！"法官重复说。

"不，谢谢您。您这样厚待，万分感激！"伊万·伊万诺维奇答道，起来施了一礼，又坐下了。

"喝一杯吧。"法官重复说。

"不，别客气，杰米央·杰米央诺维奇！"

说时，施了一礼，又坐下了。

"喝一小杯？"

"您再三坚请，我就愧领了！"伊万·伊万诺维奇说，把手伸到茶盘上去。

我的老天爷！一个人的斯文劲儿真是发挥到了极点！简直无法形容这样的举动给人造成了多么愉快的印象！

"不再喝一小杯吗？"

"够了，谢谢您。"伊万·伊万诺维奇答道，把翻转的茶杯放在茶盘上，施了一礼。

"赏我个脸吧，伊万·伊万诺维奇！"

"不喝了。真是非常感谢您。"说时，伊万·伊万诺维奇施了一礼，又坐下了。

"伊万·伊万诺维奇，讲讲交情，喝一小杯吧！"

"不，承您抬爱，真是愧不敢当。"说完这句话，伊万·伊万诺维奇施了一礼，又坐下了。

"只喝一杯！ 小杯！"

伊万·伊万诺维奇把手伸到茶盘上去，拿了一杯。

唉，真邪门！人这东西是多么善于保持他的尊严啊！

"我，杰米央·杰米央诺维奇，"伊万·伊万诺维奇喝了最后一口茶，说，"我有一件要紧的事来麻烦您：我要告状。"说时，伊万·伊万诺维奇放下了茶杯，从口袋里摸出一张写着字的公文纸来，"状子告我的敌人，不共戴天的敌人。"

"告谁？"

"告伊万·尼基福罗维奇·陀符戈奇洪。"

法官听到这几句话，差点没有从椅子上摔下来。

"您说什么！"他双手拍着膝盖，说，"伊万·伊万诺维奇！这是您说的吗？"

"您亲眼看见，这是我说的。"

"上帝和所有的圣徒保佑您！什么！您！伊万·伊万诺维奇！变成了伊万·尼基福罗维奇的冤家！是您的嘴在说话吗？再说一遍！不要是哪一个人躲在您背后，代替您说的吧？……"

"这有什么难以相信的呢？我瞧着他就是一肚子气；他给了我致命的侮辱，损害了我的名誉。"

"圣父圣子圣灵啊！我现在怎么能去解释给母亲听，叫她老人家相信呢！每天，我跟我妹妹一吵嘴，她老人家就说：'孩子，你们像两条狗一样，老要打架。你们得去学学伊万·伊万诺维奇和伊万·尼基福罗维奇的榜样才是。要说朋友，那才是朋友呢！那才是真正的朋友！那才是两位体面人物！'——得，现在您再提您的什么朋友吧！请告诉我，这是怎么回事？为了什么？"

"这件事微妙得很,杰米央·杰米央诺维奇!嘴里讲不清。最好请把呈文念一遍。哪,拿这一头,这样拿着方便些。"

"念一遍吧,塔拉斯·季洪诺维奇!"法官转过头来,对录事说。

塔拉斯·季洪诺维奇拿起呈文,像所有县法院里的录事那样,用两只手指头帮忙,擤了一下鼻涕,然后开始念:

> 密尔格拉得县之贵族,地主,伊万之子,伊万·彼烈烈边科谨呈文于钧院,内容有下列数点:
>
> (一)贵族尼基福尔之子伊万·陀符戈奇洪大逆不道,神人共愤,违章犯法,罪恶昭著,于一千八百十年七月七日,加余以致命之侮辱,公然损伤本人之名誉,亵渎余之官衔与姓氏。该贵族貌既丑陋,性又凶暴,动辄寻衅肇事,出言不逊,诋毁神祇!

念到这儿,录事停了一停,以便再擤一次鼻涕,法官虔敬地交叠着双手,只顾自言自语:"多么酣畅的文笔!老天爷!这个人多么能写呀!"

伊万·伊万诺维奇请求再往下念,于是塔拉斯·季洪诺维

奇继续念下去:

余专诚趋谒,有所恳托,不图该贵族尼基福尔之子伊万·陀符戈奇洪公然以不可忍受之秽词加诸余身,呼余为公鹅,然而密尔格拉得全县尽人皆知,余从未以此类污秽动物为名,即在将来,亦永不以之为名。存于三主教教堂之户籍簿,载有余之降生日期及受洗礼之经过,足为余系贵族出身之证明。凡稍具学识之人,皆知公鹅不得登录于户籍簿中,盖公鹅系鸟类,非人也,举世人类,乃至未进学校之辈,亦明此理,独该心怀叵测之贵族,佯装不知,以此秽词相辱,揆其用意,必欲加余以致命之侮辱而后称快也。

(二)该同一猥琐下流之贵族复谋侵占余自先父即奥尼西之子伊万·彼烈烈边科(曾任牧师职务)继承之祖产,其手段卑鄙恶毒,竟不顾任何法律,将鹅棚移至与余家台阶遥遥相对之处,目的不过欲加深对余之侮辱而已;盖鹅棚立于适当地点,抑且坚固异常,本无迁移之必要也。上述贵族之卑劣企图,唯在迫余目睹丑恶之景象;任何人如执行高尚业务,断不入畜棚,更何况鹅棚乎。当其实行不法行为之时,鹅棚之二前柱更侵占先父即奥尼西之子伊万·彼烈烈边科生前贻赠之土地,该项土地面积始于谷仓,成一直线,终于妇女洗壶之处。

(三)上述贵族,闻其姓名,即令人作呕,乃竟怀藏恶念,欲将余焚毙于私宅之内。兹有下列诸点可作铁证:第一,该阴险之贵族日来常步出室外,缘彼体胖而又性懒,此在曩昔,固绝不为也;第二,在与余自先父即奥尼西之子伊万·彼烈烈边科继承之土地毗邻而仅隔一墙之仆役室中,每日灯火常明,历久不熄,此尤为确凿不移之铁证,盖彼殊吝啬,平时不仅蜡烛,即油盏亦必从速熄灭。

准上所述,贵族尼基福尔之子伊万·陀符戈奇洪,蓄谋纵火,侵吞产业,既凌辱余之官衔与姓氏,复强加余以公鹅之恶名,数罪俱发,应请科以罚金,并责令赔偿诉讼费用及其他损失,如此违法作乱之徒,尤应羁以镣铐,解送城内监狱,以儆效尤。仰乞钧院速作公正之裁决,不胜感幸之至。贵族,密尔格拉得之地主即伊万之子伊万·彼烈烈边科敬呈。

读完状子,法官走到伊万·伊万诺维奇跟前,抓住他的一颗纽子,几乎是对他这样说:"您这是干什么呀,伊万·伊万诺维奇?畏惧上帝吧!把状子丢掉,让它消灭得无踪无影!(让它去见魔鬼好了!)您最好还是跟伊万·尼基福罗维奇拉拉手,接个吻,再买些桑土林牌的或是尼柯波尔牌的葡萄酒,再不然干脆调制些果酒,叫我来做个陪客!咱们一块喝两杯,就把一切都忘了!"

"不,杰米央·杰米央诺维奇!事情不是这样的,"伊万·伊万诺维奇带着永远和他相称的庄严风度说,"事情不是用友好协商的方法可以解决的。再见!诸位,再见!"他带着同样的庄重风度继续转向大家说:"我希望我的状子会产生应有的效果。"让所有在场的人愣在那里,他就走掉了。

法官坐着,一句话也不说。录事嗅着鼻烟,办事员们把一块代替墨水壶用的破瓦片打翻了,法官心不在焉地用手指拨弄着桌上那一片由于墨水狼藉而成的水洼。

"您说这件事怎么样,陀罗菲·特罗菲莫维奇?"沉默片刻之后,法官对书记官说。

"答不上来。"书记官答道。

"真有这样的稀奇事儿!"法官继续说。

他的话还没有落音,门呀的一声开了,前半个伊万·尼基福罗维奇挤进了法庭，后半个却还留在候审室里。伊万·尼基福罗维奇的出现——并且还是出现在法院里——仿佛是非常奇突的，所以法官不由得叫了起来；录事中断了诵读。一个穿着粗毛布的类似常礼服一类衣服的办事员把笔头衔在嘴里；另外一个像吞下了一只苍蝇似的。一个兼任传达和庭丁职务的残废兵，一直站在门口，搔着他那件肮脏的衬衫，肩上钉着一块肩章，连他也张开嘴，踩了什么人一脚。

"哪一阵风把您吹来的！怎么样？身体好吗，伊万·尼基福罗维奇？"

可是伊万·尼基福罗维奇半死不活地在挣扎着，因为他嵌在门当中，不能跨前一步，也不能退后一步。法官向候审室大叫，指望那儿有人从背后把伊万·尼基福罗维奇推到法庭里来，结果也是徒然。候审室里只有一个打官司的老奶奶，尽管她那双骨瘦如柴的手使足了劲儿，也丝毫无济于事。这时就有一个厚嘴唇、宽肩膀、大鼻子、斜视并且醉眼陶然、袖拐处破了一大块的办事员走近前半个伊万·尼基福罗维奇，像对付孩子似的把他的手交叉地叠在一起，又向年老的残废兵挤挤眼睛，那残废兵用膝盖往伊万·尼基福罗维奇的肚子上一磕，尽管他痛得哇哇叫，却被挤回到候审室里去了。然后拔掉门闩，打开了另外半边的门。

这当口,办事员和他的助手残废兵,由于拼命出力,呼吸之间发出这样一股强烈的味道,使这间法庭暂时变成了酒店。

"没有碰伤您吗,伊万·尼基福罗维奇?我要去告诉我的母亲,她会给您送上一种药酒,只要在腰部和背部揉一揉,就没事了。"

可是,伊万·尼基福罗维奇倒在一只椅子上,除了不断的哼哼唉唉之外,说不出一句话来。最后,他用一种微弱的、由于疲劳困惫而几乎听不见的声音说:"要闻一点不?"于是从口袋里摸出一只角形鼻烟匣来,找补上一句:"闻一点,请吧!"

"非常高兴看到您,"法官答道,"可是我到底还是不明白,您有什么贵干,劳动尊驾,光临敝衙,使我得到这样意想不到的愉快。"

"要递一张呈文……"伊万·尼基福罗维奇只能说出这几个字来。

"呈文?什么呈文?"

"告状……"说到这里,喘息引起了长久的间断,"哎哟!……告那个骗子手……伊万·伊万诺维奇·彼烈烈边科。"

"老天爷!您也要告!这么稀有的好朋友!告这样慈爱温和的人!……"

"他是个魔鬼!"伊万·尼基福罗维奇上气不接下气地说。

法官画了个十字。

"把呈文拿去,请念一遍吧。"

"没有办法,念吧,塔拉斯·季洪诺维奇。"法官带着不快的神气转向录事说,同时,他的鼻子不由自主地嗅了嗅上嘴唇,以前他通常只在非常愉快的时候才这样做。鼻子的这种自作主张的行为,使法官更加恼火了。他掏出手帕,从上嘴唇上把全部鼻烟抹掉,借以惩戒它的大胆。

录事做过了他每次开始诵读时必不可少的惯例的动作,就是说,不借手帕之助,擤了一通鼻涕之后,开始用他惯例的声音这样念道:

密尔格拉得县之贵族尼基福尔之子伊万·陀符戈奇洪谨上告十钧院,内容有下列数点:

(一)自称贵族之伊万之子伊万·彼烈烈边科存心狠毒,蓄意不良,对余口出秽言,肆意侵害,施加种种阴谋毒辣之行为,指不胜屈,至昨日午后,竟彤同盗匪,手持斧凿刀锯及其他锻冶用具,乘夜深人静之便,潜入余家院落,将院内之畜棚破坏无遗,其用心之卑劣至于斯极。余平日忠厚待人，彼何以出此违法盗匪行为，实令人百思不得其解。

（二）该同一贵族彼烈烈边科更谋伤害余之性命，上月七日，彼密怀杀机，顾访余家，伪装殷勤，心存奸诈，竟欲强索余留置室内之步枪，仅允以若干毫无价值之物品，诸如棕色猪一头，燕麦二袋作为交换，彼之吝啬成性，由此一端，可概其余。余当时洞烛其奸，力加劝阻，该卑劣暴徒即伊万之子伊万·彼烈烈边科鼓其毒舌，口出不逊，对余百般辱骂，且自此即永结不解之冤仇矣。抑又有进者，该衣冠禽兽即伊万之子伊万·彼烈烈边科出身亦甚卑贱，其妹为一荡妇，秽闻出于闺闱，尽人皆知，后随五年前驻于密尔格拉得之猎兵连同去，然户籍簿上则登记其夫为农民。乃父乃母亦尽系违法乱纪之辈，且为难于设想之酒徒。该衣冠禽兽即伊万之子伊万·彼烈烈边科之恶德行为则尤凌驾其亲属之上，作虔诚之貌，而行辟邪之实。该背神弃教之徒不守斋戒，于降世节①之前夕，购一绵羊，借口须用油脂燃油灯，制蜡烛，翌日即命其非法姘居之女仆加普

---

① 从俄历十一月十四日算起，这一段时期叫作降世节，须守四十天斋戒。

卡宰杀之。

准上所述，恳即将该绅士，亦即盗匪、窃取圣物者、犯窃盗罪之骗子，羁以镣铐，解交监狱或国立惩治监狱，斟酌量刑之轻重，剥夺其官衔及贵族称号，重加鞭笞，必要时发往西伯利亚服劳役数年，并责令其赔偿诉讼费用及其他损失，谨陈案由，伏乞裁决。——密尔格拉得县之贵族尼基福尔之子伊万·陀符戈奇洪谨呈。

录事一念完，伊万·尼基福罗维奇就拿起了帽子，行了礼，扭头想走。

"您上哪儿去，伊万·尼基福罗维奇？"法官跟上去对他说，"坐一会儿！喝杯茶！奥雷希科！你干吗站在那儿，傻丫头，尽跟办事员们挤眉弄眼？去，倒茶来！"

可是，伊万·尼基福罗维奇担心自己离家这么远，像遭到危险的隔离检疫似的受这份活罪，便急忙爬出门去，说：

"别客气，承您的情……"让所有在场的人吃惊得瞠目不知所措，砰的一声把门关上，走掉了。

一点办法也没有。两份呈文都被接受了，这案件正要发展成轰动一时的新闻，不料这当口又发生了一段意外的插曲，给它添上了更多的趣味。当法官由书记官和录事陪同着走出法庭，办事员们把诉讼人带来的鸡、鸡蛋、大面包、馅饼、油煎点心和其他零七八碎的东西装进布袋里去的时候，一头棕色猪跑到房间里来。使在场的人大吃一惊的是，它不衔走馅饼或者面包皮，却独独衔走了放在桌边的、有几页斜挂下来的伊万·尼基福罗维奇的呈文。这头棕色母猪衔了这份公文，飞快地就跑出去了，衙门里的官员们尽管把戒尺和墨水壶扔过去，却没有一个人能够追上它。

这一异乎寻常的事件引起了极大的骚乱，因为那份呈文连一份副本也还没有抄出哩。法官、录事和书记官对这种闻所未闻的情况讨论了许久；最后，决定把这一案件呈报市长，因为这一案件的审理和市警察局方面关系更多一些。第三八九号公函当天就送呈给市长去了，结果引发了一种非常有趣的解释，读者从下一章里就可以知道。

第五章　这一章里叙述密尔格拉得的两位可敬人物的谈判

伊万·伊万诺维奇刚把家务处理好，照惯例走到遮檐下去歇着的时候，他非常惊奇地看到，便门那边有个什么红颜色的东西在闪动着。这是市长的红折袖，这东西和他的领子一样，磨得油光锃亮，边上变得像层漆皮似的了。伊万·伊万诺维奇心里想："彼得·费陀罗维奇来聊聊倒也不坏。"可是看到市长走得很快，划着一双手，这种情况通常在市长是很少有的，他就觉得非常奇怪了。市长的制服上缝着八颗纽扣，第九颗在两年前参加庆祝教堂开幕的祭祀行列时挤掉了，直到现在警察也还没有把它找到，虽然区警察局长来作每天工作汇报时，市长总要问他纽扣找到了没有。这八颗纽扣缝在他的制服上，好像农妇们种的豆一样，一颗在右边，一颗在左边。他的左腿在最后一次出征中被子弹打中了，所以他走路一瘸一拐的，把左腿往旁边撇得这么远，几乎把右腿的全部效用都给破坏了。市长越要叫这个"步兵"走得快，他就越是不听使唤，不肯往前移动。因此，在市长还没有走到遮檐前面的时候，伊万·伊万诺维奇尽有充分的时间仔细推测市长这样快地划着一双手的原因。这尤其使他感兴趣，因为市长佩着一把新的宝剑，由此可见事情似乎是非常重要的。"您好，彼得·费陀罗维奇！"伊万·伊万诺维奇叫道；前面已经交代过，他是很好奇的，当他看到市长向台阶进攻，却还不敢抬起眼睛往上看，只顾跟自己的"步兵"吵架,嫌"步兵"无论如何也不能一下子跃上阶级的时候,他焦急得不耐烦起来了。

"祝亲爱的朋友和恩人伊万·伊万诺维奇日安!"市长回答。

"请坐。我瞧您是走累了,因为您的那条受伤的腿不大得劲……"

"我的腿!"市长叫道,向伊万·伊万诺维奇投了那样的一瞥,就像巨人看侏儒,博学之士看跳舞教师一般。说时,他伸出了那条腿,在地上跺着。不过,这一股勇气使他付出很高的代价,因为他的整个身体摇晃了一下,鼻子撞着了栏杆;可是,贤明的秩序监护人为了不露出丝毫慌张的神色起见,立刻矫正了姿态,伸手到口袋里去,好像是在摸鼻烟匣。"我不瞒您说,亲爱的朋友和恩人伊万·伊万诺维奇,我一生中可没有作过那样的行军。说实在的,那时候行军可真厉害哪。譬如说,在一八〇七年那一次战役中……哦,我来讲给您听,我怎样翻过围墙去会一个漂亮的德国女人。"说到这里,市长眯细了一只眼睛,浮出魔鬼般的奸诈的微笑来。

"您今天上哪儿去来着?"伊万·伊万诺维奇说,想打断市长的话头,赶快探听出他来访问的原因,他很想问问清楚市长有什么事要向他宣布;可是,人情世故方面的精细的知识,使他觉得这样直截了当地提出问题是有失礼节的，于是伊万·伊万诺维奇只能忍气吞声，耐心等待谜底的揭晓，同时他的一颗心却剧烈地跳动起来。

"那么，我讲给您听，我上哪儿去来着，"市长答道，"第一，我不瞒您说，今天天气太好啦……"

听到最后的一句话，伊万·伊万诺维奇几乎要昏过去了。

"可是，请容许我，"市长继续说下去，"我今天上您这儿来，是为了一件重要的事情。"说到这里，市长的脸和姿态都现出了刚才向台阶进攻时那种同样的焦急的神气。伊万·伊万诺维奇活跃了起来，像发疟疾似的战栗着，按照他的惯例，即刻问道：

"什么重要的事情？真的重要吗？"

"您瞧，是这么一回事：首先我要斗胆向您说，亲爱的朋友和恩人伊万·伊万诺维奇，您……您瞧，从我个人方面说来，当然是无所谓的，可是政府的考虑，政府的考虑要求这么办：您破坏了治安秩序！"

"您这说的是什么，彼得·费陀罗维奇？我一点也不明白。"

"开开恩吧，伊万·伊万诺维奇！您怎么能说一点也不明白？您府上的牲口衔走了官厅的重要公文，您倒还说一点也不明白！"

"什么牲口？"

"请容许我说明，就是您府上的那头棕色猪。"

"可是，我有什么过错呢？法院的庭丁为什么把门打开呢！"

"可是，伊万·伊万诺维奇，那是您府上的牲口，所以您有罪。"

"诚惶诚恐地感谢您，您把我跟猪相提并论。"

"我可没有说过这种话，伊万·伊万诺维奇！真的，没有说过！您凭良心想一想！您无疑也知道，根据政府的法令，在城市里，尤其是在城市的主要街道上，是禁止污秽的牲口通行的。您也同意这是应该禁止的吧。"

"天知道您这说的是什么？一头猪走到街上，真是了不起的重大事件呀！"

"请容许我向您说，请容许我，容许我，伊万·伊万诺维奇，这是绝对不行的。有什么办法呢？这是上面的命令，我们必须服从才是。我不否认有时鸡和鹅也跑到街上，甚至广场上，请您注意：鸡和鹅；可是猪和羊就不同了，我去年就出过布告禁止它们走进公共广场。那张布告我当时叫人在开会的时候当众朗读过的。"

"不，彼得·费陀罗维奇，我在这里只看到您是在竭力侮辱我。"

"您，亲爱的朋友和恩人，可不能说我是在竭力侮辱您。您回想一下：您造了比法定尺寸整整高一俄尺的屋顶，我可没有对您说过一句话。我反而装出毫不理会的神气。请相信我，亲爱的朋友，就是现在我也完全，所谓是……可是我的责任，总而言之,我的职务,要求我照管清洁方面的工作。您自己想想，忽然在主要街道上……"

"您的那些主要街道可真太干净啦！每一个女人都在那儿扔下一大堆她所不需要的东西。"

"请容许我向您说，伊万·伊万诺维奇，您自己倒是在侮辱我！固然，这种事情有时也发生，可是，大多是在围墙、杂物房或者储藏室的旁边；可是，一头怀孕的母猪闯到主要街道上，广场上，那可实在是……"

"有什么大不了的呢，彼得·费陀罗维奇！要知道，猪是上帝的创造物呀！"

"这我是同意的。大家都知道您是一位有学问的人，您精通学术和其他各种科目。当然，我随便哪一门学术也都没有学过，我直到三十岁那年才开始学写草书。您知道，我是行伍出身的大老粗。"

"哼!"伊万·伊万诺维奇说。

"是呀,"市长继续说下去,"一八〇一年,我在第四十二猎兵团第四连里当中尉。我们的连长,您如果愿意知道,是叶烈美耶夫上尉。"说到这里,市长把手指伸进伊万·伊万诺维奇打开盖子拿着的鼻烟匣里去,使劲蘸着鼻烟。

伊万·伊万诺维奇回答:

"哼。"

"可是我的责任,"市长继续说下去,"是服从政府的命令。您知道,伊万·伊万诺维奇,偷掉法院里的公文,和一切其他罪行同样,都是触犯刑法的。"

"这我知道,如果您愿意,我还可以教您哩。可这讲的是人,譬如说,如果您偷了公文;可是猪是牲口,是上帝的创造物!"

"话虽如此,不过法律上说:犯盗窃罪者……请您留神注意听:犯盗窃罪者!这里并未注明门第、性别和爵位,因此畜类也可能犯罪。随便您怎么说好了,这头牲口,在判罪之前,必须作为秩序破坏者送到警察局里去管押起来。"

"不,彼得·费陀罗维奇!"伊万·伊万诺维奇冷冷地反驳,"那可不行!"

"随您的便,不过我必须遵奉上司的命令。"

"您干吗恐吓我?您恐怕还想派那个缺了胳膊的老兵来捉它去吧。那我就要吩咐老妈子用火钳子把他轰出去,打断他的最后一条胳膊。"

"我可不敢跟您顶嘴。您要是不愿意把它交给警察局,那么您爱把它怎么处理就把它怎么处理吧。您要是愿意的话,可以杀了它,当圣诞节的酒菜吃,把它做成腊腿,或者就是那么杀了吃。不过,您要是做灌肠,那么我请您送我两根,把您府上的加普卡用猪血和肥油做得那么可口的那种灌肠送我两根。我的阿格拉芬娜·特罗菲莫夫娜很喜欢吃它们。"

"遵命一定给您送去。"

"谢谢您,亲爱的朋友和恩人。现在请容许我再跟您说一句话:我受了法官和我们所有的熟朋友的嘱托,要给您和您的朋友伊万·尼基福罗维奇,所谓是,调解调解。"

"什么!跟那个下流东西!叫我跟那个野蛮家伙和解!绝不可能!这办不到,办不到!"伊万·伊万诺维奇说话时的神气非常坚决。

"随您的便,"市长答道,把鼻烟塞进两只鼻孔,"我不敢进什么忠告;不过我要向您说:你们现在是吵了架,可是你们要是讲了和……"

可是，伊万·伊万诺维奇这时讲到捕鹌鹑上面去了，当他想转移话题的时候，通常总是往这上面岔开去的。

这样，市长毫无所获，只得回到自己家里去了。

第六章　从这一章里读者很容易就可以知道其中所包含的一切

不管法院怎样竭力要隐瞒真相，可是第二天整个密尔格拉得就都知道伊万·伊万诺维奇的猪抢走了伊万·尼基福罗维奇的呈文。市长第一个就在茫然出神的时候说漏了嘴，把这件事泄露了出来。当有人去告诉伊万·尼基福罗维奇的时候，他却什么也没有说，只是问了声：是不是那头棕色的？

阿加斐雅·费陀谢耶夫娜刚好在旁边，又跟伊万·尼基福罗维奇啰嗦个没完：

"你怎么啦，伊万·尼基福罗维奇？你要是这样善罢甘休，人家都要笑话你，骂你是大傻瓜啦！往后你怎么还称得起是什么贵族呢！你要比那个贩卖你最喜欢吃的油炸蜜点心的老娘儿们更被人瞧不起啦。"

这个吵闹不休的女人把他说服了！不知道她从哪儿找来了一个肤色浅黑、满脸污斑的中年人，穿一件肘上打补丁的深蓝色大礼服，这样一个不折不扣的衙门书吏！他用焦油擦长统靴，耳朵背后夹三支鹅毛笔，用一根细绳把一只代替墨水壶用的玻璃瓶拴在纽扣上；他一次吃掉九只馅饼，还藏起第十只在口袋里；他在一张公文纸上用蝇头小楷写满这样许多逸言诽谤，随便哪一个诵读的人，如果中途不咳嗽几声或是打几个喷嚏来打断一下，是无法一口气把它读完的。这个貌不惊人的小人物，搜索枯肠，绞尽脑汁，写，写，终于编制成了这样的一份诉状：

贵族尼基福尔之子伊万·陀符戈奇洪谨呈文于密尔格拉得县法院。

窃余贵族尼基福尔之子伊万·陀符戈奇洪前次所呈与贵族伊万之子伊万·彼烈烈边科有关之诉状，未蒙钧院秉公处理，反徇私加以宽纵。且棕色猪之无耻丑行，虽经百般掩饰，秘不外宣，然道途传说，亦终达下闻矣。此种显然怀有恶意之放任与纵容，钧院应负其责，该猪为愚蠢动物，断无窃盗文书之理。由此可见该猪实受余之敌人，自称贵族之伊万之子伊万·彼烈烈边科唆使，彼历犯窃盗、谋害及渎神诸罪，事实俱在，不容狡赖。然钧院徇私偏袒，竟示彼以默许之同意，盖若无此项同意，则该猪断不能登堂入室，窃夺公文，密尔格拉得县法院之衙役固大有人在，仅例举士兵一名即足资证明，该士兵终日坐守候审室中，虽一目斜视，一臂略伤，然以棍击猪逐而出之之力，尚绰有余裕也。由此观之，密尔格拉得县法院存心偏袒，抑且狼狈为奸，共图瓜分由是而得之利益，彰彰明甚。而上述之衣冠禽兽即伊万之子伊万·彼烈烈边科，更属刁顽之尤。因此，余，贵族尼基福尔之子伊万·陀符戈奇洪，谨按法定手续，呈报钧院，如不向该棕色猪或与该猪同谋之贵族彼烈烈边科追还该项呈文，并根据该项呈文秉公处理，为余昭雪冤枉，则余，贵族尼基福尔之子伊万·陀符戈奇洪，当上告于高等法院，申请移转该案，并控告钧院徇私偏袒之罪。——密尔格拉得县贵族尼基福尔之子伊万·陀符戈奇洪。

这份呈文产生了它的效果：法官是一个胆怯的人，所有善良的人通常都是那样的。他去请教录事。可是录事从嘴唇里发出了一声低沉的"哼"字，在脸上露出一种麻木不仁的魔鬼般暧昧不明的表情，这种表情是只有在恶魔看到牺牲者仆倒在自己脚边的时候才会有的。只剩下一个办法：那就是给这两个朋友试行调解。可是在所有的试图都归于失败的时候，怎么能够达到这一步呢？然而，还是决定再试一次；可是，伊万·伊万诺维奇直截了当地声明了不愿意，甚至还非常生气。伊万·尼基福罗维奇索性不回答，背转了身，一句话也不说。于是这场诉讼就以异乎寻常的速度，法院通常都是以此驰名的一种速度进行下去了。人们把文件记了日期，摘了由，编了号，钉好，签了字，一切都在同一天里做好，接着就把文件往橱里一搁，它在那儿躺着，躺着，躺上一年、两年、三年；许多姑娘出了嫁，密尔格拉得开辟了新的街道，法官掉落了一只臼齿和两只犬齿，伊万·伊万诺维奇的院子里比从前有了更多的孩子在奔跑；他们是从哪儿来的，那只有上帝才知道！为了训诫伊万·伊万诺维奇起见，伊万·尼基福罗维奇建造了一个新鹅棚，虽然比先前的那一个离开得稍远一些，但完全把伊万·伊万诺维奇的宅子挡住了，因此这两位体面人物几乎永远彼此不能相见一面，——可是卷宗还是整整齐齐地躺在橱里，那口橱已经被墨水点子弄成像大理石一样的颜色了。

这当口，发生了一件对于整个密尔格拉得说来是非常重大的事件。

市长召开了一次宴会！我怎么能有传神的画笔和绘具，把这次集会的形形色色和酒宴的壮观描写出来呢？请你们拿一只表，打开盖子，瞧瞧里面机件的转动吧。一片混乱，不是吗？现在请你们再设想一下，至少几乎有同样那么多的轮子停在市长的院子里。那儿什么样的半篷马车和载货马车没有啊！一辆后身宽，前身窄；另外一辆后身窄，前身宽。一辆又是半篷马车，又是载货马车；另外一辆既不是半篷马车，也不是载货马车。这辆像一大堆稻草或是一个肥胖的老板娘，那辆像头发蓬乱的犹太人或是尚未完全脱掉皮肉的骷髅；这辆从侧面看来完全像一只附有烟嘴的烟斗，那辆什么都不像，却是一个荒诞无稽的畸形怪物。在这一大堆车轮和驭者台中间，耸出一辆有着室内窗似的窗户并且交叉地钉着粗窗棂的类似轿车的马车。穿着灰色的短袄、长褂和厚呢外衣，戴着羊皮帽和各种各样的无边帽，手里拿着烟斗的车夫们，牵着卸下鞍辔的马在院子里遛着。市长召开了一次多么盛大的宴会！请容许我数点一下全体出席宴会的来宾吧：塔拉斯·塔拉索维奇、叶符普尔·阿金福维奇、叶符季熙·叶符季熙耶维奇、伊万·伊万诺维奇（不是那个伊万·伊万诺维奇，而是另外一个）、萨瓦·加符利洛维奇、我们的伊万·伊万诺维奇、叶列符费里·叶列符费里耶维奇、马卡尔·纳查利耶维奇、福马·格利戈里耶维奇……我不能再写下去了！办不到！手都写酸了！淑女们又有多少啊！黑皮肤的和白脸蛋的，高的和矮的，像伊万·伊万诺维奇一样肥胖的和单薄得仿佛可以把她们一个个藏进市长的剑鞘里去的。多少顶女帽啊！多少件衣裳啊！红的、黄的、咖啡色的、绿的、蓝的、崭新的、翻过面子的、重新裁过的！还有头巾、缎带、手提袋！再见啦，可怜的无能为力的眼睛！看了这一幅景象之后你们将再也没有什么用处了。桌子摆开得多么长啊！大家你一言我一语地谈起来，造成了一片什么样的喧声啊！一架风磨，连同它的磨盘、主动轮、齿轮、立臼，一起转动起来，那声音也不能和这相比！我不能确切地告诉你们，他们在谈些什么，可是必须这样想：他们讲的大概是一些有趣的和有益的题目，例如天气、狗、小麦、女帽、种马等等。最后，伊万·伊万诺维奇，不是那个伊万·伊万诺维奇，而是一只眼睛斜视的另外一个，说：

"我觉得非常奇怪，我的右边的眼睛（斜眼的伊万·伊万诺维奇总喜欢拿自己来寻开心）没有看见伊万·尼基福罗维奇·陀符戈奇洪先生。"

"他不肯来！"市长说。

"为什么不肯来呢?"

"托天之福,自从他俩,就是说,伊万·伊万诺维奇和伊万·尼基福罗维奇吵架到现在,已经有两年了,如果知道另外一个在哪儿,这一个就说什么也绝不肯去的!"

"您说什么!"说时,斜眼的伊万·伊万诺维奇把眼睛往上抬了抬,把双手交叠在一起,"要是好眼睛的人不能和睦相处,像我这样斜眼睛的人,怎么还能过安稳的日子呢!"

这几句话使所有的人都张大嘴笑起来了。大家非常喜欢斜眼的伊万·伊万诺维奇,因为他开的玩笑完全迎合目前的潮流;一个身穿呢绒大礼服、鼻上贴着膏药的瘦高个儿,本来坐在角落里,甚至苍蝇飞到他的鼻子上,他脸上的筋肉也不动一动,就连这位先生这时也站了起来,走到那些包围着斜眼的伊万·伊万诺维奇的群众跟前。

"听我说!"当斜眼的伊万·伊万诺维奇看到一大堆人把他围住了的时候,他说:"听我说,你们别一个劲儿尽盯着我的斜眼睛望呀,你们有这个工夫,倒不如给咱们那两位好朋友去调解调解才是正理呀!这会儿,伊万·伊万诺维奇跟一些太太小姐们聊得正起劲哪。谁去悄悄地把伊万·尼基福罗维奇找来,把他们推到一处,那就好了。"

大家一致同意了伊万·伊万诺维奇的建议，并且决定立刻派人到伊万·尼基福罗维奇家里去邀请他，无论如何，非要他来赴市长的午餐会不可。但有一个重要的问题：这样重大的使命托付给谁才好呢？这就使大家陷于困惑了。谁在外交辞令方面最能胜任，最有手腕，大家对这一点争论了许久；最后一致决定把一切委托给安东·普罗柯菲耶维奇·果格普济去办。

首先，我们必须把这位卓越的人物向读者介绍一下。安东·普罗柯菲耶维奇是一个不折不扣的真正有德行的人：要是密尔格拉得的某一位头面人物给他一条围巾或是一件汗衫，他谢谢；要是有人侮蔑他，朝他的鼻子上轻轻地凿一下毛栗子，他也谢谢。如果问他：安东·普罗柯菲耶维奇，为什么您的大礼服是肉桂色的，袖子却是淡青色的呢？那么，他通常总是回答："您可连这样的都没有呢！等一等，穿旧一些，就完全变成一样的颜色了！"果然不错：淡青色的呢子，由于日光的作用，开始变成肉桂色，现在完全配合大礼服的颜色了；可是，更奇怪的是安东·普罗柯菲耶维奇有一种夏天穿呢绒衣服、冬天穿土布衣服的习惯。安东·普罗柯菲耶维奇没有自己的家。以前他在城镇的边界上曾经有过一幢房屋，可是他把它卖了，用得来的钱买了三匹栗色马和一辆半篷马车，他就坐着这辆马车去各家地主人家做客。可是马需要花费精神照料，还得花钱买燕麦去喂养，所以安东·普罗柯菲耶维奇用它们去换来了一只提琴和一个女仆，另外还收了一张二十五卢布钞票的找头。后来安东·普罗柯菲耶维奇把提琴卖了，把女仆换了一只镶金的山羊皮烟袋。所以他现在有一只这样漂亮的烟袋，那是任何人都没有的。为了享受这种愉快，他已经不能再乘车到乡下各处去跑了，却不得不留在城里，在各种不同的人家，特别是在那些以对他的鼻子凿毛栗子为乐的贵族家里过夜。安东·普罗柯菲耶维奇喜欢吃得好，玩"傻瓜"和"磨坊主"①是出色的能手；服从命令是他擅长的本领，因此他拿起帽子和手杖，立刻就上路了。可是他一边走一边琢磨他应该怎样去劝诱伊万·尼基福罗维奇参加宴会。这个体面人物的略带几分倔强的脾气，使他的计划几乎成为不可能。说实在的，从床上爬起来就得费很大的劲儿，怎么能够使他下定决心去赴宴会呢？就算他从床上爬了起来，他又怎么会上那种地方去，他无疑已经知道，那里有着他的一个不共戴天的敌人？安东·普罗柯菲耶维奇越推敲，发现的障碍就越多。天气闷热，太阳烧烤着；汗珠像雨点似的

---

① "傻瓜"和"磨坊主"都是纸牌游戏的名称。

从他身上冒出来。尽管有人对他的鼻子凿毛栗子，安东·普罗柯菲耶维奇在许多事情上却是一个相当机灵的人。他不过在买卖方面不大走运罢了；他很懂得什么时候必须装傻，有时即使遭遇到聪明人也很难摆脱的局势和情况，他也能从容不迫地处之泰然。

他的足智多谋的头脑推敲着劝说伊万·尼基福罗维奇的方法，并且已经勇敢地排除万难向前走去，正在这个时候，一件意外的事故有几分使他感到狼狈了。在这里，不妨顺便向读者交代一下：安东·普罗柯菲耶维奇除了别的东西之外，有一条裤子，这条裤子有这样一种古怪的特点，只要一穿上，就总会引来一群野狗咬他的腿肚子。真是不幸，这一天他恰巧穿上了这一条裤子。因此，他刚一陷入沉思，四面八方就掀起一片可怕的犬吠声，惊动了他的耳鼓。安东·普罗柯菲耶维奇发出一声凄厉的叫声，叫得比谁都响，因此不但那个熟识的婆子和那个穿着大而无当的大礼服的居民迎着他跑出来，就连隔壁伊万·伊万诺维奇院子里的那些孩子们也都向他跑过来了。虽然他只被狗咬着了一条腿，可是这已经大大地挫折了他的勇气，于是他就带着某种懦怯的神气，向台阶走去。

第七章　最后的一章

"啊！您好。您干吗逗弄狗呀？"伊万·尼基福罗维奇看见了安东·普罗柯菲耶维奇，这样对他说；因为无论是谁，跟安东·普罗柯菲耶维奇说话，总是只能诙谐打趣的。

"叫它们都遭殃吧！谁逗弄它们来着？"安东·普罗柯菲耶维奇答道。

"您撒谎。"

"真的，我可没有撒谎！彼得·费陀罗维奇请您去吃午饭呢。"

"哼。"

"真的！他是这样恳切地请您去，那股热劲儿简直无法形容。他说：这是怎么的啦？伊万·尼基福罗维奇这样嫌我，把我看成是冤家对头。他从来也不上我家里来聊聊，或是来坐一会儿。"

伊万·尼基福罗维奇摸了摸下巴颏。

"他说：这一次伊万·尼基福罗维奇要是再不来，那我真不知道应该怎样想才好了。他一定是对我有什么成见了！安东·普罗柯菲耶维奇，行行好，劳驾去劝劝说伊万·尼基福罗维奇吧！您瞧怎么样，伊万·尼基福罗维奇？咱们走吧！那儿现在聚集着一群顶有教养的人！"

伊万·尼基福罗维奇开始对一只公鸡端详起来，这只公鸡站在台阶上，正在拼命鼓起它的脖子，大声地啼着。

"伊万·尼基福罗维奇，"热心的使者继续说下去，"要是您能够知道人家给彼得·费陀罗维奇家里送去了什么样的鲟鱼肉，什么样的新鲜的鱼子酱啊！"

说到这里，伊万·尼基福罗维奇扭过头来，开始留神细听。这使使者得到了鼓励。

"赶快走吧，福马·格利戈里耶维奇也在那儿哪！您怎么样？"他看见伊万·尼基福罗维奇还是采取同样的姿势躺着，就找补了一句，"怎么样？去还是不去？"

"不想去。"

这"不想去"使安东·普罗柯菲耶维奇感到十分惊奇。他本来以为他的恳切的劝说一定打动了这个体面人物的心，可是不料却听到了这斩钉截铁的几个字："不想去。"

"您为什么不想去呢？"他几乎是气愤填膺地问，这种态度他是非常少有的，即使当人家把烧着的纸放在他头上的时候他也不露出这种态度来，而法官和市长是特别喜欢以这种恶戏来取乐的。

伊万·尼基福罗维奇闻了一撮鼻烟。

"随您的便,伊万·尼基福罗维奇,我不知道什么事情把您阻拦住了?"

"我为什么要去呢?"伊万·尼基福罗维奇终于开口了,"那个强盗也会上那儿去的!"他通常管伊万·伊万诺维奇叫"强盗"。

公正的上帝啊!可是不久以前……

"真的,他不会去的:我向神圣的上帝发誓,他绝不会去!我要是说瞎话,就让天雷当场把我劈死!"安东·普罗柯菲耶维奇答道;他是准备在一个钟头里发上十次誓的。"走吧,伊万·尼基福罗维奇!"

"可是您撒谎,安东·普罗柯菲耶维奇,他在那儿。"

"真的,真的,他不在!他要是在那儿,就叫老天爷罚我一辈子站在这个地方不能移动寸步!您自己想呀,我干吗要撒谎呢!叫我的手跟脚失掉机能,不能动弹!……怎么着,现在还不相信我吗?叫我立刻倒毙在您的面前!叫我的父亲、母亲,连我自己在内,都见不到天国!还不相信?"

伊万·尼基福罗维奇听到这些保证,完全放心了,便吩咐他那个穿着大而无当的大礼服的侍仆把裤子和土布短袄拿来。

我认为,描写伊万·尼基福罗维奇怎样穿上裤子,人家怎样给他打领结,最后他怎样穿上左边袖子破了一块的短袄,是完全多余的。只需交代一下他在这整段时间中保持着适度的平静,对于安东·普罗柯菲耶维奇要用什么东西换他的土耳其烟袋的建议,一句话也没有回答,就够了。

这当口,参加宴会的人们急不可耐地期待着那决定性的一刻的来临,那时候伊万·尼基福罗维奇会突然出现,大家要求两个体面人物言归于好的愿望终于能够付诸实现。许多人几乎都断定伊万·尼基福罗维奇不会来。市长甚至跟斜眼的伊万·伊万诺维奇打赌说他不会来,不过因为伊万·伊万诺维奇要求对方用一条受伤的腿作赌注,自己用一只斜眼作赌注,这个赌才没有打成,这使市长非常生气,而众人却忍俊不禁地要笑出声来。无论谁都还没有在桌子前面就座,虽然早已两点钟了,这时候在密尔格拉得,即使举行节日庆祝,也应该吃午饭了。

安东·普罗柯菲耶维奇刚在门口出现,即刻就被大伙儿围住了。安东·普罗柯菲耶维奇人声吼着,对于所有的问话只回答斩钉截铁的几个字:"他不来!"这几个字刚一出口,为了惩戒他有辱使命,谴责、辱骂,也许还有毛栗子,就劈头盖脸向他头上落下来，可是门忽然打开，——伊万·尼基福罗维奇走进来了。

即使魔鬼或是死人出现在眼前，也不会在整个人群中间造成像伊万·尼基福罗维奇意外来临所引起的那样极度的惊愕。安东·普罗柯菲耶维奇给所有的人开了一个玩笑，所以高兴得不得了，光顾捧着肚子大笑。

无论如何，这一点对于大家说来几乎是难以置信的：伊万·尼基福罗维奇在这么短促的时间内就能够穿着得整整齐齐，像个体面的绅士一样。凑巧这时候伊万·伊万诺维奇不在场；他有事情出去了。众人慢慢地从惊愕中苏醒过来，上前去问候伊万·尼基福罗维奇的健康，并且说看见他更加发福感觉到非常高兴。伊万·尼基福罗维奇跟每一个人接着吻，说："承情，承情。"

这当口，甜菜汤的香味飘过房间，使挨饿的客人们感觉到鼻子又酥又痒，十分好受。大家拥进了饭厅。一长串的淑女们，饶舌的和沉默寡言的，瘦的和胖的，款步走向前去，接着，一张桌子上就被各种颜色闪耀得眼花缭乱了。我不打算描写有些什么菜肴搬到桌上！我不提蘸酸奶油的炸包子，和甜菜汤一块吃的煎内脏，填塞李子和葡萄干的火鸡，形状像浸在麦酒里的皮靴的一种菜肴,以及被称为旧式厨子的绝世之作的调味汁,——这种调味汁是被酒精的火焰四面围绕着端到桌上来,并且使淑女们感到又是有趣,又是害怕的。我不打算讲这些菜肴,因为我宁愿吃,却不愿喋喋不休地谈论它们。

伊万·伊万诺维奇非常喜欢吃山葡菜煮鱼。他专心致志地从事着这种有益的、富有营养价值的操作。他挑出最细小的鱼骨头,放在盘子上,偶然往对面望了一眼:老天爷啊,这够多么奇怪!他的对面正坐着伊万·尼基福罗维奇。

在这同一刹那,伊万·尼基福罗维奇也抬起头来一望!……不!我可描摹不出来!……给我另一支传神的笔吧!我的笔是软弱的、死板的,画起这幅图景来是太不够味的!他们的表露出惊讶之色的脸,仿佛是化石了。他们每一个人都看到了一张早已熟识的脸,看到这样的脸,你不由得就要走上前去,像走近一个不期而遇的朋友一样,把角形鼻烟匣向他送过去,说"请吧"或者"可以请您赏个脸吗";但同时,这同一张脸又是可怕的,犹如不祥的预兆一般!汗珠像雨点似的从伊万·伊万诺维奇和伊万·尼基福罗维奇的身上冒出来。

所有坐在饭桌前面的客人都泥塑木雕一般地看出神了,眼睛一直不肯离开那一对从前的好朋友。淑女们本来津津有味地在谈论怎样准备阉鸡这个十分有趣的话题，忽然也中断了谈话。四周鸦雀无声！这是一幅值得伟大的画家画笔一挥的图景！

伊万·伊万诺维奇终于掏出手帕，擤起鼻涕来；而伊万·尼基福罗维奇呢，向四周环顾了一下，把眼睛停在敞开的门上。市长立刻注意到了这个动作，便叫人把门关严。这么一来，两个朋友就低头大嚼，再也不互相看对方一眼了。

刚吃完饭，两个从前的好朋友急忙从座位上跳起来，开始找帽子，打算溜掉。这时候市长丢了个眼风，伊万·伊万诺维奇，不是那个伊万·伊万诺维奇，而是斜眼的另外一个，就去站在伊万·尼基福罗维奇的背后，市长也走到伊万·伊万诺维奇的背后，于是两人就开始从背后推他们，要使他们挤到一块儿，并且在他们握手言欢之前绝不放开他们。那个斜眼的伊万·伊万诺维奇，虽然略嫌偏了一些，却还是很成功地把伊万·尼基福罗维奇推到了伊万·伊万诺维奇站着的地点；可是，市长却太偏到旁边去了，因为他无论如何也驾驭不好那擅自行动的步兵，那步兵这一回更是一点也不肯听从指挥，好像故意为难似的，往外一甩，甩得非常远，并且完全甩到相反的方向去了（这可能是因为桌上摆着非常多的各种各样的甜酒），因此伊万·伊万诺维奇就跌在一个因为好奇而钻到人堆中来的穿红衣裳的淑女的身上。这可不是什么好兆头。然而法官为了挽回局势,用鼻子吸干净了上嘴唇上的全部鼻烟,替市长代劳,把伊万·伊万诺维奇推到另外一边去。在密尔格拉得,这是给人调解的通行的方法。这方法有些像踢皮球。法官刚把伊万·伊万诺维奇往前推动,那个斜眼的伊万·伊万诺维奇也使出全副力量,把满头大汗犹如雨水从屋檐上流下来一般的伊万·尼基福罗维奇推了过来。尽管两个朋友抵死不肯和好,可是到底还是把他们推到一块儿来了,因为行动着的双方都得到了其余许多客人的大力增援。

这时候人们从四面八方把他们紧紧地围住,在他们没有答应彼此伸出手来之前,不肯放松他们。"上帝保佑你们,伊万·尼基福罗维奇和伊万·伊万诺维奇!凭良心说,你们为什么要吵架呢?不是为了一些芝麻大的小事吗?你们在大伙儿面前,在上帝面前,不觉得害臊吗!"

"我不知道,"伊万·尼基福罗维奇累得直喘气,说(显然,他是不很反对调解的),"我不知道我有什么地方得罪了伊万·伊万诺维奇;他干吗斫倒我的鹅棚,还要图谋伤害我的性命?"

"我没有起过任何恶意,"伊万·伊万诺维奇并不对伊万·尼基福罗维奇望一眼,说,"我在上帝面前和诸位可尊敬的贵族面前发誓，我一点也没有什么对不起我的敌人的地方。他为什么要辱骂我，伤害我的官衔和身份呢？"

"我怎么伤害您啦，伊万·伊万诺维奇？"伊万·尼基福罗维奇说。

只要再有一分钟的解释，多年的仇恨就会烟消云散了。伊万·尼基福罗维奇已经伸手到口袋里去，预备摸出鼻烟匣，说："请吧。"

"那还不是伤害？"伊万·伊万诺维奇没有抬起眼睛，答道，"仁慈的先生，您忘记了您曾用一个在这儿不便提及的字眼侮辱了我的官衔和姓氏。"

"请容许我对您说句体己话，伊万·伊万诺维奇！"（说时，伊万·尼基福罗维奇用手指碰了碰伊万·伊万诺维奇的一颗纽扣，这说明他是怀着充分的好意的。）"鬼知道什么事情惹您生这么大的气，就因为我叫了您一声公鹅……"

伊万·尼基福罗维奇一说出这两个字，就发觉自己说话太不谨慎；可是已经迟了：话出如风，已经追悔不及了。

一切都化为乌有了！

如果说出这两个字的时候旁边没有人听见，伊万·伊万诺维奇尚且要大发雷霆，但愿上帝保佑别让我们看见有人像他生那么大的气,那么,亲爱的读者,请你们想一想,现在这致命的两个字在大庭广众中间说出来,偏偏当着这么许多淑女的面,而伊万·伊万诺维奇又是特别喜欢在她们面前装斯文的,这又该是怎样一种情形呢?如果伊万·尼基福罗维奇不是这样冒失,他只说了个鸟字,而不是鹅,那么事情还是可以挽回的。

可是——一切都完了!

他向伊万·尼基福罗维奇投了一瞥——怎样的一瞥啊!如果这一瞥被赋予发生实效的力量,那么,它会把伊万·尼基福罗维奇化为灰烬的。客人们懂得这一瞥,赶紧把他们分开。于是这个人,这个不问一问疾苦就不肯放过任何一个女乞丐的温柔敦厚的模范,在可怕的狂怒中跑出去了。情欲会引起这样强烈的暴风雨!

整整一个月听不见关于伊万·伊万诺维奇的任何消息。他关在自己家里。祖传的箱子被打开了,从箱子里拿出了什么东西来呀?银币!古老的、祖先传留下来的银币!可是这些银币就转到代书人的污迹斑斑的手里去了。案子移到了高等法院。伊万·伊万诺维奇只有在接到明天案子就将宣判的快乐的消息的时候,才对外界望一眼,决心走出屋子去。唉!从那时候以来,法院每天都通知说案子明天就要结束,这样已经继续有十年了!

* * *

五年前,我乘车经过密尔格拉得城。我去时正赶上恶劣的季节。那时候是秋天,和秋天连接在一起的是阴郁而潮湿的天气、泥泞和雾。一种不自然的绿色——烦闷的、不断的雨水的产物——像一层薄薄的网似的笼罩在原野和田垄上,这绿色对于原野和田垄是这样地不相称,正像老头子撒娇作态,老太婆佩戴玫瑰花一样。当时天气对我产生了深刻的影响:天气沉闷的时候,我也感到沉闷。可是尽管这样,当我乘车走近密尔格拉得的时候,我感觉到我的一颗心突突地跳个不停,老天爷,多少回忆在我脑子里翻腾啊!我有十二年不曾看见密尔格拉得了。当时,这里曾经有过两个稀有的人物,两个稀有的朋友,生活在令人感动的友谊中。多少著名之士亡故了啊!法官杰米央·杰米央诺维奇那时已经不在人间;斜眼的伊万·伊万诺维奇也早已下世去了。我乘车暨入主要的街道,只见到处竖着一些上端绑着草把的竿子:一种什么新的设计规划在实施中!几幢茅屋被拆毁了。围墙和篱笆的残骸凄凉地耸出着。

那天正是节日;我叫我的那辆盖着草席的篷车停在教堂前面,我悄悄地走进去,所以谁都没有回过头来。其实,也不可能有谁回头。教堂是空空的。只有寥寥可数的几个人。显然，连那些最信神的人也都对满街的泥泞望而生畏。在这阴霾的、宁可说是萎靡不振的日子里，几支蜡烛的光芒显得古怪而令人不舒服；昏暗的廊庑是阴惨惨的；嵌着圆玻璃的椭圆形的窗户淋着雨水的泪滴。我走到廊庑那边去，对一个白发苍苍的可尊敬的老人说：

"借光，跟您打听一个人，伊万·尼基福罗维奇还活着吗？"

这时候，圣像前面的一盏长明灯毕剥一声燃得更亮了，光笔直地落到我的邻人的脸上。当我仔细一瞧，看到了一副熟稔的面貌的时候，我是多么惊奇啊！眼前的这个人就是伊万·尼基福罗维奇！可是，改变得多么厉害！

"您身体还好吗，伊万·尼基福罗维奇？看模样您老得多啦！"

"是呀，老啦，不中用啦。我今天刚从波尔塔瓦来。"

"您说什么！这么坏的天气，您上波尔塔瓦去来着？"

"有什么法子呢！打官司……"

听着这话，我不由得叹了口气。伊万·尼基福罗维奇注意到这声叹息，接着就说：

"您放心，我得到确实的消息，案子下星期就可以判决，当然是我胜诉。"

我耸了耸肩膀,便又走开去打听伊万·伊万诺维奇的情况去了。

"伊万·伊万诺维奇在这儿!"有人告诉我,"他在唱诗席上。"

那时候我就看见了一个瘦瘦的姿影。这是伊万·伊万诺维奇吗?脸被皱纹盖满了,头发全白了;可是,皮袄还是同样的那一件。经过最初的寒暄之后,伊万·伊万诺维奇堆着满脸的微笑转向我,那种微笑总是非常适合他那张漏斗形的脸的,说:

"要不要告诉您一个好消息?"

"什么消息?"我问。

"我的案子明天一定要判决了。法院传出了确确实实的消息。"

我更深沉地叹了一口气,赶紧向他道了别,因为我这次出门是为了办一件非常重要的事情,于是我又坐上了篷车。在密尔格拉得以快马著名的几匹瘦弱的驽马往前走去,深陷在灰色的泥淖里的蹄子发出使耳朵听起来不舒服的声音。大雨倾流如注地淋着坐在驭者台上披着草席的犹太人。湿气浸透了我的全身。黯淡凄凉的关卡和有一个残废兵在里面缝补自己的甲胄的岗亭慢慢地闪过去了。又是那一片有些地方黑黝黝地翻掘过、有些地方呈现出绿色的同样的原野,湿淋淋的白嘴鸟和乌鸦,连续不断的雨,暗淡无光的哭泣般的天。——诸位,这世界真是沉闷啊!